ALTIN
KİTAPLAR

KİTABIN ORİJİNAL ADI

THE BOOK OF MIRRORS

YAYIN HAKLARI

© E.O. CHIROVICI
© RIGHTS FACTORY SRL 2017
ANATOLIA LIT TELİF HAKLARI AJANSI
ALTIN KİTAPLAR YAYINEVİ
VE TİCARET AŞ, 2017

KAPAK TASARIMI

OSMAN SELÇUK ÖZDOĞAN

BASKI

1. BASIM/EKİM 2017/İSTANBUL
ALTIN KİTAPLAR YAYINEVİ
MATBAASI

ISBN 978 - 975 - 21 - 2329 - 8

ALTIN KİTAPLAR YAYINEVİ
Göztepe Mah. Kazım Karabekir Cad.
No.: 32 Mahmutbey - Bağcılar / İstanbul
Matbaa ve Yayınevi Sertifika No.: 10766

Tel.: 0.212.446 38 88 pbx
Faks: 0.212.446 38 90

http: //www.altinkitaplar.com.tr
info@altinkitaplar.com.tr

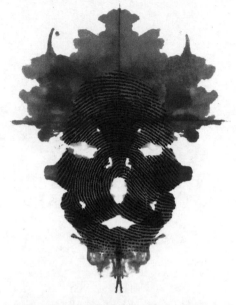

karanlık
yansımalar

E. O. CHIROVICI

Türkçesi
Banu Doğanay Pinter

Kim olduğumuzu ve nereden geldiğimizi
asla unutmayan karım Mihaela'ya.

İnsanların çoğu kendileri değil, başkalarıdır.

Oscar Wilde

Birinci Bölüm

Peter Katz

"Hatıralar, mermiler gibidir. Bazıları vızıldayarak geçer ve sizi sadece ürkütür. Bazılarıysa sizi yarıp geçer ve paramparça eder."

Richard Kadrey, *Kill the Dead*

Teklif mektubu, ocak ayının başlarında, firmadaki herkesin hâlâ tatil sonrası uyuşukluğunu üzerinden atmaya çalıştığı günlerden birinde elime geçti.

Mesaj, istenmeyen elektronik postalar dosyasını atlayarak gelen kutusunda belirmiş, düzinelerce başka e-postayla birlikte oluşan uzun kuyrukta yerini almıştı. Mesaja şöyle bir göz gezdirdiğimde onu ilgi çekici buldum; bunun üzerine kitap taslağının bir bölümünün bulunduğu ekli dosyayla birlikte çıkışını alıp masamın çekmecesine yerleştirdim. Bir anlaşmayı tamamlamakla meşgul olduğumdan neredeyse ay sonuna kadar aklımdan çıkıp gitmişti. Çıkışları, Martin Luther King Günü'yle birleşen uzun hafta sonu tatilinde okumayı planladığım bir yığın başka teklif dosyasının arasında buldum.

Mektup "Richard Flynn" adıyla imzalanmıştı ve şöyle devam ediyordu:

9

Sevgili Peter,

Benim adım Richard Flynn. Yirmi yedi yıl önce, Princeton'da İngilizce üzerine yüksek lisans yaptım. Hayalimde bir yazar olmak vardı, dergilerde birkaç kısa hikâyem de yayınlandı, ayrıca bir dizi yayıncı tarafından geri çevrilince bir kenara bıraktığım (ve şimdi dönüp baktığımda benim de vasat ve sıkıcı bulduğum) üç yüz sayfalık bir roman yazdım. Daha sonra, New Jersey'de küçük bir reklam ajansında işe girdim ve bugüne kadar da aynı sektörde çalışmaya devam ettim. İlk başta, reklamın edebiyata benzediğine inanarak ve bir gün yazarlığa geri dönebileceğimi düşünerek kendimi kandırdım. Fakat tahmin edilebileceği gibi, böyle bir şey olmadı. Birçok insan için büyümenin, maalesef hayallerini bir kutuya koyup East Nehri'ne atma becerisini kazanabilmek anlamına geldiğini düşünüyorum. Görünüşe bakılırsa, ben de bu konuda bir istisna değildim.

Ancak birkaç ay önce öğrendiğim önemli bir şey, Princeton'daki son senem olan 1987'nin sonbahar ve kış aylarında gerçekleşen bir dizi trajik olayı tekrar anımsamama neden oldu. Nasıldır bilirsiniz: Bir şeyi —bir olay, bir insan ya da bir durumu— unuttuğunuzu sanırsınız, sonra aniden o hatıranın zihninizdeki gizli bir odada beklediğini ve sanki dün olmuş gibi hâlâ orada durduğunu fark edersiniz. Döküntülerle dolu eski bir dolabı açtığınızda olduğu gibi, her şeyin üzerinize yıkılıvermesi için tek bir kutuyu hareket ettirmeniz yeterli olur.

Bahsettiğim şey bende ateşleyici bir etki yarattı, söz konusu haberi öğrendikten bir saat sonra hâlâ bunun bir anlamı olması gerektiğini düşünüyordum. Bunun üzerine, hatıralardan sersemlemiş halde çalışma masama oturup yazmaya koyuldum. Kafamı kaldırdığımda saat gece yarısını geçmişti ve ben beş bin kelimeden fazlasını yazmıştım. Sanki kim olduğumu unutup sonra kendimi yeniden keşfetmiş gibiydim. Dişlerimi fırçalamak üzere banyoya gittiğimde, aynada bana bakan başka biriydi adeta.

Yıllardan sonra ilk kez uyku ilacı almadan uykuya daldım ve ertesi gün ajanstakilere iki haftalık bir izne ayrılacağımı söyledikten sonra yazmaya devam ettim.

1987 yılına ait o ayların detayları öylesine bir berraklıkla aklıma üşüşüyordu ki, şimdi hayatımda olan her şeyden çok daha güçlü ve net gibiydiler. Laura Baines, Profesör Joseph Wieder ve benim başkahramanları olduğumuz olayları yazmaya başlayacağım zaman sanki zihnim yattığı derin uykudan uyanmıştı.

Elbette bu hikâye, trajik sonu nedeniyle, kısmen de olsa zamanın gazetelerinde yer bulmuştu. Ben de polis dedektifleri ve muhabirler tarafından uzun bir süre taciz edildim. Bu, beni Princeton'dan ayrılmaya ve yüksek lisansımı Cornell'de yaparak Ithaca'da uzun ve tatsız iki yıl geçirmeye zorlayan sebeplerden biriydi. Ancak hiç kimse, hayatımı sonsuza kadar değiştiren bu hikâyenin tamamıyla ilgili gerçeği asla öğrenemedi.

Belirttiğim gibi, gerçekle üç ay önce karşılaştım ve hissettiğim kızgınlık ve hüsran son derece yoğun olmasına rağmen gerçeği herkesle paylaşmam gerektiğini fark ettim. Fakat bazen nefret ve acı da, sevgi kadar kamçılayıcı olabiliyor. Bu duyguların sonucu da, kısa bir süre önce tamamladığım ve beni fiziksel ve ruhsal bakımdan bitap düşüren bu kitap oldu. İlk birkaç bölümü, web sayfanızda

11

bulduğum bilgiler doğrultusunda ekli dosyada iletiyorum. Kitap metni tamamlanmış ve teklife sunmak için hazırdır. Tamamını okumak ilginizi çekerse size tüm metni hemen ulaştırabilirim. Kitabın ismini şimdilik *Karanlık Yansımalar* olarak düşündüm.

Mektubumu burada kesiyorum, çünkü bilgisayarım 500 kelime limitini aştığımı söylüyor. Kendimle alakalı söyleyebileceğim fazla bir şey yok. Brooklyn'de doğup büyüdüm, hiç evlenmedim, çocuğum yok; kısmen sebebi de Laura'yı gerçek anlamda unutamamış olmam. Eddie adında, Philadelphia'da yaşayan ve nadir olarak görüştüğüm bir erkek kardeşim var. Reklam sektöründeki kariyerim, olağanüstü başarılar veya nahoş olaylar yaşanmadan sorunsuz bir şekilde ilerledi – kargaşadan uzak, son derece sıkıcı bir hayat. Şimdilerde, Manhattan'da, yirmi yıldan uzun zamandır yaşadığım Chelsea yakınlarında, orta ölçekli bir ajansta kıdemli metin yazarı olarak çalışıyorum. Porsche marka arabam yok veya beş yıldızlı otellerde de konaklamıyorum ama yeni bir günün getirecekleriyle ilgili, en azından parasal anlamda, endişe duymam gerekmiyor.

Bana zaman ayırdığınız için teşekkür ederim, tüm metni okumak isterseniz lütfen beni bilgilendirin. Adresimi ve telefon numaramı aşağıda bulabilirsiniz.

Saygılarımla,
Richard Flynn

Mektubun altında, Penn İstasyonu yakınlarında bulunan bir adres vardı. O bölgeyi iyi biliyordum, çünkü ben de bir süre o civarda yaşamıştım.

Mektup alışılmışın dışındaydı.

Bronson & Matters'da çalıştığım beş yıl boyunca hiç okumadıysam yüzlerce hatta binlerce başvuru mektubu okumuştum. Çalışmaya asistan olarak başladığım firma, daima açık başvuru politikasına sahip olmuştu. Bu tür mektupların çoğu garip, ruhsuz metinlerdi ve yazarın doğrudan size değil de, isim ve adresleri Yayın Temsilcileri Fihristi'nde bulunabilecek yüzlerce temsilciden birine hitap ettiği hissi verirdi. Bazılarıysa fazla uzun ve anlamsız detaylarla dolu olurdu. Fakat Richard Flynn'ın mektubu bu kategorilerden hiçbirine girmiyordu. Kısa ve özdü, iyi yazılmıştı ve hepsinden önemlisi de insani bir sıcaklık taşıyordu. Sadece benimle temasa geçtiğine dair bir şey söylemiyordu, ama nedenini tam olarak açıklayamasam da öyle olduğundan neredeyse emindim. Temsilci olarak beni seçtiğini bu kısa mektupta belirtmeyi bir şekilde uygun bulmamıştı.

Kitabın taslağını da en az başvuru mektubu kadar seveceğimi ve açıklanamaz bir şekilde şimdiden sempati duymaya başladığım bu adama olumlu bir cevap vereceğimi umuyordum.

Göz atmayı planladığım diğer metinleri bir yana bıraktım, kendime bir fincan kahve hazırlayıp oturma odasındaki kanepeye kurularak çıkışını aldığım taslağı okumaya koyuldum.

13

Bir

Çoğu Amerikalı için 1987, borsanın yukarılara tırmanıp sonra sert bir şekilde düştüğü, İran–Kontra Skandalı'nın[*] Ronald Reagan'ın Beyaz Saray'daki koltuğunu sallamaya devam ettiği ve evlerimizin *Cesur ve Güzel* istilasına uğradığı yıl olarak bilinirdi. Benim içinse, âşık olduğum ve şeytanın var olduğunu öğrendiğim seneydi.

Üç yıldan biraz daha uzun bir süredir Princeton'da öğrenciydim ve Bayard Sokağı'nda, sanat müzesiyle ilahiyat fakültesi kütüphanesinin arasında eski, çirkin bir binada yaşıyordum. Giriş katında bir oturma odası ve bir de açık mutfağı vardı; üst kattaysa, içinde banyosu olan iki yatak odası bulunuyordu. İngilizce derslerini aldığım McCosh Binası'ndan sadece on dakikalık bir yürüme mesafesindeydi.

(*) Ronald Reagan yönetimi sırasında, Kasım 1986'da ortaya çıkan politik bir skandal. ABD yönetim kademesinden bazı kişilerin İran'a silah satması ve elde edilen gelirin Nikaragua'da dönemin solcu yönetimini devirmeye çalışan anti-komünist kontraları desteklemek için kullanılmasını kapsar. –çn.

14

Bir ekim akşamı eve dönüp de mutfağa girdiğimde, uzun boylu, zayıf, ortadan ikiye ayırdığı uzun sarı saçlarıyla genç bir kadının mutfakta olduğunu görüp şaşırdım. Ona sert ama aynı zamanda seksi bir hava veren kalın çerçeveli gözlüklerinin arkasından dostane bir şekilde bana bakıyordu. Önce folyo koruyucuyu açması gerektiğinin farkında olmadan tüpü sıkarak hardal çıkarmaya çalışıyordu. Tüpün kapağını açıp folyoyu çıkararak ona geri verdim. Bana teşekkür edip sarı, macunumsu hardalı henüz hazırladığı kocaman bir sosisli sandviçin üzerinde gezdirdi.

"Hey, teşekkürler," dedi, Midwest'ten olduğunu gösteren ve belli ki sırf modaya uymak adına vazgeçmeye niyetinin olmadığı bir aksanla. "İster misin?"

"Hayır, almayayım, teşekkürler. Bu arada, ben Richard Flynn. Sen yeni kiracı mısın?"

Başıyla onayladı. Sosisli sandviçten oburca bir ısırık alıp bana karşılık vermek için hızla çiğnemeye koyuldu.

"Laura Baines. Tanıştığıma memnun oldum. Benden önce burada yaşayan kişi kokarca falan mı besliyordu? Yukarıdaki koku tam burun direğini kıracak nitelikte. Zaten tekrar boyatmam gerekecek. Bir de su ısıtıcıda bir sorun mu var? Suyun ısınması için yarım saat beklemem gerekti."

"Baca gibi tütüyordu," diye açıkladım. "Isıtıcı değil, eski kiracıyı kastediyorum, üstelik sadece sigara da içmezdi, ne demek istediğimi anlamışsındır. Ama bunun dışında iyi bir herifti. Bir gecede ayrılma kararı aldı ve evine geri döndü. Ev sahibi onu bütün yılın kirasını ödemeye zorlamadığı için şanslı sayılır. Isıtıcıya gelince, onu onarmak için üç farklı tamirci geldi. Değişen bir şey olmadı ama benim hâlâ umudum var."

"*Bon voyage,*"(*) dedi Laura, ısırıklarının arasında bir yerde, eski kiracıyı kastediyor olmalıydı. Ardından tezgâhın üzerinde-

---

(*) (Fr.) İyi yolculuklar. –ed.n.

15

ki mikrodalga fırını işaret etti. "Patlamış mısır yapıyorum, sonra da biraz televizyon izleyeceğim – CNN canlı yayında Jessica'yı veriyor."

"Jessica kim?" diye sordum.

Mikrodalga fırın öterek, Laura'nın lavabonun üzerindeki dolabın derinliklerinden bulup çıkardığı büyük cam kâseye dökülmek üzere patlamış mısırın hazır olduğunu haber verdi. "Jessica McClure küçük bir kız. Teksas'ta bir kuyuya düştü," diye açıkladı. "CNN kurtarma operasyonunu canlı veriyor. Nasıl oldu da duymadın? Herkes bunu konuşuyor." Patlamış mısırı kâseye boşalttıktan sonra karanlık odaya doğru onu takip etmemi işaret etti.

Birlikte kanepeye yerleştiğimizde televizyonu açtı. Olaylar ekranda akarken bir süre ikimiz de konuşmadık. Her zamanki yağmurlardan yoksun, ılıman bir ekim ayıydı, sakin alacakaranlık sürgülü cam kapılardan içeri sızıyordu. Trinity Kilisesi'nin etrafındaki park, karanlık ve gizemli görünüyordu.

Laura, sosisli sandviçini bitirdikten sonra kâseden bir avuç dolusu mısır aldı. Orada olduğumu tamamen unutmuş gibi görünüyordu. Televizyonda bir mühendis, muhabire, kurtarıcıların yeraltında tutsak kalmış olan çocuğa ulaşmalarını sağlamak üzere tasarlanmış paralel kuyu şaftında çalışmanın nasıl gerçekleşeceğini anlatıyordu. Laura terliklerini çıkarıp ayaklarını altına toplayarak kanepede iyice büzüldü. O sırada ayak tırnaklarına mor oje sürmüş olduğunu fark ettim.

"Ne okuyorsun?" diye sordum ona nihayet.

"Psikoloji üzerine yüksek lisans yapıyorum," dedi gözlerini ekrandan ayırmadan. "Bu, ikinci. Chicago Üniversitesi'nde de matematik yüksek lisansı yaptım. Illinois'de, Evanston'da doğup büyüdüm. Hiç gittin mi? İnsanların Red Man tütünü çiğneyip haç yaktıkları yer?"

Benden iki ya da üç yaş büyük olmalıydı ve bu, az da olsa gözümü korkutuyordu. O yaşlarda üç yaş fark, gözünüze oldukça büyük bir şeymiş gibi görünür. "Mississippi değil miydi o?" dedim. "Hayır, Illinois'ye hiç gitmedim. Brooklyn'de doğup büyüdüm ben. Midwest bölgesine sadece bir kez gittim, galiba on beş yaşlarındaydım, yaz mevsimiydi; babam ve ben Missouri'de, Ozarks'ta balık tutmuştuk. Yanlış hatırlamıyorsam St. Louis'e de uğramıştık. Matematikten sonra psikoloji demek?"

"Eh, kendime okulun dâhisi gözüyle bakıyordum," dedi. "Okuldayken, bütün uluslararası matematik yarışmalarını kazanırdım ve yirmi bir yaşındayken yüksek lisansı çoktan tamamlamıştım, doktora için hazırlanıyordum. Ama sonra bütün bursları geri çevirip psikoloji okumak üzere buraya geldim. Fen Bilimleri'nde yüksek lisans yapmanın araştırma programına girmeme yardımı oldu."

"Peki ama soruma hâlâ cevap vermedin."

"Biraz sabırlı ol."

Tişörtünün üzerindeki patlamış mısır kırıntılarını silkeledi. Çok iyi hatırlıyorum: Altında, o zamanlar moda olmaya başlamış, bolca fermuarı olan taşlanmış kot pantolonlarından vardı, üzerine de beyaz bir tişört giymişti.

Bir kutu kola almak üzere buzdolabına giderken bana da bir tane isteyip istemediğimi sordu. Kutuları açıp her ikisine de birer pipet koyduktan sonra geri gelip birini bana uzattı.

"Mezun olduğum yaz, Evanston'lı bir çocuğa âşık oldum. Tatil için evine geri dönmüştü. MIT'te[*] elektronik bölümünde, bilgisayarlarla ilgili bir konuda yüksek lisansı yapıyordu. John R. Findley adında, yakışıklı ve zeki bir çocuktu. Benden iki yaş büyüktü ve birbirimizi liseden hayal meyal hatırlıyorduk. Fakat

---

(*) Massachusetts Teknoloji Enstitüsü. –çn.

17   F: 2

bir ay sonra, tanıdığım en aptal insanlardan biri olan, sadece bir düzinelik bir kelime dağarcığına sahip, bacaklarına ağda yapmayı ve çatal bıçak kullanmayı ancak öğrenebilmiş insan bozuntusu Julia Craig onu elimden aldı. Denklemlerde ve integrallerde başarılı olduğumu, fakat genel anlamda insanların, özellikle de erkeklerin nasıl düşündükleri hakkında en ufak bir fikrim olmadığını fark ettim. Dikkat etmezsem, hayatımı kediler, kobay fareleri ve papağanlarla çevirili olarak geçirmek zorunda kalacağımı anladım. O nedenle de ertesi sonbaharda buraya geldim. Annem biraz endişelenmişti, fikrimi değiştirmeye çalıştı ama bana bir süpürgeye binip uçmayı öğretmenin bile daha kolay olacağını bilecek kadar iyi tanıyordu beni. Artık son senemdeyim ve kararımdan hiçbir zaman pişman olmadım."

"Ben de son senemdeyim. Amacına ulaştın mı bari?" diye sordum. "Yani erkeklerin nasıl düşündüğünü öğrendin mi?"

İlk kez gözlerimin içine baktı.

"Emin değilim ama sanırım biraz ilerleme kaydettim. John, sadece birkaç hafta içinde o Godzilla'dan ayrıldı. Aylarca benimle iletişime geçmeye çalıştıysa da telefonlarına cevap vermedim."

Kolasını bitirip boş kutuyu masanın üzerine koydu.

Teksaslı küçük kızın kurtarılışını izlemeye devam ettik ve kahve içip odasından getirdiği Marlboro'ları içmek üzere ara sıra bahçeye çıkarak neredeyse gece yarısına kadar sohbet ettik. Bir ara, garaja park ettiği eski Hyundai'sinin bagajında kalan eşyalarını taşımasında ona yardım ettim.

Laura hoştu, espri anlayışına sahipti; bilgili birisi olduğunu da fark etmiştim. Yetişkinliğe adım atmış her birey gibi, fokurdayan bir hormon yumağıydım. O zamanlar kız arkadaşım yoktu ve sevişmeye ümitsizce ihtiyacım vardı ama başlarda onunla yatağa girme ihtimalini hiç aklıma getirmediğimi iyi hatırlıyorum. Bu konuda hiç konuşmamış olsak da, erkek arkadaşı olduğundan neredeyse emindim. Ne var ki, o güne kadar dene-yimlemediğim, evimi bir kadınla paylaşma fikri, beni olumlu anlamda tahrik etmişti. Sanki aniden, daha önce yasaklı olan bilinmeyenlere ulaşabilecektim.

* * *

İşin aslı, okuldan hoşlanmıyordum ve son senemi bitirip ora-dan uzaklaşmak için sabırsızlanıyordum.

Brooklyn, Williamsburg'da, evlerin bugün olduğundan çok daha ucuz olduğu Grand Caddesi yakınlarında doğup büyü-müştüm. Annem, Bed–Stuy'daki Boys and Girls Lisesi'nde tarih öğretmenliği yapıyordu, babamsa Kings County Hastanesi'nde sağlık memuruydu. Başka bir deyişle, işçi sınıfından bir aileden gelmiyordum ama yaşadığım mahallenin mavi yakalı çoğunlu-ğu düşünülürse kendimi onlardan biriymiş gibi hissediyordum. Belirli bir maddi zorluk yaşamadan büyümüştüm ama ailem sahip olmak istediğimiz birçok şeyi karşılayacak durumda değil-di. Brooklyn'liler bana ilginç geliyordu, farklı ırk ve kültürlerden oluşan o kargaşada kendimi sudan çıkmış balık gibi hissediyor-dum. Yetmişli yıllar New York şehri için zor zamanlardı, birçok kişinin çok yoksul olduğunu ve şiddetin yaygın olduğunu hatır-lıyorum.

Princeton'a geldiğimde bazı akademik topluluklara katıldım, Cadde'deki o meşhur yemek kulüplerinden birine üye oldum ve Triangle Kulüp'ten amatör aktörlerle takıldım.

Tuhaf isimli bu edebiyat camiasının karşısında, lisenin son dönemlerinde yazdığım kısa hikâyelerden birkaçını da okudum. Grubu, birazcık meşhur bir yazar olan misafir profesör yöneti-yordu ve üyeleri İngilizceye zulmederek anlamsız şiirler üretmek için birbirleriyle yarışıyorlardı. Hikâyelerimin tarz olarak biraz "klasik" olduğunu, Hemingway ve Steinbeck'in romanlarında-

19

nilham aldığımı fark ettiklerinde, beni bir ucube olarak görmeye başladılar. Zaten bir yıl sonra boş zamanlarımın tümünü kütüphanede veya evde geçirmeye başlamıştım.

Öğrencilerin çoğu, dünyanın üzerlerine yıkılıyormuş gibi göründüğü altmışlı yıllarda büyük kavgalar vermiş, çocuklarını o cinnet halinin tekrar yaşanmasını önleyecek şekilde yetiştirmiş Doğu kıyılarının orta sınıf ailelerinden geliyordu. Altmışların müziği, marşları, *summer of love*'ı,[*] uyuşturucu denemeleri, Woodstock'ı ve gebelik önleyicileri vardı. Yetmişler ise, Vietnam kâbusunun bitişini ve diskonun hayatımıza girişini, bol paçaları ve ırksal özgürlüğü görmüştü. O nedenle seksenlerde efsanevi olabilecek bir taraf göremiyordum ve bizim nesil treni kaçırmıştı. Ronald Reagan, ulusun kafasını karıştırmak için, yaşlı ve kurnaz bir şaman gibi ellilerin ruhunu çağırmıştı. Para, başka bütün tanrıların mihrabını yıkıp geçerken ve zafer dansını yapmaya hazırlanırken, şişman melek figürleri sarı buklelerine oturtulmuş kovboy şapkalarıyla, serbest girişimlere ilahiler okuyordu.

Diğer öğrencileri ise, önceki yılların bir hatırası olarak rağbet gördüğüne inandıkları için verdikleri isyankâr pozlarına karşın, gelenekçi züppeler olarak görüyordum. Princeton'da âdetler önemliydi fakat benim için rol yapmaktan öte bir şey değildiler – zaman bütün anlamının içini boşaltmıştı.

Profesörlere gelince, çoğunluğunu süslü işlerine yapışmış sıradan kimseler olarak görüyordum. Zengin ailelerinin paralarıyla Marksist ve devrimci rolünü oynayan öğrenciler *Kapital* gibi saçmalıklar okumaktan usanmazken, muhafazakâr geçinenlerse kendilerini *Mayflower*'daki[**] pilgrimlerin öz oğulları zannediyor,

---

(*) ABD'de Batı yakasında yaşanan ve hippi hareketinin geniş kitlelerce benimsendiği 1967 yazı. –çn.
(**) 1620 yılında İngiltere'nin Plymouth limanından ABD'ye gelen pilgrimleri taşıyan gemidir. Bu geminin yolcuları sonradan, bugünkü ABD'nin çekirdeğini oluşturmuşlardır. –çn.

gemi direğine tüneyip ellerini güneşe siper ederek, "Kara göründü!" diye haykırıyorlardı. İlk grup için ben, horlanması ve değerleri ayaklar altında çiğnenmesi gereken bir orta sınıftım; ikinci grup içinse, belirsiz ama muhakkak nefret dolu amaçlarla muhteşem kampüslerine sızmayı bir şekilde başarmış, Brooklyn'li bir 'işe yaramaz'dım. Princeton bana, Boston aksanıyla konuşan kibirli robotların istilasına uğramış bir yer gibi görünüyordu. Fakat tüm bunların sadece benim zihnimde var olması ihtimali de vardı. Lisenin son dönemlerinde bir yazar olmaya karar verdikten sonra Cormac McCarthy, Philip Roth ve Don DeLillo'nun çok değerli yardımlarıyla yavaş yavaş kendime karanlık ve kuşkucu bir dünya görüşü yaratmıştım. Gerçek bir yazarın, dolgun telif ücretleri alan ve tatillerini Avrupa'nın pahalı tatil köylerinde geçiren ama hüzünlü ve yalnız bir insan olması gerektiğinden emindim. Kendi kendime, şeytan, çökmüş ve bitap haldeyken onu gübre yığınlarının üzerinde oturmaya mahkûm etmiş olmasaydı Eyüp Peygamber'in[*] kendine bir isim yapamayacağını ve insanlığın bir edebiyat şaheserinden mahrum kalacağını söylüyordum.

Kampüste gereğinden fazla zaman geçirmemeye çalışıyordum, bu nedenle hafta sonları New York'a dönüyordum. Upper East Side'ın ikinci el kitap dükkânlarında dolanıyor, Chelsea'deki kuytu tiyatro salonlarında oyunlar izliyordum ve Bill Frisell, Cecil Taylor ve Sonic Youth'un Houston Caddesi'nde yeni açılmış olan Knitting Factory'deki konserlerine gidiyordum. Myrtle Caddesi'ndeki kafelere uğruyor ya da Lower East Side'a giden köprüden geçerek herkesin birbirinin ismini bildiği aile işletmesi lokan-

---

(*) Eyyub ya da Eyüp; hastalık ve sıkıntılara karşı sabır konusunda örnek gösterilen bir peygamber. Şeytan'ın elinde yargılanışını, arkadaşlarıyla acılarının doğasını tartışmasını, Tanrı için mücadele edişini ve Tanrı'nın ona verdiği cevabı kapsayan hikâyeleri anlatan kitap, Eyüp Kitabı adıyla bilinir. –çn.

talarda annem, babam ve hâlâ lisede okuyan kardeşim Eddie'yle akşam yemeği yiyordum. Sınavları fazla çaba göstermeden geçiyor, fazladan sıkıntı yaşamayıp yazı yazmaya vakit ayırabilmek adına B notuyla yetiniyordum. Düzinelerce kısa hikâye yazmış, bir de ancak birkaç bölümünü yazabildiğim bir romana başlamıştım. Babamın evlerden birinin tavan arasında bulup tamir ettiği ve üniversiteye başladığımda bana verdiği eski bir Remington daktilo kullanıyordum. Metinlerim, defalarca okunup düzeltildikten sonra çoğunlukla çöp tenekesini boyluyordu. Yeni bir yazar keşfettiğim her seferinde, kırmızılı bir kadın gördüğünde şaşkına dönen bir şempanze gibi, farkında olmadan o yazarı taklit ediyordum.

Her nedense uyuşturucu kullanmaktan hoşlanmıyordum. Botanik bahçesine yapılan bir okul gezisi sırasında ilk kez esrar içtiğimde on dört yaşındaydım. Martin adında bir çocuk, yanında iki esrarlı sigara getirmişti; beş veya altı kişi, suç dünyasının bulanık sularına daldığımızı düşünerek sigarayı elden ele dolaştırmıştık. Lisedeyken de birkaç kez içmiştim, birkaç kez de Driggs Caddesi'ndeki loş binalarda gerçekleştirilen partilerde ucuz birayla sarhoş olmuştum. Fakat annem ve babam şanslı olmalılar ki, uyuşturucuyla kafa yapmayı ve sarhoş olmayı hiçbir zaman zevkli bulmadım. O zamanlar, yoldan çıkmaya meyilli biriyseniz, bıçaklanarak öldürülmek veya aşırı dozdan ölmek, düzgün bir iş bulmaktan çok daha olasıydı. Lisedeyken sıkı çalışıyor ve yüksek notlar alıyordum, böylece hem Cornell hem de Princeton'dan teklif aldım ve o zamanlar daha yenilikçi gözüyle bakılan ikincisini kabul ettim.

* * *

Televizyon, henüz çeşitli eziklerin şarkı söylediği, bayağı sunucular tarafından aşağılanıp yılanlarla dolu yüzme havuzlarına girmeye zorlandığı şovlardan geçilmeyen bir hal almamıştı. Amerikan TV şovları, bir geri zekâlı tarafından anlatılan, kahkaha sesleriyle dolu, hiçbir şeyi tatmin etmeyen bir masala dönüşmemişti henüz. Fakat yine de, o günlerin ikiyüzlü politik tartışmalarında, açık saçık esprilerinde veya plastik görünümlü yeniyetmeleri konu alan filmlerinde ilgi çekici bir şey bulamıyordum. Altmışlardan ve yetmişlerden kalan ve hâlâ TV stüdyolarında görev yapan bir avuç düzgün yapımcı ve gazeteci de, zamanlarının geçtiğini haber veren göktaşlarını fark eden dinozorlar kadar rahatsız ve huzursuz görünüyorlardı.

Ne var ki, Laura'nın geceleri çerçöp programlar izlemek gibi bir saplantısı olduğunu keşfetmek üzereydim; bunun, beyninin gün içinde biriktirdiği şeyleri sınıflandırmasına, düzenlemesine ve arşivlemesine olanak tanıyan bir durgunluğa erişmesinin tek yolu olduğunu iddia ediyordu. Böylelikle, 1987 yılının sonbaharında hayatımın toplamından bile daha fazla televizyon izlemeye başladım. Kanepede yanına çöküp *Muppet Show'*da balkonda oturmuş her şeyde kusur bulan iki ihtiyardan biri gibi, her bir söyleşi, haber programı ve haftalık diziyi yorumlamaktan mazoşistçe bir zevk alıyordum.

Bana Profesör Joseph Wieder'den hemen söz etmedi. Cadılar Bayramı'na kadar, onu tanıdığını söylememişti. O yıllarda Princeton'da eğitmenlik yapan en önemli kişilerden biriydi; ateşin sırrını paylaşmak üzere ehemmiyetsiz insanoğlunun arasına inmiş Prometheus olarak kabul ediliyordu. Wieder'in, uyuşturucu bağımlılığı hakkında konuşmak üzere –önceki gün üç genç, Eugene-Oregon yakınlarında bir barakada aşırı dozdan ölü bulunmuştu– davet edildiği *Larry King Live'ı* izliyorduk. Bana söylediğine göre, Laura ve profesör "yakın arkadaş"tılar.

Her ne kadar o sırada farkında olmasam da, ona çoktan âşık olmuştum.

23

İki

Takip eden haftalar, muhtemelen hayatımın en mutlu günleriydi. Psikoloji derslerinin çoğunluğu, benim de İngilizce derslerine girdiğim McCosh ve Dickinson'dan sadece birkaç dakikalık yürüme mesafesinde olan Green Binası'nda yapılıyordu, o nedenle neredeyse sürekli birlikteydik. Firestone Kütüphanesi'ne gidiyor, eve dönerken Princeton Stadyumu'nun önünden geçiyorduk, Sanat Müzesi'ne veya etrafındaki kafelerden birine uğruyor ya da New York City'ye giden trene binip orada *İlk Aşk İlk Dans, Uzay Topları* ve *Dokunulmazlar* gibi filmler izliyorduk.

Laura'nın, çoğunluğu psikoloji bölümünden olmak üzere bir sürü arkadaşı vardı. Beni de bazılarıyla tanıştırmıştı ama benimle vakit geçirmeyi tercih ederdi. Müzik konusunda zevklerimiz uyuşmuyordu. O günlerde Lionel Richie, George Michael veya Fleetwood Mac gibi seslerden hoşlanıyordu ama ben alternatif rock ve caz dinlerken bana eşlik etmekten de sakınmazdı.

Bazen oturup sigara ve kafein eşliğinde sabahın erken saatlerine kadar konuşurduk, ardından da sadece iki ya da üç saatlik

24

uykuyla sersem gibi konferanslara giderdik. Arabası olmasına rağmen onu nadiren kullanırdı, her ikimiz de yürümeyi ya da bisiklete binmeyi tercih ediyorduk. Laura, canı televizyon izlemek istemediği akşamlarda, neşelenmek için oyun konsolunu çıkarırdı; ördekleri vurur veya *Clu Clu Land* oyunundaki balık Bubbles olduğumuzu hayal ederdik.

Bir gün, birkaç saat böyle oyun oynadıktan sonra bana dönüp, "Richard," dedi –adımı asla kısaltmaz, bana Richie veya Dick diye hitap etmezdi– "bizim, yani biz derken beyinlerimizin, çoğu zaman kurgu ve gerçek arasındaki farkı anlayamadığını biliyor muydun? İşte bu nedenle de, gördüğümüz şeyin rolden ibaret olduğunu ve hikâyenin bir yazar tarafından uydurulduğunu bilmemize rağmen, bir filmde ağlayıp bir diğerinde de kahkahalarla gülebiliyoruz. Bu 'defo'muz olmasa birer R.O.B'dan ibaret olurduk."

R.O.B, Japonlar tarafından yalnız gençler için yaratılmış robot bir oyuncaktı. Laura, böyle bir şey alıp adını Armand koyarak yatağa kahve getirmeyi, üzgün olduğunda kendisine çiçek almayı öğreteceğini söylerdi. Bilmediği şey ise benim bütün bunları ve hatta daha fazlasını hiçbir eğitime ihtiyaç duymadan memnuniyetle yapmaya hazır olduğumdu.

* * *

Öncekilerin sadece birer çizikten ibaret olduğunu anlamanıza yetecek kadar derin bir kesiğe sahip olana dek, acının ne olduğunu bilemezsiniz. İlkbaharın başlarında, Princeton'daki hayata alışmakla ilgili sorunlarım trajik bir olayla birlikte önceki önemini yitirdi: Babamı kaybettim.

Ani ölümüne, işyerinde geçirdiği kalp krizi yol açmıştı. İş arkadaşlarının acil müdahalesi kurtulmasına yeterli olmamış, hastanenin üçüncü katındaki ameliyat bölümünün koridorlarına yığıldığı andan bir saat sonra ölümü kesinleşmişti. Annem formalitelerle ilgilenirken erkek kardeşim bana haberi telefonla bildirmişti.

İlk trene atlayıp eve gittim. Ben gidene kadar ev çoktan akrabalar, komşular ve aile dostlarıyla dolmuştu. Babam, Evergreen'e gömüldü ve annem çok geçmeden, yaz başında Eddie'yi de alarak Philadelphia'ya taşınmaya karar verdi. Kız kardeşi Cornelia orada yaşıyordu. Sonraki haftalarda, çocukluğumla bağlantılı her şeyin birer birer yok olup gidişini izledim ve o âna kadar hayatımı geçirdiğim iki odalı eve bir daha giremeyeceğimi fark etmenin şokunu yaşadım.

Her zaman annemin Brooklyn'den nefret ettiğini ve orada kalmasının tek sebebinin babam olduğunu düşünmüştüm. Yetiştirilme tarzı ve Alman orijinli bir Lüteriyen papazı olan babası Reinhardt Knopf sayesinde okumaya düşkün ve melankolik bir insandı. Dedem Knopf'u ziyarete yılda sadece bir kez, doğum günlerinde gittiğimizi belli belirsiz anımsıyordum. Queens'de, küçük bir arka bahçesi olan tertemiz bir evde yaşayan, uzun boylu ve sert görünüşlü bir adamdı. O bahçedeki küçük toprak parçasında bulunan çimenler dahi sanki tek tek taranıp özenle düzeltilmiş hissi verirdi. Karısı, halamın doğumu sırasında ölmüştü, bir daha evlenmemiş ve kızlarını tek başına büyütmüştü.

Ben on yaşındayken akciğer kanserinden öldü ama annem, o hayattayken zaman zaman, babasına yakın olmak istediğini iddia ederek Queens'e –kendi deyimiyle *temiz ve küçük bir yere*– taşınmak istediğini söylerdi. Ne var ki sonunda, bunun gerçekleşmeyeceğini kabullenerek bu sevdasından vazgeçmişti: Babam Michael Flynn, Brooklyn'de doğup büyümüş inatçı bir İrlandalı'ydı ve başka hiçbir yere taşınmaya da niyeti yoktu.

Böylece üniversitedeki ilk yılıma başlamak için Princeton'a gitmek üzere evden ayrılışım, annem ve kardeşimin Philly'ye taşınmasına denk geldi. Laura'yla ilk tanıştığım zamanlar, misafir olmak haricinde Brooklyn'e bir daha asla gidemeyeceğimi anladığım dönemlerdi. Sahip olduğum her şey talan edilmiş gibi hissediyordum. Yanıma almadığım eşyalar, Philly'de, Merkez İstasyonu'nun yakınlarındaki Jefferson Caddesi'nde bulunan iki odalı daireye taşınmıştı. Taşınmalarından kısa bir süre sonra annemi ve kardeşimi ziyarete gitmiş ve oranın asla benim evim olamayacağını fark etmiştim. Dahası, ailenin geliri de küçülmüştü. Notlarım burs alabilecek kadar yüksek değildi, böylelikle kendi masraflarımı karşılamak üzere yarı zamanlı bir iş aramaya koyuldum.

Babamın ölümü çok ani olmuştu, bu nedenle onun gidişine alışmak kolay değildi; çoğu zaman onun hâlâ bizimle olduğuna inanmadan edemiyordum. Bazen ölenler, bizim için yanımızda oldukları zamandan daha güçlü bir hal alırlar. Hatıraları –ya da onlarla ilgili hatırladıklarımız– sağ olduklarında bizi yapmaya ikna edemedikleri şeyleri yaparak onları memnun etmeye çalışmaya zorlar bizleri. Babamın ölümü beni, daha fazla sorumluluk sahibi ve işleri oluruna bırakmayan biri yaptı. Yaşayanlar sürekli hatalar yaparlar ama ölüler arkalarında bıraktıkları insanlar tarafından hatasız ilan edilirler.

Kısacası, Laura'yla başlayan yeni arkadaşlığım, kendimi her zamankinden de yalnız hissettiğim bir dönemde tomurcuklanıyor, varlığı benim için daha fazla önem kazanıyordu.

* * *

Şükran Günü'nden iki hafta önce, hava kasvetli bir hal almaya başladığında Laura beni Profesör Joseph Wieder'le tanıştırmak istediğini söyledi. Mezuniyet tezinde yer vereceği bir araştırma projesi için onun gözetiminde çalışıyordu.

Laura, bilgisayarların evlerimize ve hayatlarımıza zafer dolu girişlerini yapmalarıyla, "yapay zekâ" teriminin herkesin diline düştüğü zamanların yeni bilim dallarından biri olan kognitif psikolojide uzmanlaşıyordu. Birçok insan, on yıl içinde tost makinelerimizle sohbet edip çamaşır makinemizden kariyerimizle alakalı tavsiye alacağımıza emindi.

Bana sık sık çalışmalarından bahsederdi ama fazla bir şey anlamaz, her genç erkeğin sahip olduğu egoistlikle anlamak için çaba da göstermezdim. Tek yakalayabildiğim, Profesör Wieder'in –Avrupa'da okumuş ve Cambridge'de psikiyatri doktorası yapmıştı– insan aklının çalışma şeklini ve zihinsel dürtü ile tepki arasındaki bağlantıyı anlamak konusunda, Laura'ya göre ezber bozacak, muazzam bir araştırma projesinin sonuna yaklaştığıydı. Laura'nın anlattıklarından bunun hafızayla ve hatıraların oluşumuyla ilgili bir şeyler olduğunu anlamıştım. Laura, kendi matematik bilgisinin Wieder için altın değerinde olduğunu iddia ediyordu; çünkü pozitif bilimler profesörün daima zayıf noktası olmuştu ve araştırması, değişkenleri belirleyecek bazı matematik formülleri içeriyordu.

Wieder'le ilk tanıştığım akşam, beklediğimden çok daha farklı bir sebepten olsa da, benim için unutulmazdı.

Kasım ortası bir cumartesi akşamüzeri, paraya kıyıp şarküterideki tezgâhtarın önerisi üzerine bir şişe Côtes du Rhône Rouge satın alıp profesörün evine doğru yola çıktık. Batı Windsor'da oturuyordu, bu nedenle Laura arabayla gitmemiz gerektiğine karar verdi.

Yaklaşık yirmi dakika sonra, akşam karanlığında esrarengiz bir şekilde parıldayan küçük bir gölün yanında, Kraliçe Anne tarzındaki bir evin önüne park ediyorduk. Ev, alçak bir taş duvarla çevrelenmişti. Bahçe kapısı açıktı, sınırları gül ve böğürtlen çalılarıyla belirlenmiş, bakımlı bahçenin içinden devam eden çakıl taşlı yolu takip ettik. Sol tarafta, yaprakları binanın kiremit çatısına yayılmış büyük bir meşe ağacı vardı.

Laura zili çaldığında kapıyı uzun boylu ve yapılı bir adam açtı. Adam, neredeyse tamamen saçsızdı ve beyaz sakalı göğsüne kadar iniyordu. Ayağında spor ayakkabılar, üzerindeyse kot pantolon ve kolları yukarı kıvrılmış Timberland marka, yeşil bir svetşört vardı. Bilim dünyasını sarsıcı bir keşifle sallayacak meşhur bir üniversite profesöründen çok, bir futbol koçunu andırıyordu ve her şeyin kendi istedikleri gibi gelişmesine alışkın insanlara has, kendine güvenli bir hali vardı.

Elimi sıkı bir şekilde sıktıktan sonra Laura'yı her iki yanağından öptü.

"Tanıştığımıza memnun oldum, Richard," dedi beklenmedik derecede genç bir sesle. "Laura senden çok bahsetti," diye devam etti, biz duvarları tablolarla süslenmiş, yüksek tavanlı hole girip paltolarımızı askıya asarken. "Genellikle, yolunun kesiştiği insanlara karşı alaycı ve hain olur. Ama seninle ilgili sadece iyi şeyler söyledi. Tanışmayı merakla bekliyordum. Beni takip edin, çocuklar."

Oturma odasına girdik. Bir köşede, ortasında kocaman bir tezgâh olan ve her türden pirinç tencere ve tavanın asılı olduğu bir açık mutfak vardı. Deri kaplı sandalyesiyle bronz bacakları olan ve üzerinde bazı kâğıtların, kitapların ve kalemlerin saçılmış olduğu eski bir çalışma masası, büyük bir duvarın yakınına yerleştirilmişti.

Havaya, tütün kokusuyla karışık hoş bir yemek kokusu sinmişti. Biz oryantal motiflerle süslü bir kumaşla kaplı kanepeye iliştik ve o da getirdiğimiz şarabı yemek için saklayacağını söyleyerek bize birer cin-tonik hazırladı.

Evin içi hafiften gözümü korkutmuştu. Bir müze gibi sanat eserleriyle –bronzlar, tablolar, antikalar– doluydu. Cilalanmış parkelerin üzerine el dokuması kilimler serilmişti. Hayatımda ilk kez böyle bir ev görüyordum.

Kendisine bir viski soda hazırlayıp karşımızdaki koltuğa oturdu ve bir sigara yaktı.

"Richard, ben bu evi dört yıl önce aldım ve şimdiki gibi görünmesi için üzerinde iki yıl çalıştım. Göl, sivrisineklerin istilasına uğramış pis kokan bir bataklıktan ibaretti. Biraz izole olsa da, bütün uğraşlarıma değdiğini düşünüyorum. Bu tür şeylerden anlayan bir adam, bana değerinin ikiye katlandığını söyledi."

"Gerçekten çok hoş," dedim onu temin eden bir tavırla.

"Daha sonra sana üst kattaki kütüphaneyi de gösteririm. O benim hem gururum hem de keyif kaynağım; geri kalan her şey ıvır zıvır. Umarım tekrar gelirsin. Bazı cumartesi günleri parti veriyorum. Sofistike bir şey olmuyor, sadece birkaç arkadaş ve meslektaşlar. Her ayın son cuması da birkaç arkadaş poker oynuyoruz. Sadece bozukluklarla oynuyoruz, merak etme."

Sohbetimiz güzel bir şekilde ilerliyordu, yarım saat kadar sonra yemek yemek üzere (İtalya'daki bir meslektaşının tarifiyle Bolonez makarna yapmıştı) masaya oturduğumuzda, birbirimizi uzun süredir tanıyor gibiydik ve benim ilk başlarda hissettiğim utangaçlık hissi yok olup gitmişti.

Laura, ev sahibi gibi hareket ettiği için sohbete neredeyse hiç katılmıyordu. Yemek servisini yaptı, yemek bittiğinde de tabakları ve çatal bıçakları alıp bulaşık makinesine yerleştirdi. Wieder'e "Profesör", "Efendim" ya da "Bay Wieder" yerine "Joe" diye hitap ediyordu. Kendi evindeymiş gibi hareket ediyordu ve bu rolü daha önceden de üstlendiği aşikârdı. Bu arada profesör, farklı konularda uzun uzun konuşup art arda sigara yakıyor ve konuşmalarını el kol hareketleriyle tamamlıyordu.

Bir ara ne kadar yakın olduklarını merak ettim ama daha sonra, o an iyi birer arkadaş olmanın ötesine geçtiklerinden kuşku duymadığımdan, bunun beni alakadar etmediğini düşündüm. Wieder, aldığımız şarabı överek Fransız bağları hakkında uzun bir konuşmaya daldı ve bana üzüm çeşitlerine göre yapılan servisin farklı kurallarını açıkladı. Bütün bunları, nasıl oluyorsa, bir ukala gibi görünmeden yapmayı başarıyordu. Sonra bana gençken birkaç yıl Paris'te yaşadığından söz etti. Sorbonne'da yüksek lisansa hak kazanmıştı; ardından da İngiltere'ye gidip doktorasını yapmış ve ilk kitabını yayınlamıştı.

Bir süre sonra kalkıp evin içinde bir yerlerden getirdiği bir başka Fransız şarabını daha içtik. Laura hâlâ birinci kadehini içiyordu, profesöre dönüşte araba kullanacağını açıklamıştı. Bu kadar iyi anlaştığımızı görmekten memnun görünüyordu; bizi, oyuncaklarını kırıp birbiriyle kavga etmeyen iki çocuğa göz kulak olan mutlu bir bebek bakıcısı edasıyla izliyordu.

Hatırladığım kadarıyla, sohbetimiz belli bir düzeni takip etmiyordu. Profesör çok konuşuyor, bir hokkabaz rahatlığıyla bir konudan diğerine atlıyordu. Giants'ın geçen sezonki performansından on dokuzuncu yüzyıl Rus edebiyatına kadar her konuda bir fikri vardı. Bilgi dağarcığından etkilenmiştim, çok okuduğu ve yaşının (yeniyetmelikten henüz çıkmış biri için, ellilerindeki bir yetişkin ihtiyar sayılabilirdi) merakını köreltmediği anlaşılıyordu. Fakat aynı zamanda, zihinsel kapasitelerinden fazla bir şey beklenmeyen vahşileri sabırla eğitmeyi görevi bellemiş, özenli bir misyoner olduğu izlenimini veriyordu. "Sokratik yöntem"le sorgulamaya girişecek, sonra ben ağzımı açıp bir şey diyemeden cevapları kendisi verecek, birkaç dakika sonra onları da yıkacak karşıt savlar geliştirecekmiş gibiydi.

Aslına bakılırsa, sohbetimizin uzun bir monologdan ibaret olduğu söylenebilirdi. Birkaç saatin sonunda, biz gittikten sonra bile kendi kendine konuşmaya devam edeceğine iyiden iyiye ikna olmuştum.

Koridorda tuttuğu telefonu tüm akşam boyunca birkaç kez çaldığında bizden özür dileyerek cevaplamış ama konuşmalarını kısa tutmuştu. Fakat bir ara, söyledikleri oturma odasından duyulmasın diye kısık sesle uzun bir konuşma yaptı. Ben dediklerini duyamıyordum ama ses tonu sıkıntısını ele veriyordu.

Geri geldiğinde morali bozulmuş görünüyordu.

"Bu herifler çıldırmış!" dedi Laura'ya kızgın bir şekilde. "Benim gibi bir bilim adamından bunu yapmamı nasıl beklerler? Vur diyorsun öldürüyorlar. Bu geri zekâlılara bulaşmak yaptığım en aptalca şey oldu."

Laura cevap vermeyip evin içinde gözden kayboldu. Ben kimden bahsettiğini merak ederken profesör içeri gidip bir şişe şarap daha getirdi. Şarabı içtikten sonra nahoş olayı unutmuş gibi görünüyordu ve gerçek erkeklerin viski içtiğini söyleyerek espri yaptı. Tekrar içeri gidip bu kez bir şişe Lagavulin ve bir kâse de buz getirdi. Fikrini değiştirdiğinde şişe yarı yarıya boşalmıştı bile. Votkanın bir arkadaşlığın başlangıcını kutlamak için en iyi içki olduğunu ifade etti.

Ne kadar sarhoş olduğumu tuvalete gitmek üzere ayağa kalktığımda anladım; o âna dek kendime kahramanca hâkim olmuştum. Bacaklarım bana itaat etmiyordu ve paldır küldür yere yuvarlanıverdim. İçki içmeyen biri olduğum söylenemezdi ama hayatımda hiç bu kadar içmemiştim. Wieder, beni sanki komik bir köpek yavrusuymuşum gibi izliyordu.

Tuvalette, musluğun üzerindeki aynaya baktığımda iki tanıdık yüzün birden bana baktığını görünce kahkahalara boğuldum. Koridordayken ellerimi yıkamadığımı hatırladım ve geri döndüm. Fazlasıyla sıcak olan suyla kendimi haşladım.

Laura geri gelip uzun uzun bize baktıktan sonra kahve hazırladı. Profesörün de sarhoş olup olmadığını anlamaya çalıştım fakat o, sanki onca şeyi ben tek başıma içip bitirmişim gibi son derece ayık görünüyordu. Kendimi muzip bir şakanın kurbanı gibi hissediyordum, o sırada kelimeleri telaffuz etmekte güçlük çektiğimi fark ettim. Çok fazla sigara içmiştim ve göğsüm alev alev yanıyordu. Her iki pencere de açık olmasına karşın gri renkli duman bulutları hayaletler gibi odanın içinde süzülüyordu.

Kahve ve su haricinde bir şey içmeden çene çalmaya bir saat daha devam ettikten sonra Laura, bana gitmemiz gerektiğini işaret etti. Wieder arabaya kadar gelip bize veda ettikten sonra tekrar gelmemi gönülden dilediğini belirtti.

Laura, o saatte tenha olan Colonial Caddesi boyunca arabayı sürerken ona dönüp, "Tatlı bir adam, değil mi? Alkole bu kadar dayanıklı birini daha önce hiç görmemiştim. Tanrım! Ne kadar içtiğimiz konusunda bir fikrin var mı?" dedim.

"Belki öncesinde bir şey almıştır. Yani ilaç türünden bir şey. Normalde bu kadar içmez. Ayrıca sen bir psikolog değilsin, bu yüzden kendisi hakkında hiç açık vermeden seninle ilgili bilgileri almak için ağzını aradığını fark etmedin."

"Kendisi hakkında bir sürü şey anlattı," diyerek karşı çıktım, bir yandan da yolun kenarındaki ağaçlardan birinin ardına kusmak üzere durmamız gerekip gerekmediğini düşünüyordum. Başım dönüyordu ve az önce bir alkol havuzundan çıkmış gibi kokuyor olmalıydım.

"Sana hiçbir şey söylemedi," dedi ters bir tavırla. "Kitaplarının arka kapaklarında dahi bulabileceğin genel bilgiler dışında tabii. Oysa sen ona yılanlardan korktuğunu ve dört buçuk yaşındayken komşunuz tarafından neredeyse tacize uğradığını ve babanın onu öldüresiye dövdüğünü anlattın. Bunlar senin hakkında önemli şeyler söylüyor."

"Bunları mı anlattım? Hatırlamıyorum..."

"En sevdiği oyun, diğer insanların zihinlerini bir evi karıştırır gibi kurcalamaktır. Bu, onun için profesyonel bir alışkanlık

33 F: 3

olmaktan da öte, kontrol altında tutmayı nadiren başarabildiği patolojik bir merak daha çok. Bu programı denetlemeyi de bu nedenle kabul etti, hani şu..."

Çok fazla şey söylediğini fark etmiş gibi aniden cümlesinin orta yerinde duruverdi. Devamında ne söyleyeceğini ona sormadım. Pencereyi açtım ve zihnimin biraz açıldığını hissettim. Soluk bir yarımay gökyüzünde asılı duruyordu.

O gece sevgili olduk.

Her şey, "Arkadaşlığımızın bozulmasını istemiyorum," tarzında, samimiyetten uzak konuşmalar olmadan basit bir şekilde gerçekleşti. Arabayı garaja park ettikten sonra sokak lambasının sarımtırak parıltısına boyanmış halde, bir süre arka bahçede durduk ve tek kelime etmeden bir sigarayı paylaştık. İçeri girdik, ben odanın ışığını yakmaya yeltendiğimde Laura beni durdurdu ve elimi tutup yatak odasına götürdü.

* * *

Ertesi gün pazardı. Bütün gün evde kalıp seviştik ve birbirimizi keşfettik. Fazla konuşmadığımızı hatırlıyorum. Akşamüzeri Peacock Inn'e gidip bir şeyler yedik, sonra da hava kararana kadar Community North Parkı'nda bir süre yürüdük. Ona iş bulma niyetimden bahsetmiştim; o sırada bunu tekrar gündeme getirdiğimde bana hemen Wieder'le çalışmanın ilgimi çekip çekmeyeceğini sordu. Bir gece önce bahsettiği ama bana göstermeye fırsat bulamadığı kütüphanedeki kitapları düzenleyecek birini arıyordu. Şaşırmıştım.

"Buna razı olur mu dersin?"

"Ben bu konuyu çoktan konuştum onunla. Seninle tanışmayı bu yüzden istedi. Erkeklerin tipik şekilde yaptığı gibi, bunu konuşma fırsatı bulamadınız. Sanırım seni sevdi, o nedenle bir sorun olmayacaktır."

34

Ben de aslında ondan hoşlanıp hoşlanmadığımı merak ediyordum.

"O halde, benim için uygun."

Eğilip öptü beni. Sol köprücük kemiğinin altında, göğsünün tam üzerinde madeni para büyüklüğünde kahverengi bir beni vardı. O gün, sanki hafızama kazımak istermiş gibi, vücudunun her noktasını, her ayrıntısını ezberledim. Ayak bilekleri olağandışı incelikteydi ve uzun ayak parmakları vardı; onlara "basketbol takımı" diyordu. Yazın bronzlaşan cildindeki her bir izi ve lekeyi tek tek keşfettim.

O zamanlar, hızlı aşklar ayaküstü yenilen yemekler kadar yaygınlaşmıştı ve ben de bir istisna değildim. Bekâretimi on beş yaşında, tepesinde Michael Jackson posteri asılı bir yatakta kaybetmiştim. O yatak, Fulton Sokağı'nda oturan ve benden iki yaş büyük olan Joelle adında bir kıza aitti. Devam eden yıllarda birçok kız arkadaş edinmiş, hatta iki veya üç kez de âşık olduğumu zannetmiştim.

Ne var ki, o akşam yanılmış olduğumu anladım. Belki de bazıları için hissettiğim şey cazibe, tutku veya bir tür ilgi olabilirdi. Ama Laura'yla her şey farklıydı; bütün o şeylere ek olarak fazladan bir şey daha vardı: her dakika ve her saniye onunla birlikte olma arzusu. Belki de birlikteliğimizin kısa ömürlü olacağını içten içe hissediyor, o nedenle de hayatım boyunca yetecek kadar hatırayı biriktirmek için acele ediyordum.

Üç

Hemen ertesi hafta Trinity İstasyonu'ndan trene atlayıp tek başıma evine giderek Wieder'in kütüphanesinde çalışmaya başladım. Gölün kıyısındaki bir bankta bira içerken, sayısı binleri aşan kitaplarının nasıl düzenlenmesini istediğini açıkladı. Profesör, yeni bir bilgisayar alıp üst kata kurmuştu. Pencereleri ve duvarları olmayan oda, uzun ahşap raflarla doluydu. Arama motoruyla her bir kitabın yerinin saptanacağı türden bir düzenek oluşturmamı ve yazılı bir kayıt oluşturmamı istiyordu. Bu, verileri –kitap isimleri, yazarlar, yayıncılar, Kongre Kütüphanesi numaraları ve benzeri– bilgisayara girmek ve kitapları kategorilerine göre düzenlemek anlamına geliyordu. Kabaca bir hesap yaptığımızda, hafta içi fazladan birkaç gün ayıramazsam bütün işin altı ay boyunca her hafta sonumu alacağı sonucuna vardık. Ben bitirme tezimi yazmaya başlamıştım fakat yine de kütüphane kayıtlarını daha hızlı bir şekilde tamamlamama yardımcı olacağı için hafta içi de çalışabilmeyi umuyordum.

Bana haftalık ödeme yapmayı teklif etti. Miktar oldukça cömertti; ilk üç haftanın çekini de peşin veriyordu. Laura yanımızda değilken o kadar da konuşkan olmadığını, daha net ve özlü konuştuğunu fark ettim.

Küçük bir spor salonunun yer aldığı bodrum katında biraz egzersiz yapacağını söyleyerek kütüphanede beni yalnız bırakıp çıktı.

İki-üç saatimi bilgisayarı ve yazılımı tanımaya harcadım, bu zaman zarfında Wieder üst kata hiç uğramadı. Nihayet kütüphaneden çıktığımda onu mutfakta sandviç hazırlarken buldum. Politikadan konuşarak birlikte yemek yedik. Fikirlerinde oldukça tutucu olması ve "liberaller"in komünistler kadar tehlikeli olduğunu düşünmesi beni oldukça şaşırtmıştı. Reagan'ın yumruğunu Moskova'nın suratına sallayarak iyi ettiğini, oysa yerine geçen Jimmy Carter'ın Rusya'nın kıçını öpmekten ötesini yapmadığını düşünüyordu.

Salonda sigara içerken ve kahve makinesi mutfakta homurdanırken bana dönüp, "Sen ve Laura sadece arkadaş mısınız?" diye sordu.

Sorusu beni hazırlıksız yakalamıştı. Bir cevap uydurmaya çalışmanın rahatsız edici olduğunu düşündüm. Neredeyse ona, bunun onu alakadar etmediğini söyleyecektim. Fakat Laura'nın onun dostluğuna fazlasıyla önem verdiğini biliyordum ve bu nedenle sakin olmaya gayret ettim.

"Sadece arkadaşız," diye yalan söyledim. "Benim oturduğum eve taşındı ve böylece fazla ortak yanımız olmamasına rağmen arkadaş olduk."

"Kız arkadaşın var mı?"

"Tesadüf eseri şu anda bekârım."

"O halde? Laura güzel, akıllı ve her anlamda çekici biri. Onun söylediklerine bakılırsa birlikte çok zaman geçiriyormuşsunuz."

"Ne desem bilemiyorum, böyle şeylerin olacağı varsa olur."

Kahve fincanlarını alıp birini bana uzattı, ardından bir sigara daha yakıp ciddi ve keskin bakışlarla bana baktı.

"Sana benim hakkımda bir şey söyledi mi?"

Konuşmanın gitgide daha rahatsız edici bir hal aldığını hissediyordum.

"Size karşı büyük bir hayranlık besliyor ve yanınızda mutlu oluyor. Anladığım kadarıyla, insan zihni ve hafızayla ilgili tüm anlayışımızı ciddi anlamda değiştirecek özel bir projede birlikte çalışıyorsunuz. Tek bildiğim bu."

"Projenin detayları hakkında sana bir şey anlattı mı?" diye sordu çabucak.

"Hayır. Ne yazık ki ben tamamen farklı bir alandayım ve Laura da beni psikolojinin gizemli dünyasına çekmekten artık vazgeçti," dedim rahat görünmek için çaba göstererek. "Üstünüze alınmayın ama insan aklını kurcalamak beni fazla heyecanlandırmıyor."

"Ama sen yazar olmak istiyorsun, öyle değil mi?" dedi rahatsız bir tavırla. "İnsanların düşünme şekilleriyle ilgili bir fikrin olmadan karakterlerini nasıl geliştireceksin?"

"Bu, kaya tırmanışından keyif alabilmek için yerbilimci olmak gerektiğini söylemek gibi," dedim. "Joe, sanırım beni yanlış anladınız." Her ne kadar bundan rahatsızlık duysam da ona ilk ismiyle hitap etmem için ısrar etmişti. "Bazen sırf insanları seyretmek, hareketlerini ve yüz ifadelerini incelemek için tek başıma bir kafeye oturuyorum. Bu hareketlerin ve ifadelerin ardında neler döndüğünü tahmin etmeye çalışıyorum. Ama bu, bilinçli olsun ya da olmasın, onların dışavurdukları şeyler ve..."

Cümlemi bitirmeme izin vermedi. "Yani sen benim kapı deliğinden bakan bir tür röntgenci olduğumu mu düşünüyorsun? Hiç de değilim. İnsanlar kendilerini anlamak konusunda sık sık yardıma ihtiyaç duyarlar, bu nedenle kişiliklerini zedelemeden onlara yardım elini uzatmayı bilmek gerekir. Sonuçta, amaçlar tamamen farklı. Böyle bir konusu olan bir araştırmaya, sonuçlarını açıklayacağım âna dek büyük bir ihtiyatla yaklaşmak gerektiğini anlıyorsundur sanırım – ya da anlamıyorsun belki, ama bu konuda bana güven. Bir yayıncıyla sözleşme imzaladım bile, ama bizim üniversitenin yayıneviyle değil, bu yüzden kuruldan bazıları homurdandı. Sana akademik dünyadaki çekememezliklerden bahsetmeme gerek yoktur herhalde. İşlerin nasıl yürüdüğünü görecek kadar uzun süredir öğrencisin. Şu anda çok fazla ihtiyatlı olmak için bir sebep daha var, ama bunu seninle paylaşamam. Kütüphanede işler nasıl gidiyor?"

Beni sürekli faka bastırmak ister gibi konuyu aniden değiştirivermek onun tarzına uygun görünüyordu. Ona, bilgisayar ve yazılıma alışmaya çalıştığımı ama her şeyin yolunda gittiğini söyledim.

On beş dakika sonra, tam ben oradan ayrılmak üzereyken kapıda beni durdurup konuşmamız gereken başka bir şey daha olduğunu belirtti.

"Geçen hafta beni ziyarete geldikten sonra birileri çıkıp sana, benim neyin üzerinde çalıştığıma dair sorular sordu mu? Herhangi bir arkadaşın veya yabancı birileri?"

"Hayır, zaten buraya geldiğimden kimseye bahsetmedim. Sadece Laura biliyor."

"Bu harika. Gelecekte de kimseye bahsetme. Kütüphane işi ikimizin arasında. Bu arada Laura bugün neden gelmedi?"

"Bir arkadaşıyla birlikte New York'ta. Ona birlikte bir gösteriye gitmek üzere söz vermiş, gece de arkadaşının ailesinde kalacaklar. Yarın sabah dönüyor."

Uzun bir süre bana baktı.

"Mükemmel. Gösteriye ilişkin ne düşündüğünü merak ediyorum. Arkadaşının adı ne?"

39

"Yanlış hatırlamıyorsam, Dharma olmalı."

"Yirmi yıl önce Daisy ve Nancy gibi isimler hippilere yetmiyordu tabii, değil mi? Her neyse... Şimdilik hoşça kal, Richard. Şükran Günü'nden sonra görüşürüz. Birlikte kutlamak üzere seni buraya davet ederdim ama yarın Chicago'ya gidiyorum ve cumaya kadar da dönmeyeceğim. Laura'daki yedek anahtarları kullanabilirsin. Ne yapman gerektiğini biliyorsun, vaktin olursa ben yokken gelebilirsin. Kendine iyi bak."

* * *

Doğrudan otobüs durağına gitmek yerine, sigara içip konuştuklarımızı düşünerek evin etrafındaki sokaklarda dolandım.

Demek ki Laura'da Wieder'in ev anahtarları vardı. Bu bana garip gelmişti, çünkü o âna dek bu denli yakın olduklarını bilmiyordum. Şayet doğru anladıysam Wieder, Laura'nın bana arkadaşıyla tiyatroya gideceğini söyleyerek gerçeği gizlediğini ima ediyordu. Ayrıca, aramızdaki ilişkinin mahiyetini öğrenmek için beni sorgularken de oldukça ihtiyatlı davranmıştı.

Moralim bozuk bir şekilde eve döndüm; profesörün bana yazdığı çeki, anlamadığım şüpheli bir alışveriş için yapılmış bir ödeme olarak düşünüp odamdaki dolabın çekmecesine kaldırdım. Laura'yla tanıştığımdan beri ilk kez bir cumartesi akşamını tek başıma geçirecektim; ev bana karanlık ve saldırgan görünüyordu.

Bir duş alıp pizza sipariş ettim ve *Evli ve Çocuklu*'yu izledim; ama o akşam, Bundy Ailesi'nin serüvenleri bana hiç de eğlenceli gelmiyordu. Sanki kanepede yanımda oturuyormuşçasına yoğun bir şekilde Laura'nın kokusunu alıyordum. Onunla tanışalı daha birkaç hafta olmuştu ama sanki onu yıllardır tanımıyormuşum gibi hissediyordum – çoktan hayatımın bir parçası olmuştu.

B. B. King kasetini dinlerken bir Norman Mailer romanı karıştırıp bir yandan da onu ve Profesör Wieder'i düşündüm. Bana nazik davranmış ve bir de iş vermişti, bunun için ona minnettar olmam gerekirdi. Akademik dünyanın ileri gelen şahsiyetlerindendi; bu yüzden asistan öğrencisi aracılığıyla da olsa beni fark etmiş olduğu için kendimi şanslı saymalıydım. Yine de, davranışlarında belirsiz ve tuhaf bir taraf vardı... tam olarak ismini koyamadığım ama varlığından emin olduğum bir şeyler... cana yakınlığının ve kelimelerinin arasına gizlenmiş bir şeyler. Daha kötüsü, Laura'nın bana doğruyu söyleyip söylemediğini de merak etmeye başlamıştım. Bana anlattığı şeylerin doğruluğunu kontrol edebileceğim her türlü senaryoyu aklımdan geçirdim ama artık New York'a gidecek bir tren bulmak için çok geçti. Ayrıca, kalitesiz filmlerdeki gibi bir casusmuşçasına uzaktan uzağa onu takip etmek bana kendimi gülünç hissettirirdi.

Zihnimde beliren bu düşüncelerle birlikte kanepede uyuyakaldım, sonra gecenin bir yarısında uyanıp yukarı, odama çıktım. Rüyamda kıyısı sazlarla kaplı kocaman bir gölün yanında olduğumu gördüm. Karanlık sulara bakarken aniden tehlikede olduğumu hissediyordum. Üzeri pullarla kaplı, çamur içinde kalmış, kocaman bir timsahın yeşilliklerin içinde beni kovaladığını gördüm. Fakat hayvan bana baktığında, sanki Profesör Wieder'in soluk mavi gözlerini gördüm.

* * *

Laura ertesi gün akşamüzeri geri döndü. Bütün sabahı iki arkadaşımla kampüste dolanarak geçirmiştim, sonra öğlen Nassau Caddesi'ndeki evlerine gidip müzik dinleyerek pizza yemiştik. Arabanın park ettiğini duyduğumda eve gelmiş, kendime kahve yapıyordum.

Laura yorgun görünüyordu, gözlerinin etrafında koyu renk halkalar vardı. Mesafeli bir şekilde beni öptükten sonra duş almak ve üzerini değiştirmek üzere koşarak yukarıya, odasına çıktı. Onu beklerken iki fincan kahve doldurup kanepeye uzandım. Aşağı geldiğinde kahve için teşekkür edip uzaktan kumandayı alarak kanal kanal gezinmeye başladı. Sohbet havasında görünmüyordu, o yüzden üzerine gitmedim. Bir ara sigara içmek üzere dışarı çıkmayı önerdi.

"Gösteri aptalcaydı," dedi sigarasından oburca bir nefes çekerken. "Dharma'nın anne ve babası bütün gece kafamızı ütüledi. Bir de dönüş yolunda, tünelde kaza vardı, o yüzden beklemek zorunda kaldım, yarım saat trafikte sıkışıp kaldım. Rezil arabam tuhaf sesler çıkarmaya başladı. Sanırım birilerine baktırmam lazım."

Dışarıda yağmur çiseliyor, saçındaki yağmur damlaları birer elmas tanesi gibi parıldıyordu.

"Gösterinin adı neydi?" diye sordum. "Birisi soracak olursa otuz papelin ceplerinde kalmasına vesile olayım."

"Starlight Express," diye cevap verdi hemencecik. "Hakkında yazılanlar iyiydi ama benim ruh halim uygun değildi."

Wieder'e gittiğimi biliyordu, o yüzden nasıl geçtiğini ve kütüphaneyle ilgili mutabık kalıp kalmadığımızı sordu. Bana bir çek verdiğini ve onunla kirayı ödeyeceğimi, sadece birkaç saat çalıştığımı söyledim.

İçeri geri dönüp kanepeye oturduğumuzda bana, "Ters bir şeyler var, Richard. Bana anlatmak ister misin?" dedi.

Gizlemenin anlamının olmadığına karar verdim. "Wieder bana ilişkimiz hakkında sorular sordu. Ve..."

"Ne tür sorular?"

"Tuhaf sorular... Ayrıca, birilerinin yanıma gelip bana onun hakkında sorular sorup sormadığını ve ikinizin yaptığı araştırmayla ilgili senin neler anlattığını bilmek istedi."

"Hım."

Devam etmesini bekledim ama başka bir şey demedi.

"Dahası, senin bana yalan söylediğini, New York'a başka bir nedenle gittiğini ima etti."

Laura bir süre bir şey demedi, sonra bana, "Peki, ona inandın mı?" diye sordu.

Omuzlarımı silktim. "Artık ne düşünmem gerektiğini bilemiyorum. Ne yaptığın ya da ne yapmadığınla ilgili seni sorguya çekme hakkım olduğunu sanmıyorum. Sen benim malım değilsin ve kendimin de şüpheci bir herif olduğunu düşünmüyorum."

Kahve fincanını, sanki birazdan serbest bırakacağı bir kuşmuş gibi iki eliyle birden tutuyordu.

"Pekâlâ, bazı şeyleri açıkça konuşmak ister misin?"

"Elbette."

Fincanı sehpaya koyup televizyonu kapadı. Evin içinde sigara içmemek konusunda anlaşmıştık fakat uzanıp bir sigara yaktı. Bunun olağandışı bir durum olduğunu varsaydım, kurallar geçici olarak çiğnenebilirdi.

"Pekâlâ, konuları birer birer ele alalım. Buraya taşındığım zamanlarda seninle ya da bir başkasıyla bir ilişkiye başlamak aklımdan dahi geçmiyordu. İlk senemin sonunda ekonomi eğitimi alan bir çocukla görüşmeye başladım. Yaz mevsimini ayrı geçirdik; ikimiz de evlerimize gitmiştik. Sonbaharda ilişkimize devam ettik ve bir süre her şey iyi gitti. Duygularımız karşılıklı olmasa da ben ona âşıktım ya da öyle olduğumu sanıyordum; duygusal anlamda bağlanmayı sevmeyen, uçarı biriydi. Başka kızlarla da görüştüğünden şüpheleniyordum, o sebeple de buna katlandığım için kendime kızıyordum.

"Wieder'le çalışmaya o dönemde başladım. En başta, diğer yirmi-otuz öğrenci gibi sadece gönüllüydüm fakat çok geçmeden araştırması üzerinde konuşmaya başladık ve beni beğendiğini düşündüm. İşlerin içine daha fazla girdim. Onun bir çeşit asistanı haline geldim diyebiliriz. Sana bahsettiğim erkek arkadaşım beni kıskanmaya başladı. Beni takip ediyor, Wieder'le olan ilişkimle ilgili beni sorguya çekiyordu. O sırada dekan, benim ve profesörün bir aşk ilişkisi yaşadığımızı iddia eden isimsiz bir mektup aldı."

"Bu çocuğun adı neydi?"

"Bunu bilmek istediğinden emin misin?"

"Evet, eminim."

"Adı Timothy Sanders. Hâlâ burada, yüksek lisans yapıyor. Tanışmamızdan hemen sonra Lincoln'daki Robert'ın Barı'na gidişimizi hatırlıyor musun?"

"Hatırlıyorum."

"Bir kızla birlikte oradaydı."

"Peki, devam et."

"Dekana gelen o mektupla birlikte Wieder deliye döndü. Ben, araştırma programına çoktan dahil olduğum için onunla çalışmaya devam etmek konusunda çok hevesliydim. Bu alanda kariyer yapmak için büyük bir şanstı. Timothy'nin bu şansı mahvetmesine izin veremezdim.

"Mektubu gönderen kişi hakkında bazı şüphelerim olduğunu Wieder'e itiraf ettim. Benden, Timothy'yle olan ilişkimi bitireceğime dair söz aldı, ben bunu zaten yapmaya niyetliydim. Timothy'yle konuştum, onunla daha fazla görüşmek istemediğimi ona söyledim. İşin tuhaf yanı, ancak ondan sonra bana âşıkmış gibi davranmaya başladı. Nereye gitsem beni takip ediyordu; hayatına son vermeyi düşündüğüne, benim suçluluk duygusuyla yaşamak zorunda kalacağıma dair ağlamaklı mektuplar gönderiyordu bana. Hem okula hem de eve çiçekler gönderiyor, en azından birkaç dakika olsun buluşmayı kabul etmem için yalvarıyordu. Ben kararlılığımı koruyarak onunla konuşmayı reddettim. Wieder bir-iki kez daha ilişkimizin devam edip etmediğini sordu, ona Timothy'den ebediyen ayrıldığımı ve her ne olursa olsun fikrimi değiştirmeyeceğimi söylediğimde tatmin oldu.

"Sonra Timothy taktik değiştirerek üstü kapalı tehditler savurmaya, pis laflar etmeye başladı. Tam anlamıyla saplantılı görünüyordu. Bir keresinde onu Wieder'in evinin önünde, sokak lambasının altına park etmiş, arabanın içinde otururken gördüm. Eski evimden ayrılıp buraya taşınma nedenim de oydu.

"Bir süre ortadan kayboldu ama az önce söylediğim gibi, onu sonra Robert'ın Barı'nda tekrar gördüm. Sonradan kampüste yanıma geldiğinde onunla kahve içmeyi kabul etmek gibi bir hata yaptım. Beni taciz etmeyi bıraktığı için aramızdaki her şeyin bittiğini nihayet kabullendiğini düşünüyordum."

"Araya girdiğim için özür dilerim," dedim, "ama neden polisi aramadın?"

"Sıkıntı yaşamak istemedim. Timothy saldırgan değildi. Bana bir fiske bile vurmadı, o nedenle fiziksel bir tehlike altında olduğumu düşünmedim. Ayrıca, polisin, yasaları çiğnemediği sürece, öğrencinin tekine tutulmuş sevdalı bir gençle ilgileneceğinden de şüpheliydim. Fakat kahve içmemizin ardından her şeye tekrar başladı. Bana, benim onu hâlâ sevdiğimden emin olduğunu, bunu kabul etmek istemediğimi ama er ya da geç bunun farkına varacağımı söyledi. Ayrılmamızın onu çok sarstığını, New York'ta terapi görmeye başladığını da ekledi. Buraya gelip olay yaratmasından ve seni sinirlendirmesinden endişe ediyordum.

"Kısacası, psikoloğuna benim canlı kanlı bir insan olduğumu, psikoloğunun inanmaya başladığı gibi onun zihninde yarattığı bir hayal ürünü olmadığımı göstermek üzere, onunla terapi seanslarından birine gitmeye razı oldum. New York'a da bu yüzden gittim. Yeni adresimi de öğrenmiş. Psikolog ziyaretinin ardından Dharma'yla buluşup sana söylediğim gibi geceyi de onun anne ve babasının evinde geçirdim. Ve hepsi bu kadar. Timothy beni bulmaya çalışmayacağına dair söz verdi."

"Bana neden doğruyu söylemedin? Daha kolay olmaz mıydı?"

"Çünkü az önce anlattığım her şeyi bir bir anlatmam gerekirdi ve bunu yapmak istemiyordum. O herif geçmişimden kalma bir gölgeden başka bir şey değil ve öyle de kalmasını istiyorum. Richard, hepimizin unutmak istediği ama kendi elinde olmadığı için bunu yapamadığı şeyler vardır. Ve geçmişte yaşanan her şey, herkesin göreceği şekilde açığa dökülmemeli, çünkü bazen anlamları fazla karmaşık, bazen de acı verici olabilir. Çoğu zaman gizli kalmaları en iyisidir."

"Peki, hepsi bu kadar mı? Seansa gidip psikologla konuştun ve sonra herkes kendi yoluna mı gitti yani?"

Şaşkın bir şekilde bana baktı.

"Evet, dediğim gibi, hepsi o kadar."

"Peki, doktor ne dedi?"

"Timothy'nin bizim ilişkimizle ilgili her şeyi zihninde yarattığına, bu eski kız arkadaşın kendi kendine uydurduğu bir şey olduğuna ve Laura adında gerçek bir kişinin var olmadığına emindi. Bunların hepsi kendisini sevmeyen bir üvey anne tarafından yetiştirilmesiyle ve reddedilmeye katlanamamasıyla ilgili. İyi de sen neden bu saçmalıklarla bu kadar ilgileniyorsun?"

Hava kararıyordu ama ikimiz de kalkıp ışığı yakmadık. "Laura, Richard'dan Af Diliyor" isimli bir Rembrandt tablosu gibi karanlıkta oturuyorduk.

Onu istiyordum –elbiselerini çıkarıp vücudunu vücudumda hissetmek için sabırsızlanıyordum– ama aynı zamanda kendimi yalanlar söylenerek ihanet edilmiş gibi hissediyordum. Bir çıkmaza girmiş gibiydim ve nasıl ilerleyeceğimi bilemiyordum.

"Wieder bütün bunları biliyor muydu?" diye sordum. "New York'a gitmenin gerçek sebebini biliyor muydu?"

Bana bildiğini söyledi.

"Peki, neden beni uyarma ihtiyacını hissetti?"

"Çünkü onun tarzı bu!" diye çıkıştı kızgın bir şekilde. "Çünkü muhtemelen bizim ilişki yaşamamız gerçeğinden hoşlanmıyor.

Kıskanıyor olabilir ve bu yüzden de fitili ateşlemek konusunda kendini tutamıyordur, çünkü bu onun en iyi yaptığı şeydir; başka insanların zihinlerini manipüle etmek, onlarla oynamak yani. Onun nasıl biri olduğunu bilmediğin konusunda seni uyarmıştım."

"Ama sen onu bir dâhi olarak, adeta tanrısal bir varlık olarak tanımlamış ve ikinizin iyi arkadaş olduğunuzu söylemiştin. Şimdi..."

"Eh, anlaşılan bazen bir dâhi bile bir budalaya dönüşebiliyor."

Bu soruyu sormakla son derece büyük bir riske gireceğimi biliyordum ama yine de devam ettim. "Laura, sen Wieder'le bir ilişki yaşadın mı?"

"Hayır."

Böyle bir şeyi nasıl düşünebilirsin? tarzında, samimiyetten uzak veya neredeyse kaçınılmaz bir tepki göstermeden bana net bir cevap verdiği için memnun olmuştum.

Buna karşın birkaç dakika sonra ekledi, "Aklından böyle bir şey geçirmiş olmana üzüldüm, Richard. Ama bu koşullarda seni anlayabiliyorum."

"Sende onun yedek anahtarlarının olmasına biraz şaşırdım. Wieder söyledi."

"Sorsaydın bunu sana ben de söylerdim. Bu bir sır değil. Adam tek başına, kimsesi yok. Her cuma, evi temizlemek için bir kadın geliyor ve tamirat gibi şeylere ihtiyacı olduğunda da yakınlarda oturan eski bir hastası uğruyor. Ne olur ne olmaz diye bana da yedek anahtar verdi. Onu henüz bir kez bile kullanmadım, o olmadığında evine hiç gitmedim."

Yüzü oturma odasının karanlığında belli belirsiz görünüyordu ve o an Laura Baines'in, birkaç hafta önce tanıştığım ve en nihayetinde hakkında hiçbir şey bilmediğim Laura Baines'in kim olduğunu merak ediyordum. Sonra bu soruma kendim cevap verdim: O benim âşık olduğum kadındı ve önemli olan sadece buydu.

* * *

O akşam, bu olaydan bir daha bahsetmemek konusunda anlaştıktan sonra –tutulması olanaksız sözler verecek kadar gençtim– Laura bana Wieder'in yaptığı deneylerden bahsetti. O bile tüm detayları bilmiyordu.

Profesörün otoritelerle olan bağlantıları, yedi yıl önce bir cinayet vakasında bilirkişi olarak görevlendirildiği zaman başlamıştı. Zanlının avukatı, müvekkilinin akli dengesinin yerinde olmamasını gerekçe göstererek yargılanmaması gerektiğinde ısrar ediyordu. Laura'nın açıkladığına göre, öyle durumlarda üç kişilik bir uzman grubu görevlendiriyor ve bu grup, zanlının akli durumuyla ilgili rapor hazırlıyordu, mahkeme buna göre savunma tarafının haklı olup olmadığına karar veriyordu. Eğer uzmanlar, zanlının akli dengesinin suçlamaların muhteviyatını anlayamayacak derecede bozuk olduğunu doğrularsa, o zaman zanlı akıl hastanesine teslim ediliyordu. Daha sonra hasta, avukatın talebiyle normal bir psikiyatri kliniğine sevk edilebiliyor, hatta hâkim lehinde karar verirse serbest bırakılabiliyordu.

Diğer iki uzman, komşusunu öldürmekle suçlanan kırk sekiz yaşındaki John Tiburon'ın, paranoid şizofreniden muzdarip bir psikozlu olduğuna ve öne sürülen hafıza kaybının gerçekliğine inanırken, o dönem Cornell'de eğitim veren Wieder, zanlının belleğini yitirmiş rolü yaptığını iddia etmişti. Sonuçta Wieder'in haklı olduğu kanıtlanmıştı. Dedektifler, Tiburon'ın bir günlük tuttuğunu tespit etmişlerdi. Tiburon, eylemlerini günlüğünde detaylı bir şekilde anlatıyordu. Üstelik, komşusu tek kurbanı da değildi. Dahası, aklanmaya temel oluşturabilecek farklı psikozların semptomları hakkında bilgi topladığı anlaşılmıştı. Böylece, yakalanması halinde uzmanları hasta olduğuna inandıracak kadar ikna edici şekilde rol yapabilecekti.

Bu davadan sonra Wieder, danışman olarak çağrılmaya devam etmiş ve çocukluğunda satanist törenlerin kurbanı olduğu düşünülen bir psikiyatrist tarafından kaleme alınan *Michelle Hatırlıyor* kitabının yayınlanmasının ardından son derece popüler hale gelen hafıza konusunu incelemekle ve bastırılmış belleği analiz etmekle gitgide daha fazla ilgilenir olmuştu. Wieder, benzer yüzlerce vaka üzerinde çalışmış, araştırmasını ilerletmek için hipnoz tekniğini dahi kullanmıştı. Tehlikeli suçlularla konuşmak üzere hapishaneleri ve akıl hastanelerini ziyaret etmiş ve sayısız bellek kaybı vakası incelemişti.

Sonunda, bazı bastırılmış bellek vakalarının, özellikle de kişi ciddi psikolojik travmalar yaşadığı anda, bir tür otoimmün sistemin devreye girmesiyle ortaya çıktığı sonucuna varmıştı: Kişi, travmatik hatıraları basit anlamıyla silip atıyor veya onları başa çıkılabilir hale getirmek üzere, tıpkı akyuvarların vücudu istila eden bir virüse saldırmaları gibi, onları bir anlamda sterilize ediyordu. Bu nedenle de beyinlerimiz doğuştan bir geri dönüşüm kutusuna sahipti.

Fakat şayet böyle süreçler kendiliğinden ortaya çıkıyorsa, mekanizmaları terapistler tarafından tetiklenecek ve kumanda edilecek şekilde deşifre edilebilir miydi? Çünkü mekanizmanın

49 F: 4

kendiliğinden tetiklenmesi çoğu kez geri dönüşü olmayan zararlara sebep oluyor ve iyi hatıralar da travmatik olanlarla birlikte silinebiliyordu; bir hastanın travmadan kurtulma teşebbüsü, bazı vakalarda ilkinden bile daha büyük yeni bir travmayla sonuçlanabiliyordu. Bu da kötü bir yara ya da yanık izini kolu tamamen keserek tedavi etmeye benziyordu.

Wieder, araştırmasına devam ederken Princeton'a geçmişti. Tam bu noktada, Laura'ya bir sohbet esnasında aktardığı kadarıyla, bir kuruluşun temsilcileri, kendileri tarafından geliştirilen bir programın denetleyicisi olmasını teklif etmişlerdi. Laura bundan fazlasını bilmiyordu ama bu projenin, askerlerin ve gizli ajanların yaşadığı travmatik hatıraları silmek veya onlara bir şekilde "çekidüzen vermek"le alakalı bir şey olduğundan şüpheleniyordu. Wieder bu konuda konuşmak istemiyordu. Olaylar sorunlu ilerliyordu ve bu nedenle profesörle olan ilişkileri de gerilmişti.

Bana anlattıkları tüylerimi ürpertmişti. Şüphe götürmez derecede gerçek olduğuna inandığım şeylerin, aslında sübjektif bakış açımın bir sonucu olabileceklerini keşfetmek bana son derece tuhaf geliyordu. Dediğine göre hatıralarımız, becerikli bir kurgu editörünün istediğinde uç uca eklediği bir film şeridinden ya da herhangi bir şekle sokulabilecek bir tür jelatinden farksızdı.

Böyle bir teoriyi kabullenmenin benim için zor olduğunu söyledim fakat bana karşı çıktı. "Bir şeyi daha önceden deneyimlediğin ya da belli bir yere gittiğin hissine kapılmışken, daha sonra aslında oraya hiç gitmediğini öğrendiğin ama onunla ilgili, mesela çocukluğunda, bazı hikâyeler dinlediğini fark ettiğin olmadı mı hiç? Hafızan, o olayla ilgili bir hikâye dinlediğine dair hatırayı silip onu bir olayla değiştirdi."

Uzun bir süre, 1970 yılı Super Bowl'unda[*] Kansas City Chiefs takımının Minnesota Vikings'i yendiğini gördüğümü anımsadım. Ama aslında o zamanlar sadece dört yaşındaydım ve bunu gördüğümü zannetmiştim – sadece babamın o maçla ilgili defalarca anlattığı hikâyeleri duyduğum için. "Gördün mü? Tipik bir örnek de, polisin görgü tanıklarının ifadelerini anlamlandırmakta zorlanmalarıdır. Çoğunlukla, apaçık ortada olması gereken detaylara kadar birbiriyle çelişen bilgiler verirler: mesela çarpıp kaçmış arabanın rengi. Bazıları kırmızı olduğunu söyler, kimisi mavi olduğuna yemin edebilir ve sonuçta ortaya çıkar ki arabanın rengi sarıdır. Hafızamız merceğin önünden geçen her şeyi kaydeden bir video kamera değildir, Richard; daha çok, parça parça gerçeklerden kendi filmini yapan bir senarist veya yönetmen gibidir."

* * *

Nedenini bilmiyorum ama o akşam Laura'nın anlattıklarına normalden daha fazla dikkat kesilmiştim. Sonuçta Wieder'in neyin peşinde olduğu umurumda değildi. Ne var ki, Laura'nın Timothy Sanders hakkında doğruyu söyleyip söylemediğini merak ediyordum.

Laura isimlerin gücü konusunda haklıydı, bu yüzden Timothy'nin tam ismini de neredeyse otuz sene sonra hatırlayabiliyorum. Yine o akşam, onun profesörle olan ilişkisinin tamamen profesyonelce olup olmadığını merak ettiğimi de hatırlıyorum. Cinsel taciz, seksenlerde revaçta bir konuydu ve üniversiteler skandallara duyarsız değildi. Bazen önemsiz bir suçlama dahi bir kariyeri mahvetmeye yetiyordu ya da en azından şüphe yaratıyordu. Bu nedenle de, ona ne kadar kapılmış olursa olsun, bir

(*) Amerikan futbolu ligi National Football League'in (NFL) şampiyonluk maçı. –çn.

51

öğrenciyle yaşanan kirli bir ilişki hatırına Wieder'in konumundaki birinin her şeyi tehlikeye atabileceğine inanmakta zorluk çekiyordum.

Oturma odasındaki kanepede yattığımız o akşam, Laura uyuduktan uzun bir süre sonra uyanıp güzel vücuduna, uzun bacaklarına, kalçalarının kıvrımına ve düzgün omuzlarına baktım. Yumruklarını sıkmış bir bebek gibi uyuyordu. Ona inanmaya karar verdim: Bazen silindir bir şapkadan bir fil çıkabileceğine safça ve basitçe inanmamız gerekir.

Dört

Ertesi perşembe, Şükran Günü'nü birlikte geçirdik. Irving Caddesi'ndeki aile işletmesi küçük bir restorandan pişmiş hindi satın aldık ve Laura'nın arkadaşlarından birkaçını bizim eve davet ettik. Kardeşim Eddie hastaydı; soğuk almıştı ve annem bir sabah onu yüksek ateş kaynaklı ağrılar içinde bulduğunda çok korkmuştu. Onlarla bir saat telefonda konuşup yarı zamanlı bir iş bulduğumu haber verdim. Ne Laura ne de ben Timothy Sanders'dan ya da Wieder'den bahsetmiyorduk. Sabaha kadar uyumayıp eğlendik, sonra da New York'a gidip hafta sonunu Brooklyn Heights'ta küçük bir pansiyonda geçirdik.

Ertesi hafta, Laura okuldayken yedek anahtarları alıp Wieder'in evine iki kez gittim.

Bu geniş ve sessiz ev hoşuma gidiyordu, benim gibi tüm hayatını karanlık ve gürültülü küçük evlerde geçirmiş biri için adeta büyüleyiciydi. Evin içindeki sessizlik neredeyse tuhaftı, oturma odasının pencerelerinden göl görünüyordu. Orada durup suyun üzerine doğru eğilmiş ve bir tabloyu andıran söğütleri saatlerce izleyebilirdim.

Etrafı sessizce inceledim.

Aşağıda bir oturma odası, bir mutfak, bir banyo ve bir de kiler vardı. Yukarıdaysa kütüphane, iki yatak odası, bir başka banyo ve gerektiğinde yatak odası olarak kullanılabilecek genişlikte bir giyinme odası bulunuyordu. Bodrum katta küçük bir şarap mahzeni ve bir de ortalığa saçılmış ağırlıklarla dolu bir spor salonu vardı. Tavanda kırmızı bir Everlast kum torbası asılıydı, duvardaki askıdan bir çift boks eldiveni sarkıyordu. Ter ve profesörün deodorantının kokusu birbirine karışmıştı.

Ben daima kitap okumaya düşkün biri olmuştum, bu nedenle Wieder'in kütüphanesini düzenlemek benim için işten çok, bir ayrıcalık sayılırdı. Raflar, adını hiç duymadığım kitaplarla ve nadir bulunan özel baskılarla doluydu. Kütüphanenin yaklaşık yarısını tıbbi yayınlar ile psikoloji ve psikiyatri alanlarında ders kitapları oluşturuyordu; geri kalanıysa edebiyat, sanat ve tarih kitaplarıydı. Zamanımı, profesörün bana ödünç vermek isteyeceğinden şüphe ettiğim değerli kitaplarından bazılarını okumaya da vakit bırakacak şekilde ayarlıyordum.

O hafta ikinci kez oradaydım. Kısa bir öğle yemeği arası verip yanımda getirdiğim sandviçi gölü seyrederek yedim. Evin de sahibi gibi üzerimde tuhaf bir etkisi olduğunu fark etmiştim. Her ikisi de beni hem çekiyor hem de itiyordu.

Çekiyordu, çünkü eğer başarılı bir yazar olursam ve bu başarı bana bir sandık altın kazandırırsa yaşamak isteyeceğim türden bir evdi. Princeton'daki sürem bitmek üzere olduğundan ve daha sonra ne yapmam gerektiğine ciddi anlamda kafa yormaya başladığımdan, olayların istediğim şekilde gelişmeyebileceğinden endişe ediyordum. Edebiyat dergilerine gönderdiğim az sayıdaki kısa hikâyem, editörlerin yanıt verirken yüreklendirici birkaç kelime söylemesine rağmen, sürekli geri çevrilmişti. Bir kitap üzerinde de çalışıyordum ama sürdürmeye değecek bir şey olup olmadığını bilemiyordum.

Belki de, alaycı yeniyetmelerle birlikte, küçük bir kasabada, yoksul ve insanları sevmeyen bir İngilizce öğretmeni olarak renksiz bir yaşam sürecektim. Sonum, dirseklerinde deri yamalar olan tüvit ceketler giyen, boynunda taşıdığı bir yük gibi çantasında bitmek bilmeyen bir kitap projesiyle dolanan biri haline gelmek olabilirdi. Bu ev, evrensel anlamda kabul gören bir başarı sembolüydü. Birkaç dakika için bu evin bana ait olduğunu, sevdiğim ve artık karım olan kadınla burada yaşadığımı hayal ettim. Çok satanlar listesine gireceği kesin olan bir sonraki kitabımı yazmaya ara vermiştim; akşamımızı merak ve hayranlık içinde seyredileceğimiz Green'deki Tavern restoranında veya Four Seasons'ta geçirmek üzere sakin ve rahat bir şekilde Laura'yı bekliyordum.

Fakat bu hayalim evin hiç de güvenmediğim bir adama ait olduğunu hatırladığımda, sanki tahrip edici kimyasal bir maddeyle temas etmiş gibi, bir anda dağılıverdi. Her ne kadar Laura'nın bana gerçeği söylediğine ve ilişkilerinin tamamen profesyonelce olduğuna inanmaya istekli olsam da, bu evdeyken hayal gücümün taşkınlık yapmasına engel olamıyordum. Onları oturma odasındaki kanepede bir çift olarak ya da çıplak bir şekilde yukarıdaki yatak odasına çıkıp daha yatağa uzanmadan oynaşırken hayal edebiliyordum. Yaşlı adam, müstehcen teklifler yapıp pantolonunun düğmelerini açarken Laura'nın onu heyecanlandırmak adına, yüzünde şehvetli bir gülümsemeyle çalışma masasının altına girerek sergilediği tüm ahlaksız oyunları hayalimde canlandırıyordum.

Wieder, kendisi orada değilken bile, her bir nesne sanki onun mabedinin parçasıymış gibi kendi alanını belirlemeyi başarıyordu.

*　*　*

55

Öğleden sonra saat ikide, New York'a giden 15.00 trenine binmek üzere Laura'yla parktaki Savaş Anıtı'nın önünde buluşmaya karar vermiştik. Kütüphanenin kapısını kilitleyip çıkmak üzere alt kata indim. Oturma odasının tam ortasında oturan uzun boylu adamı gördüğümde neredeyse bayılacaktım. Elinde, bir süre sonra bir çekiç olduğunu anladığım bir nesne tutuyordu.

Mahalle tehlikeli bir bölgede değildi ama o yıllarda bütün gazeteler hırsızlık, hatta cinayet haberleriyle dolup taşıyordu. Üzerinde bir parka, pamuklu bir gömlek ve kot pantolon olan adam durup bana baktı. Boğazım kurumuştu, konuşmaya çalıştığımda kendi sesimi tanıyamadım. "Sen de kimsin?"

Birkaç dakika, ne diyeceğini bilemiyormuş gibi durup bana baktı. Büyük, yuvarlak ve alışılmadık şekilde solgun bir suratı, dağınık saçları ve birkaç günlük sakalı vardı.

"Ben Derek," dedi nihayet, sanki adını daha önce duymuş olmam gerekiyormuş gibi bir edayla. "Joe –yani Profesör Wieder– gelip perde kornişini tamir etmemi söylemişti."

Çekiciyle pencerelerden birini işaret etti, ben de o sırada yerdeki alet kutusunu fark ettim.

"İçeri nasıl girdin?" diye sordum.

"Anahtarlarım var," dedi, üzerinde anahtarların olduğu, kanepenin yanındaki sehpayı gösteriyordu. "Sen kütüphaneci çocuksun, değil mi?"

Onun Wieder'in evindeki onarım işlerine bakan ve Laura'nın bahsettiği eski hasta olduğunu anladım.

Acelem olduğu için daha fazla soru sormadım, Derek'in iddialarının doğruluğunu kontrol etmek için Wieder'i de aramadım, fakat bir saat sonra buluştuğumuzda bana neredeyse kalp krizi geçirten karşılaşmayı Laura'ya anlattım.

"Adamın adı Derek Simmons," dedi Laura. "Birkaç yıldır profesörün işlerine bakıyor, ama aslında ona bakan Wieder."

New York trenine bineceğimiz Princeton Kavşağı'na giderken Laura, bana Derek'in hikâyesini anlattı.

* * *

Dört yıl önce karısını öldürmekle suçlanmıştı. Princeton'da yaşıyorlardı ve beş yıldır evliydiler, çocukları yoktu. Derek tamirci olarak çalışıyordu, karısı Anne ise Nassau Caddesi'nde bir kafede garsonluk yapıyordu. Ailenin komşuları ve arkadaşlarının verdikleri ifadelere göre, hiç kavga etmezlerdi ve mutlu bir evlilikleri vardı.

Derek, bir sabah erken saatlerde evden acil servisi aramış, operatöre karısının durumunun ağır olduğunu söylemişti. Sağlık memurları kadını koridorda, kanlar içinde cansız halde yatarken bulmuşlardı, boynundan ve göğsünden defalarca bıçaklanmıştı. Adli tabip yardımcısı, kadının olay yerinde öldüğünü söylemiş, eve olay yeri inceleme ekipleri çağrılmıştı.

Trajediyle ilgili Derek'in yorumuysa şöyleydi:

Oturdukları yerin yakınlarında bir marketten alışveriş yaptıktan sonra akşam yedi sularında eve gelmişti. Anne'in gece vardiyasında çalıştığını ve geç saatlere dek eve dönmeyeceğini bildiğinden tek başına yemek yedikten sonra televizyon izleyip yatmıştı.

Her zamanki gibi saat altıda uyanmış ve karısının yatakta olmadığını görmüştü. Yatak odasından çıktığında onu kanlar içinde yerde yatarken bulmuştu. Hayatta olup olmadığını bilmiyordu, bu nedenle acil servisi aramıştı.

Dedektifler ilk başta adamın doğru söylüyor olabileceğini düşünmüşlerdi. Kapı kilitli değildi ve eve zorla girildiğine dair bir iz de yoktu, bu nedenle muhtemelen biri onu takip etmiş ve eve girerken saldırmıştı. Belki de fail, o sırada evde başka biri olduğunu fark etmiş, bir şey çalmadan kaçıp gitmişti. (Kurbanın cesedinin yanında bulunan çantasında, yaklaşık kırk dolar vardı.) Adli tabip saat sabah üç sularında öldüğünü saptamıştı. Simmons'ın karısını öldürmesi için belirgin bir sebebi yoktu ve karısının ölümünden dolayı mahvolmuş görünüyordu. Birine bir borcu yoktu, biriyle bir ilişki yaşamıyordu ve işyerinde de kendi halinde, çalışkan ve sessiz sakin biri olarak biliniyordu.

Laura bütün bu detayları, karısını öldürmekle suçlandıktan sonra Derek'in akli durumunu değerlendirmek üzere görevlendirilen üç uzmandan biri olan Wieder'den dolayı biliyordu; avukatı akli durum bozukluğu nedeniyle suçsuz ilan edilmesini talep ediyordu. Wieder, her nedense bu davaya büyük önem veriyordu. Daha sonra dedektifler, Derek'i zor duruma düşürecek bazı şeyler keşfetmişlerdi.

İlki, Anne Simmons'ın öldürülmeden birkaç ay önce bir ilişkiye başlamış olmasıydı. Sevgilisinin kimliği hiçbir zaman bulunamamıştı –ya da en azından açıklanmamıştı– fakat görünüşe göre ilişki ciddiydi, öyle ki Anne boşanma davası açtıktan sonra evlenmeyi dahi düşünüyorlardı. Cinayet gecesi Anne, vardiyasını bitirip saat 22.00'de kafeyi kapatmıştı. İki sevgili, aynı caddede Anne'in iki ay önce kiraladığı tek odalı ucuz apartman dairesine gidip gece yarısına kadar kalmışlardı, sonrasında Anne taksiyle eve dönmüştü. Taksi şoförüne ve taksimetredeki bilgiye göre Anne Simmons, gece saat 01.12'de evinin önünde arabadan inmişti.

Derek, karısının bir ilişki yaşadığı konusunda hiçbir fikri olmadığını iddia etmişti ama dedektifler bunun pek de olası olmadığını düşünmüşlerdi. Böylelikle, artık ellerinde bir sebep –kıskançlık– vardı ve cinayet artık kolaylıkla "aşk cinayeti" olarak adlandırılabilirdi.

İkincisi de, kadının kollarında "müdafaa izleri" olarak yorumlanabilecek yaraların olmasıydı. Bir başka deyişle kadın, muhtemelen büyük bir bıçak kullanan failden kendini korumak için kollarını kaldırmıştı. Her ne kadar karısı canıyla mücadele ederken o üst katta uyuduğunu iddia etse de Derek'in hiçbir şey duymamış olması mümkün görünmüyordu. Anne kesinlikle yardım istemiş olmalıydı. (İki komşu daha sonra Anne'in çığlıklarını duyduklarını iddia etmişlerdi fakat çığlıklar, daha onlar yataklarından kalkmaya bile fırsat bulamadan kesilince polisi aramamışlardı.)

Üçüncüsü, kurbanın bir arkadaşının, Simmons'ların mutfağında birkaç hafta önce bir doğum günü partisi için Anne'e yardım etmesi vesilesiyle hatırladığı bıçağın kaybolduğunu doğrulamış olmasıydı. Söz konusu bıçağın akıbeti kendisine sorulduğunda Derek, omuzlarını silkerek, böyle bir bıçağın olduğunu ama mutfakla ilgilenen karısı olduğu için nerede olduğunu bilmediğini söylemekle yetinmişti.

Son olarak dedektifler, Derek'in seneler önce, daha gençken ciddi bir sinir krizi geçirdiğini keşfettiler. Marlboro Psikiyatri Hastanesi'ne kaldırılmış, orada iki ay yatmış ve lisenin son yılını kaçırmıştı. Şizofreni teşhisi konulmuştu ve serbest bırakılmasından bu yana da tedavi görüyordu. O zamana kadar iyi bir öğrenci olmasına rağmen üniversiteye gitme fikrinden vazgeçmiş, onun yerine elektrik tesisatçısı olarak uzmanlaşarak Siemens'te alt kademelerde bir işe girmişti.

Polis dedektifleri, sonuç olarak aleyhte bir teori oluşturmuş ve zaman çizelgesinin şöyle olduğuna karar vermişlerdi:

Anne eve saat 01.12'de geldiğinde bir kavga patlak vermişti. Kocası onu bir ilişkisi olmakla suçlamıştı ve Anne de ona boşanma niyetini açıklamıştı. Derek, iki saat sonra mutfaktan bir bıçak alıp onu öldürmüştü. Sonra da cinayet silahından kurtularak ertesi sabah, sanki karısının cesedini yeni bulmuş gibi, acil servisi aramıştı. Bir şizofreni krizi veya cinnet geçirmiş olabilirdi, ama bu konuda ancak doktorlar bir sonuca varabilirdi.

Simmons'ın cinayet suçuyla tutuklanmasının ardından avukatı, cinnet geçirme teorisini benimsemiş ve müvekkilinin akli dengesindeki bozukluk nedeniyle suçsuz ilan edilmesini talep etmişti. Bu esnada zanlı, herhangi bir yoldan anlaşmayı reddederek inatla masum olduğunu iddia etmeye devam etmişti.

Joseph Wieder birkaç kez muayene ettikten sonra Derek Simmons'ın çoklu kişilik bozukluğunun nadir rastlanan bir türüne sahip olduğu ve gençken rahatsızlığına yanlışlıkla şizofreni teşhisi konulduğu sonucuna varmıştı. Söz konusu psikoz, hastanın farkındalık, kimlik kavramı ve hatıralarını kaybettiği füj hali denilen periyodik bir oluşumu içeriyordu. İleri aşamalarında, böyle kişiler evlerinden kaybolabiliyor, yıllar sonra başka bir şehir veya eyalette yeni bir kimlikle ortaya çıkıyor ve eski hayatları hakkında hiçbir şey anımsamıyorlardı. Bazısı eski kimliğine geri dönüyordu ama bu zaman zarfında oluşturdukları diğer kimlikleri tamamen unutuyorlardı; kimisi tam anlamıyla yeni hayatına mahkûm yaşıyordu.

Şayet Wieder'in teşhisi doğruysa, Simmons'ın o gece yaptıklarını hatırlamıyor olması mümkündü; stres ve uyku ile uyanma arasındaki ani geçişten tetiklenerek değişikliğe uğrayan bilinç nedeniyle tamamen farklı bir insan gibi tepki vermişti.

Wieder'in raporu mahkemeyi ikna etmiş ve yargıç, Simmons'ın olası tehlike barındıran diğer ruhsal hastalarla birlikte Trenton Psikiyatri Hastanesi'ne yatırılmasına karar vermişti. Wieder, hastanenin ve hasta avukatının da uzlaşmasıyla, hipnoz ve antikonvülsan ilaç karışımlarını da içeren devrim niteliğinde bir tedaviyle Simmon'a terapi uygulamaya devam etmişti.

Ne yazık ki, hastanede geçirdiği birkaç ayın ardından Simmons, bir başka hasta tarafından saldırıya uğramış ve başından ciddi şekilde yaralanmıştı, bu da durumunun önemli ölçüde kötüleşmesine neden olmuştu: Belleğini tamamen kaybetmiş ve bir daha da iyileşememişti. Beyni yeni hatıraları depolayabiliyordu fakat eskileri artık geri gelmeyecekti. Laura, bu tür travmalara "geriye dönük amnezi" dendiğini söyledi.

Derek, bir sene sonra Wieder'in ısrarıyla sistemin daha az katı olduğu Marlboro Psikiyatri Hastanesi'ne nakledilmişti. Profesör, orada kimliğini yeniden oluşturmasında ona yardımcı olmuştu. Laura, aslında bunun tam olarak doğru olmadığını da söyledi: Hasta bir kez daha, sadece aynı isim ve fiziksel görünüşe sahip olmak anlamında Derek Simmons haline gelmişti. Yazı yazmayı biliyordu ama okula gittiğine dair anıları olmadığı için bunu nasıl öğrendiğiyle ilgili bir fikri yoktu. Hâlâ elektrikçi olarak iş görebiliyordu fakat aynı şekilde mesleğini nerede öğrendiğini bilmiyordu. Hastanede saldırıya uğradığı âna kadar olan anıları, beynin sinapslarında bir yere kilitlenmişti.

1985'in bahar ayında bir yargıç, davanın karmaşıklığı ve hastanın şiddet eğilimi olmaması nedeniyle, avukatın Simmons'ın akıl hastanesinden taburcu edilme talebini onaylamıştı. Fakat Laura, Derek Simmons'ın kendisine bakacak durumda olmadığını söylüyordu. İş bulma şansı yoktu ve er ya da geç kendini tekrar bir akıl hastanesinde bulması kaçınılmazdı. Ailesinin tek çocuğuydu ve annesi o daha küçükken kanserden ölmüştü. Çok yakın olmadığı babası ise bu trajedinin ardından bir adres bırakmadan başka şehre taşınmış, oğlunun akıbetiyle alakadar olmamıştı.

Bunun üzerine Wieder, onun için kendi evinden fazla uzak olmayan, tek odalı, küçük bir ev kiralamış, kendisini idame ettirmesi için bir de maaş bağlamıştı. Derek yalnız yaşıyordu, komşuları ona deli gözüyle bakıyordu. Ara sıra kendisini eve kilitleyip günlerce çıkmadığı oluyordu. Böyle zamanlarda Wieder ona yiyecek bir şeyler getiriyor, ilaçlarını almaya devam ettiğinden emin oluyordu.

* * *

Beni, Derek Simmons'ın hikâyesi kadar Wieder'in ona karşı olan tutumu da etkilemişti. Bir katil olsun olmasın, o adam Wieder'in yardımıyla düzgün bir hayat yaşayabiliyordu. Özgürlüğü, hastalığı nedeniyle kısıtlı olsa da serbestti. Wieder olmasa, istenmeyen bir enkaz halinde, etrafı acımasız korumalar ve tehlikeli hastalarla sarılmış olarak bir tımarhaneye düşmesi işten bile değildi. Laura, saha çalışması yapmak amacıyla, profesörle birlikte Trenton'daki hastaneyi birkaç kere ziyaret ettiğini anlattı; akıl hastanelerinin muhtemelen yeryüzündeki en kötü yerler olduğunu düşünüyordu.

Ertesi hafta ilk karlar düşmeye başladığında Wieder'in evine üç kere gittim ve her seferinde Derek'i evde küçük tamiratlarla uğraşırken buldum. Biraz sohbet edip kasvetli gökyüzünün altında sıkışmış gibi görünen göle bakarak sigara içtik. Durumunu bilmeseydim onun biraz çekingen, toplumdan izole kalmış ve pek de akıllı olmayan ama nihayetinde normal bir insan olduğunu düşünürdüm. Yine de, kibar ve kimseye zararı dokunmayacak biri gibi görünüyordu. Wieder'den saygıyla bahsediyordu ve ona çok şey borçlu olduğunun farkındaydı. Bana son dönemde barınaktan bir köpek yavrusu aldığını anlattı. Adını Jack koymuştu ve her akşam onu parkta yürüyüşe çıkarıyordu.

Derek'in hikâyesine burada yer vermemin nedeni, sonrasında gerçekleşecek trajedide önemli bir rolü olmasıdır.

Beş

Hayatımın o âna kadarki en önemli haberini aldığımda aralık ayının başlarıydı.

Firestone'daki kütüphanecilerden biri arkadaşım Lisa Wheeler, New York'taki edebiyat dergilerinden *Signature*'dan bir editörün Nassau Binası'nda bir konferans vereceğini söyledi. Şimdilerde kapanmış olan bu dergi, düşük tirajına rağmen dönemin saygın yayınlarındandı. Yazılarımın yayınlanmasını istediğimi bilen Lisa bana bir davetiye bulmuştu, konferansın ardından editörle tanışmamı ve ondan yazılarımı okumasını istememi salık veriyordu. Çekingen değildim ama ısrarcı bir kişiliğim de yoktu, bu nedenle sonraki üç günü konferansta nasıl hareket etmem gerektiğini düşünerek huzursuz bir halde geçirdim. Sonunda, daha çok Laura'nın ısrarıyla, kısa hikâyelerimden üçünü seçip özgeçmişimden bir kopya eşliğinde bir zarfa yerleştirdim ve kolumun altına sıkıştırdığım zarfla birlikte konferansın yolunu tuttum.

* * *

Çok erken gittiğim için binanın önünde sigara içip bekledim. Oditoryumun dışındaki kurşuni renkli havayı yakındaki ağaçlara yuva yapmış kargaların çığlıkları dolduruyordu.

Tekrar kar yağmaya başlamıştı ve binanın girişini koruyan iki bronz kaplan, pudra şekeri serpilmiş kocaman bir pastanın üzerindeki badem ezmesinden yapılma heykelcikleri andırıyordu. Dirseklerinde deriden yamalar olan şu fitilli kadife ceketlerden giymiş, kravat takmış zayıf bir adam bana doğru gelip ateş istedi. Kendi sigaralarını sarıp onları Kral Edward dönemindeki gösteriş düşkünleri gibi başparmağıyla işaretparmağı arasına sıkıştırdığı bir ağızlıkla içiyordu.

Konuşmaya başladık ve bana konferansın konusunun ne olacağını düşündüğümü sordu. Neyle alakalı olduğunu hiç bilmediğimi ama kısa hikâyelerimi *Signature* dergisinin editörü olan konuşmacıya verebilmeyi umduğumu ona itiraf ettim.

"Harika," dedi mavimsi bir duman bulutunu havaya üfleyerek. İnce kalem şeklinde bıyıkları vardı. "Peki, hikâyelerin neyle ilgili?"

Omuzlarımı silktim. "Söylemesi zor. Onlar hakkında konuşmaktansa okunmalarını tercih ederim."

"William Faulkner'ın da aynı şeyi söylediğini biliyor muydun? İyi bir kitap hakkında konuşulmayacağını, ancak okunabileceğini söylediğini. Pekâlâ, onları bana ver bakalım. Bahse girerim o zarfın içindedirler."

Şaşkınlık içinde ona bakakaldım.

"John M. Hartley," dedi adam, sigarasını sol eline alıp sağ elini bana uzatarak.

Kötü bir başlangıç yaptığım hissiyle elini sıktım. Utandığımı fark edip tütünden sararmış dişlerini göstererek cesaret verici şekilde gülümsedi. Özgeçmişimin ve kısa hikâyelerimin olduğu zarfı ona uzattım. Onu alıp aramızdaki ayaklı kül tablasının metal gövdesine yaslanmış duran yıpranmış deri çantasına tıkıştırdı. Sigaralarımızı bitirip tek kelime etmeden oditoryuma yürüdük.

Konferansın sonunda, seyircilerden gelen bütün sorular cevaplandıktan sonra, bir el hareketiyle beni çağırdı; yanına gittiğimde bana kartvizitini uzatarak bir hafta sonra onu aramamı söyledi.

Olanları Laura'ya anlattım.

"Bu bir işaret," dedi, zafer dolu bir edayla ve kendinden emin bir tavırla.

Çıplak bir halde, odanın bir köşesine yerleştirilmiş derme çatma masanın üzerinde oturuyordu. Ayak tırnaklarına sürdüğü ojeyi kurutmak için bacaklarını bir ileri bir geri sallıyor, aynı zamanda bir kumaş parçası yardımıyla gözlük camlarını temizliyordu.

"Bir şey kaderinde yazılıysa böyle olur," diye devam etti. "Her şey bir araya gelir ve iyi bir yazı gibi doğal bir biçimde akar. Yazarların dünyasına hoş geldiniz, Bay Richard Flynn."

"Bekleyip ne olacağını görelim," dedim şüpheci bir edayla.

"Hikâyeler konusunda iyi bir seçim yapıp yapmadığımı ve onlara bakma zahmetine girip girmeyeceğini merak ediyorum. Belki çoktan çöp tenekesini boylamışlardır."

Laura miyoptu ve gözlükleri olmadığında görebilmek için gözlerini kısması gerekiyordu, bu da ona kızgın bir ifade veriyordu. Kaşlarını çatıp o bakışlarından biriyle bana bakıp dilini çıkardı.

"Bu kadar dik kafalı bir karamsar olma! Karamsarlar sinirime dokunur, özellikle de genç olanlar. Çocukken yeni bir şeyler denediğimde babam, hayallerimde nasıl da aşılmaz zorluklar olduğundan dem vururdu. Öğretmenimin çok yetenekli olduğumu söylemesine rağmen on beş yaşındayken resim yapmayı bu yüzden bıraktım sanırım. Fransa'da yapılan ilk uluslararası matematik yarışmasına katıldığımda da, jürinin Fransız adaylar lehine ayrımcılık yapacağını, o nedenle fazla umutlanmamamı söyleyerek beni uyarmıştı."

"Haklı çıktı mı peki? Peynir-yiyicileri kayırdılar mı?"

"Hiç de değil. Ben birinci oldum, Maryland'den bir çocuk da ikinci."

Kumaş parçasını masanın üzerine bıraktı, gözlüklerini takıp dizlerini aniden üşüyüvermiş gibi kollarıyla sararak göğsüne çekti.

"İçimde bu işin olacağına dair bir his var, Richard. Sen yazar olmak için doğmuşsun, bunu biliyorum; sen de biliyorsun. Ama insana hiçbir şey gümüş tabaklarda sunulmuyor. On altı yaşımdayken babam öldüğünde, daima kurcalama isteği duyduğum çalışma masasının çekmecesinde kilitli tuttuğu eşyalarına baktım. Evraklarının arasında, benim yaşlarımda, saçları arkaya taranıp kurdele takılmış bir kızın siyah beyaz fotoğrafını buldum. Pek güzel değildi, sıradan bir görünüşü vardı, ama gözleri çok hoştu. Fotoğrafı anneme gösterdim ve o da bana ters bir şekilde, bunun babamın lisedeki kız arkadaşı olduğunu söyledi. Bir sebeple bu fotoğrafı yıllar boyunca saklamıştı. Ne demek istediğimi anlıyor musun? Tanrı bilir hangi sebepten ötürü o kızla olmaya devam etme cesaretini bulamamıştı ve içinde o kadar çok mutsuzluk biriktirmişti ki kendini saklamak için her tarafa mürekkep fışkırtan mürekkepbalığı gibi bu mutsuzluğunu yıllarca etrafına yaymıştı. Şimdi hemen o pantolonu bırak, yakışıklı. Seni bekleyen çıplak bir kadın var burada, görmüyor musun?"

* * *

Laura haklı çıktı.

Bir hafta sonra, Nassau Caddesi'ndeki bir İtalyan restoranında pizza yerken, aniden *Signature* dergisini aramaya karar verdim. Tuvaletlerin girişindeki telefon bölmesine gidip cihaza birkaç çeyreklik attım ve konferanstan beri yanımda gezdirdiğim kartvizitteki numarayı tuşladım. Telefona genç bir kadın cevap verdiğinde kendimi tanıtıp Bay Hartley'yle görüşmek istediğimi söyledim. Birkaç saniye sonra hattın öbür ucunda editörün sesini duydum.

Ona kim olduğumu hatırlattığımda hemen konuya girdi. "Haberler iyi, Richard. Seni ocak ayında çıkacak sayıya koyuyorum. Güçlü bir sayı olacak. Okuyucularımız Noel tatilinden sonra daima artar. Yazının noktasına virgülüne bile dokunmadım."

Şaşkına dönmüştüm.

"Hangi hikâyeyi seçtiniz?"

"Kısalar zaten, o yüzden hepsini yayınlamaya karar verdim. Sana beş sayfa veriyorum. Bu arada siyah beyaz, vesikalık bir fotoğrafına ihtiyacımız var. Bir de kısa bir biyografi gerekiyor."

"Bu inanılır gibi değil..." diyebildim ve ardından kekeleyerek teşekkür ettim.

"Çok güzel hikâyeler yazmışsın ve doğal olarak okunmaları gerekiyor. Noel tatilinden sonra görüşmek isterim, böylelikle birbirimizi daha iyi tanırız. Böyle devam edersen seni iyi bir gelecek bekliyor demektir, Richard. Sana mutlu Noeller. İyi haberler verebildiğim için mutluyum."

Ben de ona iyi Noeller dileyip telefonu kapadım.

"Gözlerin parlıyor," dedi Laura, geri dönüp masaya oturduğumda. "Haberler iyi mi?"

"Üçünü de ocak ayında yayınlayacaklar," dedim. "Üçünü de... düşünebiliyor musun! Hem de *Signature*'da!"

Şampanyayla kutlama yapmadık. Şık bir restorana bile gitmedik. Geceyi evde, baş başa, planlar yaparak geçirdik. Yıldızlar sanki uzanıp dokunabilirmişiz gibi yakın görünüyorlardı. *"Signature* dergisi", "üç kısa hikâye", "siyah beyaz fotoğraf" ve "yazıları yayınlanan yazar" lafları kafamın içinde, görünmez bir zafer ve ölümsüzlük aylası oluşturan bir dönmedolap gibi dönüp duruyordu.

O anda hayatımda gerçekleşen ani değişimle nasıl da kendimi kaybettiğimi ve durumu her anlamda abarttığımı bugün fark ediyorum – *Signature,* bir *New Yorker* sayılmazdı ve yazarlara çek yerine bedava dergi veriyorlardı. O an farkına bile varamadığım şey, son birkaç günde Laura'da da bir şeylerin değişmiş olduğuydu. Şimdi düşündüğümde fark ediyorum ki, hep mesafeliydi, sürekli bir şeylerle ilgili derin düşüncelere dalıp gidiyordu ve benimle gitgide daha az konuşmaya başlamıştı. Onu iki-üç kere alçak sesle telefon görüşmesi yaparken yakalamıştım ve her seferinde benim odaya girdiğimi fark edip telefonu kapamıştı.

Wieder'in evine her gün gidiyor, yavaş yavaş bir düzene oturmaya başlamış olan kütüphanede her seferinde üç-dört saat olmak üzere çalışmaya devam ediyordum; akşamlarımı ise her türlü aktiviteden vazgeçip Laura'yla geçiriyordum. Fakat çoğu zaman o eve iş getiriyor, yerde kitaplar, kâğıt yığınları ve kalemlerle çevrili bir halde, gizli ayinler yapan şamanlar gibi kamburunu çıkarıp oturuyor oluyordu. Yanlış hatırlamıyorsam artık sevişmiyorduk. Sabahları erken kalkmama rağmen, beni uyandırmadan çıkmış olduğunu fark ediyordum.

* * *

Sonra bir gün Wieder'in kütüphanesinde taslak halinde duran bir kitaba rastladım. Kapının karşısındaki raflarda, o zamana kadar merak edip açmadığım küçük bir dolap vardı. Kapının yanındaki rafların son düzenlemeleri için bir çizelge hazırlamak üzere bir parça kâğıt arıyordum, böylece aşağı inip profesörün çalışma masasındaki kâğıtlardan almak yerine o dolaba bakmaya karar verdim. Dolabı açtığımda bir tomar kâğıt, birkaç dergi ve çok sayıda tükenmez ve keçeli kalem buldum.

Kâğıtları dolaptan çıkarırken düşürdüm, yere saçıldılar. Onları toplamak için eğildiğimde dolaptaki kurşunkalemlerden birinin ucunun dolabın iki tarafının birleşmesi gereken yerde, duvara saplanmış olduğunu fark ettim. Daha yakından bakmak için eğilip diğer şeyleri kenara çektim ve dolabın sol tarafında, telefon fihristi büyüklüğünde bir alanı saklayacak şekilde yalancı bir duvar olduğunu gördüm. Ve o oyukta, karton bir dosyanın içinde bir tomar kâğıt buldum.

Tomarı çekip aldığımda, taslak metnin kapağında, içeriğine dair bilgi veren bir ibare ve başlığın olmadığını fark ettim. Sayfaları çevirdiğimde bunun psikoloji veya psikiyatriyle alakalı bir yazı dizisi olduğunu anladım, ama üzerinde yazarla ilgili herhangi bir bilgi yoktu.

Sayfalar en az iki farklı elyazısıyla yazılmış gibi görünüyordu. Kimisi daktilo edilmişti, bazıları siyah mürekkeple ve küçük bir elyazısıyla kaplıydı; kimisi de sola dayalı, büyük, kargacık burgacık kelimelerle ve mavi tükenmezkalemle yazılmıştı. Hem daktilo edilmiş hem de elyazısıyla yazılmış sayfalar, yer yer düzeltmelerle, şeffaf yapışkan bantla sayfalara tutturulmuş bir iki paragraflık notlarla doluydu.

Bunun, Laura'nın bana bahsettiği ve Profesör Wieder'in üzerinde çalıştığı kitabın taslağı mı yoksa çoktan yayınlanmış, daha eski bir kitaba ait müsveddeler mi olduğunu merak ettim.

Tanımadığım bilimsel terimlerle dolu olan ilk birkaç sayfayı hızlıca okuyup eşyaları az çok bulduğum şekilde bırakmaya özen göstererek yerine geri koydum. Wieder'in gizli bölmesini bulduğumu anlamasını veya evini karıştırdığımı düşünmesini istemiyordum.

* * *

Zaman kavramımı yitirdiğim bir öğleden sonra, alt kata indiğimde Derek'le konuşmakta olan profesöre denk geldim. Derek çıktığında Wieder, akşam yemeğine kalmamı teklif etti. Yorgundu, hüzünlü ve dalgın görünüyordu. Bu arada yazılarım yayınlanacağı için beni tebrik etti, haberi muhtemelen Laura'dan duymuştu ama anlatmaktan mutlu olacağım detayları sormadı. Kar yağışı artmıştı ve ben yollar kapanabileceği için gitmenin daha iyi bir fikir olacağını düşünüyordum fakat davetini geri çeviremedim.

"Neden Laura'ya da gelmesini söylemiyorsun?" diye öneride bulundu. "Haydi ama, ısrar ediyorum. Burada olduğunu bilseydim onu kendim davet ederdim. Bugün birlikte çalışmamız vardı."

Profesör buzdolabında biftek ararken ben koridora çıkıp eve telefon ettim. Laura neredeyse anında telefona cevap verdi, ona Wieder'in evinde olduğumu ve her ikimizi de akşam yemeğine davet ettiğini söyledim.

"Beni aramanı o mu önerdi?" diye sordu ters bir ses tonuyla.

"Nerede şu anda?"

"Mutfakta. Neden?"

"Kendimi iyi hissetmiyorum, Richard. Hava berbat ve bence sen de mümkün olan en kısa sürede eve gelmelisin."

Üstelemedim. Olabildiğince erken dönmeye çalışacağımı söyleyip telefonu kapadım.

Mutfağa geri döndüğümde Wieder, meraklı bakışlarla bana bakıyordu. Ceketini çıkarmış, beyaz bir önlük takmıştı; önlüğün göğüs kısmında kırmızıyla, "Ne yaptığımı bilmiyorum" yazıyordu. Gözüme kilo vermiş gibi görünüyordu, gözlerinin etrafındaki halkalar sanki her zamankinden daha da koyuydu. Yüzü, mutfağın keskin floresan ışığında on yaş daha yaşlı görünüyordu, tanıştığımız akşamki kendine güvenli halinin yerini sanki köşeye sıkışmış birinin görüntüsü almıştı.

"Ee, ne dedi?"

"Bu havada dışarı çıkmak istemediğini söyledi. Ve..." Bir el hareketiyle sözümü kesti. "Hiç değilse daha iyi bir bahane uydurabilirdi."

Bifteklerden birini alıp dolaba geri koyduktan sonra dolap kapısını çarparak kapadı.

"Kadınlar hiç detaya girmeden keyifsiz olduklarını söyleyebiliyorlar, öyle değil mi? Bu onların hayattaki en büyük avantajlarından biri. Mahzene inip bir şişe kırmızı şarap getirir misin? Birazdan hüzünlü ve yalnız bir bekâr yemeği yiyeceğiz. İkimiz de fanatik birer futbol sever değiliz ama sonra istersen maçı izleyebiliriz; bira içer, geğirir, halinden memnun erkekler ne yapıyorsa onu yapabiliriz."

Şarapla birlikte mahzenden geri geldiğimde, biftekler büyük bir tavada cızırdıyorlardı ve profesör hazır patates püresi yapıyordu. Pencerelerden biri açıktı ve rüzgâr sıcak havada eriyip giden kar tanelerini içeri üflüyordu. Şarabı açıp profesörün talimatlarını dinleyerek onu göbekli bir karafa boşalttım.

"Üzerine alınma ama Laura'yı bir yıl önce buraya davet etmiş olsam, dışarıda taş da yağsa ok gibi fırlayıp gelirdi," dedi viskisinden kocaman bir yudum aldıktan sonra. "Yaşlı bir adamın nasihatini dinle, Richard. Bir kadın sende onun işine yarayacak bir şey olduğunu hissettiğinde kendi gücünü test edip üzerinde egemenlik kurmak ister."

71

"İşine yarayacak bir şey derken neyi kastediyorsun?" diye sordum.

Cevap vermeyip uzun uzun bana bakmakla yetindi. Sessiz kaldık. Biftekleri aceleyle pişirdi, neredeyse çiğ kalmışlardı ve patates püresi de topaklarla doluydu. Neredeyse bütün şarabı kendisi içip bitirdi, kahve faslına geçtiğimizde kendisininkinin içine dolgun miktarda viski ekledi. Dışarıdaki rüzgâr, pencerelere vuran bir kar fırtınasına dönüşmüştü.

Yemekten sonra tabakları bulaşık makinesine dizip tahta bir kutudan bir puro alarak yaktı. Bense onun puro teklifini geri çevirerek bir Marlboro yaktım. Bir süre, sanki benim orada olduğumu unutmuş gibi dalgın dalgın purosunu tüttürdü. Tam ona teşekkür edip gitmeye yeltenecekken konuşmaya başladı.

"Hatırlayabildiğin ilk hatıra nedir, Richard? Kronolojik anlamda yani. Normalde insanların anımsayabildiği hatıraları iki buçuk ya da üç yaşından itibaren başlar."

Mutfaktaki floresan lamba hâlâ yanıyordu ama oturma odası yarı yarıya loştu. Konuşurken ellerini hareket ettiriyordu ve purosunun parlak ucu, karanlıkta karmaşık şekiller çiziyordu. Beyaz sakalı ona, gökyüzünden gelecek sesi bir kez daha duymaya çalışan bir kâhin havası veriyordu. Sağ elinin yüzükparmağında, purosunu tüttürdüğünde gizemli bir şekilde parıldayan kırmızı taşlı bir yüzük vardı. Üzerine beyaz örtü serilmiş ve derin, soğuk bir gölün yüzeyi gibi görünen masa, bizi bir duvardan bile daha keskin şekilde ayırıyordu.

Onun tabiriyle "kronolojik sırayla" ilk hatırladığım şeyi hiç düşünmemiştim. Fakat kısa bir süre sonra onun kastettiği hatıra aklımda şekillenmeye başladı ve bunu onunla paylaştım.

"Philly'de, Cornelia teyzenin evindeydim. Haklısın, üç yaşlarında olmalıyım ya da üçüncü yaş günümden bir ay falan önce, 1969 yılı yazının başındayız. Bana çok büyük görünen bir balkondayım, yeşil bir dolaptan tahta bir çıta çıkarmaya çalışıyorum. Üzerimde şort, ayağımda da sandaletler var. Sonra annem gelip beni oradan uzaklaştırmıştı. Yolculuğu trenle mi yoksa arabayla mı yaptığımızı hatırlamıyorum, teyzemin evinin içini ya da teyzemin ve kocasının o zamanlar nasıl göründüğünü anımsamıyorum. Sadece tahta çıta, dolap ve zemin taşları krem rengi olan balkonu ve bir de muhtemelen balkonun yakınlarındaki mutfaktan gelen ağır yemek kokusunu hatırlıyorum."

"Demek, Armstrong Ay'a çıktığında sen çoktan doğmuştun," dedi. "O zamanlar evde televizyon var mıydı? Bahsettiğin yaz oldu bu."

"Elbette. Oturma odasındaki pencerenin yanında, bir büfede duran renkli, küçük bir televizyondu. Sonra daha büyük bir Sony almıştık."

"Annen ve baban muhtemelen Dünya'nın oluşumundan sonra tarihteki en önemli olay olan Ay'a çıkışı izlemişlerdir. Bununla bağlantılı bir şey hatırlıyor musun?"

"Yayını izlediklerini biliyorum, çünkü yıllar sonra bile hâlâ bundan konuşuyorlardı. O gün babam dişçiye gitmişti ve annem gargara yapması için ona papatya çayı hazırlamıştı. Hikâyeyi onlarca kez dinledim. Ama Neil Armstrong'un meşhur sözlerini söyleyişini ya da kocaman beyaz bir oyuncak bebek gibi Ay yüzeyinde zıplayışını gördüğümü hatırlamıyorum. Tabii bu sahneyi daha sonra gördüm."

"Görüyor musun? İnsanoğlunun Ay'a çıkışı o yaşta senin için bir şey ifade etmemiş. Bir sebepten, bir tahta parçası senin için daha önemliymiş. Peki, Philly'ye hiç gitmediğini ve bunun gerçek bir hatıradan ziyade, zihnin tarafından uydurulmuş bir şey olduğunu öğrenseydin?"

"Laura'yla bu tür şeylerden bahsetmiştik. Belki de bazı hatıralar izafidir, belki de hatıralarımız olayları örtbas ediyordur, hatta onları değiştiriyordur ama ancak belli bir raddeye kadar izafi olabileceklerini düşünüyorum."

"Belli bir raddeye kadar izafi değiller, hayır," dedi profesör. "Sana bir örnek vereyim. Küçükken annen ve baban alışveriş yaptığı sırada bir alışveriş merkezinde kayboldun mu hiç?"

"Böyle bir şey hatırlamıyorum."

"Eh, ellilerde ve altmışlarda, her yanda alışveriş merkezleri belirmeye başlayıp mahalle dükkânlarının yerini aldığında annelerin en büyük korkusu çocuklarını kalabalıkta kaybetmekti. O neslin çocukları umacıların gölgesinde yetiştirilmişti ve kendilerine daima anneleri alışveriş yaparken yanlarından ayrılmamaları söylenirdi. Alışveriş merkezinde kaybolma veya kaçırılma korkusu, artık bu konuda bilinçli olarak bir şey hatırlamamalarına rağmen en derin belleklerinde iz bırakmıştır."

Kalkıp iki bardağa viski doldurdu, birini yerine oturmadan önce benim önüme yerleştirdi. Purosundan bir nefes çekip viskisinden bir yudum alırken bakışlarıyla beni de aynı şeyi yapmaya davet ediyordu, sonra sözlerini sürdürdü.

"Uzun yıllar önce bir deney gerçekleştirmiştim. O dönemde doğan öğrencilerden bir grup oluşturdum. İçlerinden hiçbiri küçükken alışveriş merkezinde kaybolduğuna dair bir şey hatırlamıyordu. Sonra hipnozla aslında kaybolmuş olduklarına dair telkin yaptım. Ne oldu dersin? Devamında, grubun dörtte üçü bir alışveriş merkezinde kaybolduğunu belirtip hatta deneyimi tarif bile ettiler: nasıl korktuklarını, görevliler tarafından nasıl bulunup annelerine götürüldüklerini, hoparlörlerden Tommy veya Harry'nin kafenin yanında bulunduğunun anons edilişini. Çoğu bunun, eski çocukluk korkularıyla bir araya gelmiş hipnotik bir telkinden ibaret olduğunu kabul etmedi. Olayı asla gerçekleşmediğine inanamayacak kadar iyi 'hatırladıklarını' iddia ediyorlardı. Eğer New York'ta doğup büyümüş birine, çocukluğunda bir timsahın saldırısına uğradığına dair telkin uygulamış olsaydım muhtemelen sonuç böyle olmazdı, çünkü onların timsahlardan korkmakla bağlantılı bir çocukluk hatıraları olmayacaktı."

"Nereye varmaya çalışıyorsunuz?" diye sordum. Canım daha fazla içki içmek istemiyordu ve kendimi zorlayarak yediğim yemekten sonra, içkinin kokusu bile midemi bulandırmaya yetiyordu. Yorgundum ve otobüslerin halen çalışıp çalışmadıklarını merak etmekten kendimi alamıyordum.

"Nereye mi varmak istiyorum? Eh, varmak istediğim nokta şu: Sana bir çocukluk hatıranı sordum ve sen bana bir çocuğun bir balkonda bir tahta çıtayla oynaması gibi sıradan ve güvenli bir örnek verdin. Ama beyin bu şekilde çalışmaz. Doğru olduğunu varsayarsak, başka bir şeyi değil de bunu hatırlamış olmanın çok güçlü bir nedeni olmalı. Belki de çıtanın içinde bir çivi vardı ve sen artık bu kısmını hatırlamasan da o çividen canın yanmıştı. Belki de balkon üst katlardan birindeydi ve düşme tehlikesi geçirdin ve annen seni orada gördüğünde çığlık attı. Şeyle uğraşmaya başladığımda..."

Devam edip etmemek konusunda tereddüt ediyormuş gibi duraksadı. Etmesi gerektiğini düşünmüş olacak ki konuşmayı sürdürdü.

"Bazı insanlar, zamanla ciddi tıkanmalara dönüşen epey travmatik olaylar yaşarlar. Buna 'boksör sendromu' denir: Ringlerde hayatın pahasına dayak yedikten sonra şampiyon olacak motivasyona sahip olmak imkânsızdır. Kendini koruma içgüdün güçlü bir engel teşkil eder. O nedenle bir grup öğrenci bir zamanlar alışveriş merkezinde kaybolduklarına ikna edilebiliyorsa, gerçekten böyle bir şey yaşamış olan biri travmatik bir olayın asla gerçekleşmediğine, onun yerine annesinin ona yeni bir oyuncak getirdiğine neden ikna edilemesin ki? Travmanın etkilerini silmek yerine travmanın kendisini yok ediyorsun."

"Diğer bir deyişle, birinin hafızasını kesip biçiyorsun," dedim ama bunu fazla samimi şekilde ifade etmiş olmamdan dolayı anında pişman oldum.

"Eğer büyük bir insan topluluğu daha çekici memeler, burunlar, kalçalar için kendisini cerrahın bıçağına teslim edebiliyorsa, hafıza için yapılacak kozmetik cerrahinin neresi yanlış olabilir? Özellikle de, artık işlerini yapamayan veya işlevini düzgün şekilde yerine getiremeyen, kırık birer oyuncaktan farksız insanlar söz konusuysa."

"Sizin bu bahsettiğiniz beyin yıkamakla aynı şey değil mi? Peki ya, hatıralar yanlış zamanda ortaya çıkarsa ne olacak? Ya bir dağcının blokajı, tam da bin metre yükseklikte bir ipin ucunda asılıyken aniden ortaya çıkarsa?"

Bana şaşkınlık içinde ve hafiften paniklemiş bir bakış attı. O âna kadar sesi az da olsa küçümseyici bir tonda çıkarken, bu sözlerden sonra şaşkınlığa karışmış korku tınıları hissettim.

"Bu çok iyi bir soru. Darılma ama bakıyorum da düşündüğümden daha akıllısın. Evet, böyle bir durumda ne olur? Bazıları bundan, dağcının beynini, senin deyişinle, 'kesip biçen' insanı sorumlu tutar."

Tam o sırada telefon çaldı ama telefona cevap vermedi, bense arayanın Laura olup olmadığını merak ediyordum. Sonra bilindik taktiklerinden birini kullanarak aniden konuyu değiştirdi. Belki de deneyleri hakkında fazla şey anlattığını düşünmüştü.

"Laura gelemediği için üzgünüm. Belki sohbetimiz daha hoş olurdu. Biliyorsun, ilişkinizden haberdarım, o yüzden bu konuda bana daha fazla yalan söylemen gerekmiyor. Laura ve ben birbirimizden bir şey saklamayız. Sana Timothy'den bahsetti, değil mi?"

Blöf yapmadığını biliyordum, o nedenle bunun doğru olduğunu söyledim. Suçüstü yakalanmaktan utanmıştım, o ve Laura'nın tahminimden daha derin bir bağları olduğunu ve benim henüz bir misafir olarak dahi kabul edilmediğim gizli bir alanı paylaştıklarını düşündüm.

"İlişkinizin mahiyetini sorduğumda da birlikte olduğunuzu biliyordum," dedi. "Bu sadece bir testti."

"Ben de bu testte başarısız oldum."

"Ketum olmayı tercih ettin ve sorum da uygunsuzdu, diyelim," diyerek beni rahatlattı. "Laura senin için ne kadar önemli? Ya da daha doğrusu, onun senin için ne kadar önemli olduğunu düşünüyorsun?"

"Çok fazla."

"Tereddüt etmedin," diyerek gözlem yaptı. "O halde ikinizin arasında her şeyin yolunda gideceğini umalım. Kimse buraya yaptığın ziyaretlerle ilgili sana soru sormadı mı henüz?"

"Hayır."

"Eğer böyle bir şey olursa kim olduğuna aldırmadan bunu bana hemen söyle, olur mu?"

"Elbette."

"Harika, teşekkürler."

Onun oyununu oynamaya karar vererek bu kez konuyu aniden değiştiren ben oldum. "Hiç evlendiniz mi?"

"Biyografim herkese açık, Richard. Onu hiç okumamış olmana şaşırdım. Hayır, hiç evlenmedim. Neden mi? Çünkü gençken sadece çalışmak ve kendime bir kariyer inşa etmekle ilgiliydim, ki bu da bayağı geç gerçekleşti. İki insan gençken tanışıp birlikte büyüdüğünde, birbirlerinin tuhaflıklarına ve alışkanlıklarına katlanmaları daha kolay oluyor. Yaşlandıkça bu neredeyse imkânsızlaşıyor. Ya da ben sadece doğru insanla tanışmadım. Bir keresinde genç ve güzel bir kıza sırılsıklam âşık olmuştum ama sonu bayağı kötü bitti."

"Neden?"

"Sana kasanın şifresini de vereyim, ne dersin? Bu gecelik bu kadar yeter. Benim ilk hatıramı bilmek ister misin?"

"Sanırım, bunu birazdan öğreneceğim."

"Hislerin doğru, dostum. Bir medyum olabilirmişsin. Eh, ben bir balkonda oturmuş, tahta bir çıtayı yerinden oynatmaya çalışmıyordum. Güllerle dolu büyük bir bahçedeydim, yaz başında güzel bir gündü ve güneş tepede parıldıyordu. Kocaman, kırmızı tomurcukları olan birkaç gül fidanının yanında duruyordum ve ayağımın dibinde tekir bir kedi vardı. Uzun boylu, yakışıklı bir adam –küçük bir çocuk olduğunda bütün yetişkinler sana uzun boylu gelir– üzerime doğru eğilmiş, bana bir şeyler söylüyordu. Üzerinde koyu renk bir üniforma vardı, ceketinin göğsüne birkaç madalya iğnelenmişti, madalyalardan biri muhtemelen çok parlak olduğu için diğerlerinden daha fazla gözümü alıyordu. Sanırım, haç şeklinde bir gümüştü. Sarışın, asker tıraşlı o genç adam bana ilgi gösteriyordu ve ben de bundan çok memnundum.

"Bu, şimdi bile gayet canlı bir biçimde gözümün önüne gelen bir hatıra. Belki de bilmiyorsun, ben Almanya'da doğdum ve Museviyim. Amerika'ya annem ve kız kardeşimle birlikte, dört yaşındayken geldim. Kız kardeşim Inge henüz bir bebekti. Annem daha sonra bana, o gün bazı Fırtına Birliklerinin bizi 'ziyaret' ettiklerini ve babamın fena halde dövüldüğünü anlattı; babam birkaç gün sonra yattığı hastanede öldü. Fakat böyle acılı bir olayı maskeleyen bu hatıra zihnimde kaldı. Ben hatıralarımı ne kadar acılı olurlarsa olsunlar tutmayı tercih ediyorum. Bazen onları Katoliklerin keçe kemerleri kullandıkları gibi kullanıyorum: Aşındırıcı bir şeydir ve bacağa veya bileğe bağlanır. Normal görünen insanların gerçekte neler yapabileceklerini ve görünüşlerinin ardında pusu kurup bekleyen canavarlar olabileceğini hatırlamama yardımcı oluyor."

Ayağa kalkıp ışığı yaktığında elimi kamaşan gözlerime siper etmek zorunda kaldım. Pencereye gidip perdeyi çekti.

"Dışarısı cehennem gibi," dedi. "Ayrıca neredeyse gece yarısı oldu. Bu gece burada kalmak istemediğine emin misin?"

"Laura meraklanır," dedim.

"Onu arayabilirsin," diye cevap verdi koridoru göstererek.

"Anlayış göstereceğine eminim."

"Hayır, dert değil. Bir yolunu bulurum ben."

"O halde sana bir taksi çağırayım. Ücretini ben öderim. Bu saate kadar benim yüzümden kaldın."

"Enteresan bir sohbetti," dedim.

"Daha önce de söylediğim gibi, yalan söylemene gerek yok," diyerek taksiyi aramak üzere koridora çıktı.

Aslına bakılırsa yalan söylemiyordum. Sadece saygınlığı ve şöhreti nedeniyle değil, inkâr edilmez karizması nedeniyle de muhtemelen o âna kadar tanıştığım en ilgi çekici kişiydi. Fakat aynı zamanda, başkalarının onun çarpık akıl oyunlarındaki kuklalardan ibaret olmadıklarını kabul edemeyen, cam bir küpün içine sıkışıp kalmış gibi görünen biriydi.

Pencereye gittim. Balkon ışığının parlaklığında dönüp duran kar taneleri bir hayalet grubunu andırıyordu. Sonra aniden karanlığın içinde, pencereden iki-üç metre uzaklıkta bir siluet gördüğümü sandım; dalları kar yığınlarından ağırlaşmış yüksek manolyaların arkasına doğru ok gibi fırlamıştı sanki. Karanlık nedeniyle görüş mesafesi oldukça kısıtlı olmasına rağmen hayal görmediğimden neredeyse emindim fakat bundan Wieder'e söz etmemeye karar verdim. Zaten yeterince stresli görünüyordu.

* * *

Birkaç denemenin ardından bir taksi bulmayı başarmıştı ve benim eve gelmem bir saatten fazla zamanımı almıştı. Taksi beni kar yağışının altında, anıta yakın bir yerlerde bıraktı, bu yüzden dondurucu rüzgâr yüzümü kamçılarken geri kalan yolu karlara bata çıka yürüyerek kat etmek zorunda kaldım.

Yirmi dakika sonra bir battaniyeye sarınmış, elimde bir fincan çayla ve Laura'yla birlikte kanepede oturuyordum.

Birden bire, "Timothy üç saat önce buradaydı," deyiverdi. Bana asla Dick ya da Richie demediği gibi, onun ismini de Tim ya da Timmy şeklinde kısaltarak söylemiyordu. "Sanırım tacizine devam etmek niyetinde. Ne yapacağımı bilemiyorum." "Onunla bir de ben konuşayım. Ya da daha önce söylediğim gibi polisi arayalım." "Bunun bir anlamı olacağını sanmıyorum," dedi çabucak ve hangi seçeneği kastettiğini belirtmeden. "Evde olmaman kötü oldu. Belki durumu sıcağı sıcağına halledebilirdik." "Wieder akşam yemeğine kalmam için ısrar etti." "Ve sen de kabul etmek zorunda kaldın, değil mi? Ne konuştunuz?" "Bellekle ilgili konular ve ona benzer şeyler. Son zamanlarda onun aleyhine dönmenin nedenini anlatmaya ne dersin? Bizi sen tanıştırdın. Bana bir iş de teklif etti. Ve o saygın bir profesör, ben de kabalık etmek istemedim, hepsi bu; ayrıca onunla olan ilişkine değer verdiğini de biliyorum. Tanışmam için ısrar eden sendin, hatırladın mı?"

Meditasyon yapmak üzereymiş gibi bağdaş kurmuş, kanepenin önündeki kilimin üzerinde oturuyordu. Üzerinde Giants logosu olan tişörtlerimden birini giymişti ve o sırada ilk kez kilo vermiş olduğunu fark ettim.

Davranışı için özür dileyip annesinin, sol memesinde bir kitle fark ettiğini söyledi. Doktora gitmişti ve şimdi mamografi sonuçlarını bekliyordu. Ben kendi ailem hakkında ona her şeyi anlatmış olmama rağmen Laura bana ailesinden fazla söz etmemişti –parça parça anılardan fazlasını paylaşmamıştı– ve ben de bana sağladığı yapboz parçalarından tutarlı bir resim oluşturamamıştım. Babam olmadan geçireceğimiz ilk Noel'de annem ve kardeşimle olmayı planlıyordum. Onu da davet etmiştim ama bana Evanston'a gitmesinin daha iyi olacağı cevabını vermişti. Birkaç gün kalmıştı fakat şimdiden ayrılacak olmanın metalik tadını ağzımda hissetmeye başlamıştım bile; tanıştığımızdan beri ilk kez bu kadar uzun süre ayrı kalacaktık.

***

Ertesi gün, merkezdeki küçük bir stüdyoda *Signature* için fotoğraf çektirdim. Birkaç saat sonra fotoğrafları teslim alıp iki tanesini derginin adresine postaladım; elimde kalan iki fotoğraftan birini Laura, birini de annem için ayırdım. Fakat tatil için yola çıkmadan önce onları çantamdan çıkarmayı unuttum, o nedenle Laura'ya vermeye niyetli olduğum fotoğrafı ona asla veremedim. Daha sonra, Ithaca'da fotoğrafları anımsadığımda ortadan yok olduklarını fark ettim.

Dergi ocak ayının sonunda piyasaya çıktığında, ben polislerin ve gazetecilerin tacizine uğramaya başlamıştım, bu nedenle adresimi değiştirdim ve derginin postayla gönderilen bedava kopyaları bana asla ulaşmadı. *Signature*'ın o sayısını, on beş yıl sonra bir arkadaşım bana hediye olarak verene kadar görmedim. O da bu sayıyı Brooklyn'de, Myrtle Caddesi'ndeki ikinci el kitaplar satan bir dükkânda bulmuştu. Bir daha editörle de konuşmadım. 1990 yazında, Batı Yakası'nda bir trafik kazasında öldüğünü 2000'lerin başında tesadüfen öğrendim.

Laura olsa belki onun da ifade edeceği gibi, derginin ve edebiyat kariyerimin ellerimden kayıp gitme şekli bir işaret olabilirdi. Bir süre daha yazmaya devam etmeme karşın, ondan sonra hiçbir öyküm yayınlanmadı.

Profesör Joseph Wieder, birlikte akşam yemeği yediğimiz geceden birkaç gün sonra, 21 Aralık 1987'yi 22'sine bağlayan gece evinde öldürüldü. Dedektifler, yürüttükleri geniş çaplı soruşturmalara rağmen faili asla bulamadılar ve aşağıda öğreneceğiniz sebeplerden dolayı ben de şüphelilerden biriydim.

Altı

Birilerinin bir zamanlar söylediği gibi, bir hikâyenin başı ya da sonu yoktur. Anlatıcının kişisel bakış açısıyla seçtiği, okurun da önceki bir zaman diliminde başlayıp biten bir olayı ziyaret etmesine olanak tanıyan anlar vardır sadece. Bakış açım yirmi altı sene sonra değişti. O aylardaki olaylarla ilgili gerçekleri öğrenecektim. (Bu incelemeyi yeniden yapmayı beklemiyordum, daha ziyade bana bir kaza kurşunu gibi denk geldiğini söyleyebilirim.)

Laura'yla olan ilişkimin ve muhtemelen onunla birlikte tüm hayatımın, ya da en azından o âna kadar yaşadığımı sandığım hayatın tam olarak ne zaman paramparça olduğunu bir süre daha merak ettim. Herhalde, Wieder'in öldürüldüğü gecenin sabahında tek kelime etmeden ortadan kaybolduğu ve benim onu bir daha görmediğim zaman olmalı.

Fakat aslında olaylar, profesörün evinde akşam yemeğine kaldığım geceden hemen sonra başlamıştı.

Tıpkı tek bir sesin ya da düşen bir taşın, yoluna çıkan her şeyi silip süpüren büyük bir heyelanı tetikleyebildiği karla kaplı bir dağda olduğu gibi, görüntüde sıradan bir olay, Laura ve en nihayetinde kendim hakkında bildiğimi sandığım her şeyi paramparça etmek üzereydi.

O hafta sonu, bazı eşyalarımı taşımamda bana yardım eden ve o gece evinde kaldığım arkadaşım Benny Thorn'la birlikte New York'a gitmeye karar vermiştim. Tek odalı ve mobilyalı bir daireye taşınıyordu ve satmayı başaramadığı bazı fazlalıklardan kurtulması gerekiyordu. Laura bana geceyi tek başına geçirmek istemediğini söylemişti, böylelikle bir arkadaşında kalacak ve tezi üzerinde çalışacaktı. Arkadaşının adı Sarah Harper'dı ve Rocky Hill'de oturuyordu. Ben, Wieder'in kütüphanesinde beklediğimden daha hızlı ilerliyordum, bu nedenle Noel'den önceki hafta ona gitmeyi planlamıyordum.

Fakat Benny, beni alması gereken saatten tam bir saat önce, kiraladığı kamyona eşyalarını yüklerken buzda kayıp düştü ve bacağını kırdı. Böylece beni almaya gelemedi ve onu aradığımda da telefonuna cevap vermedi. Ona bir mesaj bırakıp aramasını beklemek üzere eve geri döndüm. Bir saat sonra bacağı doktorlar tarafından alçıya alındığında hastaneden beni arayıp yola çıkışımızı erteleyemez ve B planına geçmemiz gerektiğini söyledi: Havaalanının yanında bir depo kiralayıp eşyaları oraya götürecektik.

Depolama şirketini aradığımda bir ay için yirmi dolara bir ünite kiralamanın mümkün olduğunu öğrendim, bunun üzerine günün geri kalanını kolileri kamyona yüklemek, depoya gitmek ve kamyonu kiralama şirketine geri götürmekle geçirdim. Bu esnada Benny taksiyle eve gelmişti, onu arayıp her şeyin yolunda olduğunu bildirdim ve o akşam ona yiyecek bir şeyler getireceğime söz verdim.

Laura arkadaşının telefon numarasını bırakmamıştı, bu nedenle ona New York'a gidişimi ertelediğimi söyleyemedim. Onu

83

üniversitede aradım ama çoktan çıkmıştı. Yapabileceğim tek şey eve geri dönmekti. Fakat eve geldiğimde Wieder'e gitmeye karar verip eve dönmesi ihtimaline karşı Laura'ya bir not bıraktım. Profesörün evinin anahtarlarını büfede, beşlik ve çeyreklik madeni paralarla birlikte bir kavanozun içinde tutuyorduk. Ben tam evden çıkmak üzereyken kapı zili çalındı.

Kapıyı açtığımda karşımda, benim yaşlarımda, uzun boylu, zayıf ve bitkin görünüşlü bir adam duruyordu. Hava çok soğuk olmasına ve kar yağışına rağmen üzerinde, Fransız bir ressam gibi görünmesine neden olan tüvit bir ceket ve uzun kırmızı bir atkı vardı. Kapıyı benim açmama şaşırmış gibi görünüyordu, birkaç dakika tek kelime etmedi ve elleri fitilli kadife pantolonunun ceplerinde, bana bakmakla yetindi.

"Yardımcı olabilir miyim?" diye sordum, yanlış adrese gelmiş olduğundan emin bir tavırla.

İçini çekip üzgün bir ifadeyle bana baktı.

"Sanmıyorum..."

"Bunu anlamanın tek bir yolu var."

"Ben Timothy Sanders," dedi. "Laura'yı arıyordum."

Şimdi ne yapacağını bilememe sırası bendeydi. Kafamın içinde birkaç ihtimal canlandı. İlki, kapıyı suratına çarpmaktı; ikincisi, kapıyı suratına çarpmadan önce iyice bir paylamaktı; sonuncusuysa içeri davet edip oyalamak ve gizlice polisi arayarak ekipler geldiğinde onu tacizle suçlamaktı.

Ne var ki, yalnızca, "Laura evde yok ama istersen içeri gelebilirsin. Ben Richard, Laura'nın erkek arkadaşıyım," diyerek kendimi de şaşırttım.

"Sanırım, bu..." diye söze başladı. Tekrar iç geçirip etrafına bakındı –hava kararmaya başlamıştı– ve botlarındaki karı paspasa silip içeri girdi.

Oturma odasının ortasına gelip durdu.

"Güzel ev," dedi.

"Kahve ister misin?"

"Hayır, almayayım. Sigara içmemin sakıncası var mı?"

"İçeride sigara içmiyoruz ama bahçeye çıkabiliriz. Ben de içerim."

Cam kapıyı açtım ve o da ceplerinde sigara arayarak arkamdan dışarı geldi. Nihayet cebinden buruşmuş bir Lucky Strikes paketi çıkarıp içinden bir sigara aldı ve yakmak üzere bekledi.

"Dostum," dedim, "Laura senden bahsetmişti."

Yüzünde uysal bir ifadeyle bana baktı.

"Tahmin etmiştim."

"İlişkinizden bahsetti ve onu taciz ettiğinden yakındı. Birkaç gün önce ben evde yokken buraya geldiğini de biliyorum."

"Bu doğru değil," dedi temkinli bir sesle.

Sigarasından öyle derin nefesler çekiyordu ki, neredeyse dört-beş nefeste bitirdi. Elleri anormal bir şekilde beyazdı, balmumundan yapılmış gibi uzun ve narin parmakları vardı.

"New York'ta da beraber olduğunuzu biliyorum," diye ekledim ama o başını iki yana salladı.

"Sanırım bir yanlış anlama olmuş, çünkü biz birlikte hiç New York'a gitmedik. Doğrusunu söylemek gerekirse, ben geçen yazdan beri oraya gitmedim. Annem ve babamla aram açıldı ve şimdi kendimi geçindirmek zorundayım. İki aydır Avrupa'daydım."

Bunu söylerken gözlerimin içine bakıyordu. Sesinde, tıpkı dünyanın düz olmadığı ne kadar aşikârsa, söylediklerinin de benim için o kadar bariz olması gerekiyormuş gibi aynı nötr tonlama vardı.

Aniden, doğruyu söylediği ve yalan söyleyenin Laura olduğu kafama net bir şekilde dank etti. Midem bulanmaya başlamıştı, sigaramı söndürdüm.

"Gitsem iyi olur," dedi mutfağa doğru bakarak.

"Evet, belki de gitmelisin," dedim, çekici gelse de ondan bilgi sızdırmanın utancına katlanamayacağımı fark ederek. Onu ön kapıya kadar geçirdim. Eşiğe geldiğinde durup, "Gerçekten üzgünüm. Sanırım pot kırdım. Eminim hepsi bir yanlış anlaşılmadan ibarettir ve çözülür," dedi.

Benim de aynı şekilde düşündüğümü ifade ederek yalan söyledim. Birbirimize veda ettikten sonra kapıyı arkasından kapadım.

Gerisingeri bahçeye gidip soğuğu hissetmeden ve Laura'nın bana onca yalanı söylerken yüzünün aldığı ifadeden başka bir şey düşünemeden, birini söndürmeden diğerini yakarak art arda birkaç sigara daha içtim. Nedenini bilmiyorum ama sevgili olarak geçirdiğimiz ilk akşamlardan birini, birlikte kanepede otururken ellerimi saçlarının arasında dolaştırıp ne kadar yumuşak olduklarını düşünerek şaşırmamı hatırladım. Öfkeden kuduruyor ve Sarah'nın nerede oturduğunu nasıl bulabileceğimi düşünüyordum.

Sonra aniden, Laura'nın aslında Wieder'in evine gittiği ve arkadaşında kalma hikâyesinin de bir başka yalan olduğu fikri canlandı kafamda.

Gerçi profesörün ev anahtarlarını yanına almamıştı. Timothy Sanders kapıyı çalmadan az önce onları büfeden alıp cebime koymuştum. Nedenini bilmiyorum ama artık Wieder'le birlikte olduğundan, oraya gidersem onları birlikte bulacağımdan kesinlikle emindim. Her şeyin ama her şeyin koskoca bir yalan olduğuna ve çözemediğim bir hedef uğruna kullanıldığıma, belki de onun, profesörüyle birlikte tezgâhladığı pis, kötü bir deneyin kurbanı olduğuma ikna olmuştum.

Muhtemelen bunca zaman beni kuş beyinli bir kobay faresi olarak incelemeye almışlar ve arkamdan gülmüşlerdi. Belki de kütüphane işi bir başka yalandan ibaretti, belki çarpık bir nedenden ötürü beni orada tutmak için bir bahaneydi. Aniden olayların tümüne farklı bir gözle bakmaya başlamıştım. Laura'nın kulağa gerçek gibi gelmesi için çaba dahi göstermeden bana söylediği her şeyin yalandan ibaret olduğunu göremediğim için gerçekten kör olmalıydım.

İçeri gidip telefonla bir taksi çağırdım. Sonra da artan kar yağışının altında profesörün evine doğru yola koyuldum.

Kitap taslağının bana gönderilmiş olan bölümü burada sona eriyordu. Kâğıtları toparlayıp sehpaya koydum. Duvardaki saat 01.46'yı gösteriyordu, iki saatten fazla zamandır hiç ara vermeden taslağı okumuştum.

Richard Flynn'ın kitabının amacı neydi?

Gecikmiş bir itiraf mıydı? Wieder'i öldürenin o olduğunu, polisin şüphelerinden kurtulmayı başardığını ama artık her şeyi itiraf etmek istediğini mi öğrenecektim? Mektupla birlikte gönderilen başvuruda taslağın tamamının 78.000 kelimeden oluştuğunu yazmıştı. Cinayetten sonra da önemli bir şeyler olmuş olmalıydı, çünkü cinayet kitabın sonu değil, açılışıydı.

Olayların zamanlamasını kısmen karıştırmıştım ama bendeki bölüm, kasıtlı ya da değil, Laura'nın –ilişkilerinin mahiyeti de dahil– her konuda kendisine yalan söylediğinden emin olan yazarın, öldürüldüğü gece profesörün evine doğru yola çıkmasıyla sona eriyordu. Flynn, cinayeti işlememiş olsa da, cinayet gecesi Wieder'in evine gitmişti. Onları birlikte yakalamış mıydı? Bu bir aşk cinayeti miydi?

Ya da belki onu öldürmemişti ama bunca yıl sonra esrarı çözmek üzere yola çıkmıştı ve bu kitap da, gerçek suçlu her kimse, onun maskesini düşürmeyi amaçlıyordu. Acaba katil Laura Baines miydi? Yakında yazarın kendisinden her şeyi öğreneceğim için bu sorulara kendimi kaptırmamın anlamsız olduğunu düşündüm.

Kahvemi bitirdim, Flynn'dan taslağın geri kalanını da istemeye karar verip yatmaya gittim. Özellikle iyi yazılmış, olağandışı ve esrarengiz vakalardan bahseden, gerçek hayattan alınma suç kitapları popülerdi. Wieder, zamanının ünlü kişilerindendi ve Google'dan öğrendiğim bilgiye göre hâlâ Amerikan psikoloji tarihinin önemli figürlerindendi; ayrıca Flynn, kitabını akıcı ve merak uyandırıcı bir üslupla yazmıştı. O nedenle elimdekinin, bir yayıncının dolgun bir çek yazmak isteyeceği türden iyi bir iş olduğuna ikna olmuştum.

Ancak ne yazık ki olaylar benim arzu ettiğim şekilde gelişmedi. Hemen ertesi gün, işe giderken şahsi posta adresimi kullanarak Richard Flynn'a bir e-posta gönderdim. O gün bana geri dönmedi; uzun hafta sonundan faydalanarak kısa bir tatil yaptığını ve e-postalarını kontrol etmediğini varsayıyordum.

Bir cevap alamadan geçen iki-üç günün ardından mektubunda yazdığı cep telefonunu aradım. Telesekreterine bağlandım ama mesaj kutusu dolu olduğu için mesaj da bırakamadım.

Cevapsız birkaç gün daha geçti ve ona ulaşmak için bir-iki başarısız teşebbüsün ardından –artık telefonu kapalıydı– mektupta yazılan, Penn İstasyonu yakınlarındaki adrese gitmeye karar verdim. Olağandışı bir durumdu –yani bir yazarı bu şekilde kovalamam– ama bazen bazı şeyler için şartları zorlamanız gerekir.

33. Doğu Caddesi'nde bir binanın ikinci katıydı. Diyafonlu zile bastığımda bir kadın sesi cevap verdi. Ona adımın Peter Katz olduğunu, Richard Flynn'ı aradığımı söyledim. Bana sert bir şekilde Bay Flynn'ın müsait olmadığını iletti. Ona bir yayın temsilcisi olduğumu açıklayıp kısaca neden orada olduğumu anlattım.

Bir süre tereddüt etti ama sonra dış kapının açılma sesi duyuldu. Asansörle ikinci kata çıktım. Diyafondan benimle konuşan kadın dairenin kapısında beni bekliyordu. Kendini Danna Olsen olarak tanıttı.

Bayan Olsen, bir defa gördükten sonra unutacağınız türde bir yüze sahip, kırk yaşlarında bir kadındı. Üzerinde mavi bir sabahlık vardı, siyah ve muhtemelen boyalı olan saçlarını plastik bir saç bandıyla arkaya doğru yatırmıştı.

Paltomu koridordaki askıya asıp küçük ama derli toplu oturma odasına geçtim. Deri kaplı bir kanepeye iliştim. Ev, bir çiftten ziyade, halının ve perdelerin renklerinden ve dört bir yana serpiştirilmiş süs eşyalarından dolayı bekâr bir kadına aitmiş gibi görünüyordu.

Ben ona hikâyemi bir kere daha anlattıktan sonra derin bir nefes alıp çabuk çabuk konuşmaya başladı. "Richard beş gün önce All Saints Hastanesi'ne kaldırıldı. Geçen yıl kendisine akciğer kanseri teşhisi konulmuştu, hastalığın üçüncü aşamasındaydı, o nedenle onu ameliyat edemediler ama kemoterapiye başlaması gerekiyordu. Bir süre tedaviye olumlu cevap verdi fakat iki hafta önce zatürreye yakalandı ve durumu hızla kötüleşti. Doktorların fazla umudu yok."

İnsanın böyle durumlarda söylemek zorunda hissettiği birkaç basmakalıp laf geveledim. Kadın, şehirde başka akrabası olmadığını söyledi. Alabama'nın bir yerinden geliyordu ve Richard'la birkaç yıl önce bir pazarlama seminerinde tanışmışlardı. Bir süre yazışmışlar, birlikte Büyük Kanyon'a yapılan bir geziye katılmışlardı, ardından Richard yanına taşınması için ısrar edince kalkıp New York'a gelmişti. Bana şehri sevmediğini ve bir reklam ajansında bulduğu işin de eğitim seviyesinin altında olduğunu söyledi. Bunu sadece Richard'ın hatırı için kabul etmişti ve erkek arkadaşını kaybedecek olursa evine geri dönecekti.

Birkaç dakika sessizce ağlayıp sehpanın üzerinde duran kutudan aldığı kâğıt mendillerle gözlerini ve burnunu sildi. Sakinleştikten sonra bana bir bardak çay yapmakta ısrar edip kitaptan bahsetmemi istedi. Arkadaşının, geçmişiyle ilgili bir kitap yazdığından habersiz gibi görünüyordu. Mutfağa gidip çay yaptıktan sonra içinde iki fincan ve şeker kâsesinin de olduğu tepsiyle geri geldi.

Ona e-postayla aldığım taslak bölümün neyle ilgili olduğunu anlattım. Bir kopyası yanımda olan mektubu ona gösterdiğimde dikkatle okudu. Gitgide daha şaşırmış görünüyordu.

"Richard bana bundan bahsetmedi," dedi buruk bir ifadeyle. "Muhtemelen önce sizden haber almayı bekliyordu."

"İletişime geçtiği tek yayıncı ben miyim bilmiyorum," dedim. "Sizinle bağlantıya geçen başka bir yayıncı ya da başka bir temsilci oldu mu?"

"Hayır. Hastaneye kaldırıldıktan sonraki ilk gün Richard'ın telefonlarını cevapladım ama sonra vazgeçtim. Pennsylvania'daki kardeşi Eddie ve ofisten insanlar durumunu biliyorlar ve telefon numaram onlarda var. E-posta hesabının şifresini bilmediğim için mesajlarını okuyamadım."

"Yani kitabın devamının nerede olduğunu bilmiyor musunuz?" diye sordum. Yanıtı olumsuzdu.

Yine de Richard'ın bilgisayarına bakmamı teklif etti. Bir çekmeceden küçük bir Lenovo alarak onu fişe takıp açtı.

"Size o mektubu gönderdiğine göre kitabı fazlasıyla önemsiyor olmalı," dedi ikonların dizüstü bilgisayarın ekranında belirmelerini beklerken. "Doğal olarak, taslağın geri kalanını bulsak bile, onu size vermeden önce kendisiyle konuşmam gerektiğini biliyorsunuz, değil mi?"

"Elbette."

"Finansal karşılığı nedir?" diye sordu ve ben de ona yayın temsilcisi olarak sadece bir aracı olduğumu, avans ve telifler hakkındaki kararı yayıncının vermesi gerektiğini açıkladım.

Gözlüklerini takıp bilgisayarı karıştırmaya başladı. Bir başka randevuyu kaçırmak üzere olduğumu fark edip görüşmeyi planladığım adamı aradım ve özür diledikten sonra ondan yeni bir randevu istedim.

Bayan Olsen bana, kitap taslağının masaüstünde veya belgeler klasöründe olmadığı bilgisini verdi: Hangi isimle kaydedilmiş olursa olsun, her dosyayı tek tek kontrol etmişti. Bilgisayarda parola korumalı dosya yoktu. Dosyanın ofisinde veya bir flash diskte de olabileceğini ekledi. Dizüstü bilgisayarı aldığı çekmecede birkaç flash disk vardı. Hastaneye Richard'ı ziyarete gitmek üzereydi, ona taslağı nerede tuttuğunu soracağına söz verdi. Numaramı cep telefonuna kaydetti, öğrenir öğrenmez bana haber verecekti.

Çayımı bitirip ona bir kez daha teşekkür ettim. Tam çıkmaya hazırlanırken şunları söyledi: "Üç ay öncesine kadar Richard bana bu konuda yani Laura Baines hakkında hiçbir şey anlatmamıştı. Fakat bir akşam onu cep telefonundan birisi aradı ve telefonda tartıştıklarını duydum. Ben konuşulanları duymayayım diye mutfağa gitmişti fakat ses tonu beni şaşkınlığa uğrattı, çünkü o kolay kolay öfkelenmez. Çok hiddetlenmişti, onu daha önce hiç böyle görmemiştim. Oturma odasına geri döndüğünde elleri titriyordu. Ona kiminle konuştuğunu sordum, bana telefondakinin Princeton'dan Laura adında eski bir tanıdığı olduğunu söyledi, hayatını mahvettiğini ve bunu ona ödeteceğini de ekledi."

* * *

Danna Olsen, ziyaretimden beş gün sonra beni arayıp Richard'ın öldüğünü haber verdi. Katılmak istersem diye cenazenin yapılacağı yerin adresini de iletti. Ziyaretimin olduğu gün hastaneye gittiğinde, Richard yatıştırıcılar nedeniyle kendinde değildi ve hemen arkasından da komaya girmişti, bu nedenle de kitapla ilgili onunla konuşamamıştı. Bu arada evdeki CD ve flash diskleri de kontrol etmiş fakat kitabın olduğu bir dosyaya rastlamamıştı. Çalıştığı şirket kişisel eşyalarını birkaç gün sonra eve gönderecekti, o zaman onları da kontrol etme fırsatı bulacaktı.

Cuma öğleden sonra gerçekleştirilen cenaze törenine gittim. Şehir, tıpkı Profesör Joseph Wieder'in öldüğü aralık günü gibi karlar altındaydı.

Richard Flynn'ın cansız bedeninin bulunduğu kapalı tabutun önündeki bir sıra sandalyede, siyahlara bürünmüş az sayıda insan oturuyordu. Tabutun yanına, köşesinde siyah bir kurdele olan bir fotoğraf çerçevesi yerleştirilmişti. Fotoğrafta görünen kırk yaşlarındaki adam, hüzünlü bir şekilde kameraya gülümsüyordu. Uzun bir yüzü, çıkıntılı bir burnu ve yumuşak bakan gözleri vardı, hafif dalgalı saçlarının alın kısmı açılmıştı.

Bayan Olsen geldiğim için bana teşekkür etti ve fotoğrafın Richard'ın favorilerinden olduğunu söyledi. Kimin, ne zaman çektiğini bilmiyordu. (Fotoğrafı, çalışma masasının esprili bir şekilde "kurt ini" dediği alt çekmecesinde tutuyormuş Richard.) Kitabın geri kalanını bulamadığı için üzgün olduğunu da belirtti Bayan Olsen. Son aylarında üzerinde çalıştığına göre Richard için de çok önemli olduğunu tahmin ediyordu. Daha sonra beni, üzgün görünen Eddie Flynn'la tanıştırdı. Yanında, alev kırmızısı saçlarına oturttuğu komik görünüşlü şapkasıyla ufak tefek ve hareketli bir kadın vardı. Kadın, Eddie'nin karısı Susanna Flynn olduğunu söyleyerek elimi sıktı. Tabuttan sadece birkaç adım ötede, birkaç dakika sohbet ettik. Onları sanki bir süredir tanıyormuşum ve uzun bir aradan sonra o gün tekrar karşılaşmışım gibi tuhaf bir hisse kapıldım.

Cenazeden ayrıldığımda bu eski hikâyenin sonunu asla öğrenemeyeceğimi düşünüyordum. Richard, anlatmak istediği her ne ise, sırrını da yanında götürmüştü.

İkinci Bölüm

John Keller

"Gençken kendimiz için farklı gelecekler yaratırız; yaşlandığımızdaysa başkaları için farklı geçmişler uydururuz."

Julian Barnes, *Bir Son Duygusu*[*]

---
[*] Çev. Serdar Rifat Kırkoğlu, Ayrıntı Yayınları, Birinci Basım, 2013, İstanbul. –çn.

Bir

Kırık bir sandalye yüzünden ölülerle konuşmaya başladım. Kurt Vonnegut olsa, onun da ifade edeceği şekliyle, yıl 2007'ydi ve John Keller parasızdı. Bu ben oluyorum, tanıştığımıza memnun oldum. NYU'da[*] yaratıcı yazarlık dersleri aldım ve dürüst olmak gerekirse, tıpkı bir ampulün tehlikeli parıltısına kapılmış bir gece kelebeği gibi kendi yanılsamalarımın etrafında dönüp duruyordum. Lower East Side'da, tren yolu üzerindeki çatı katını gelecek vaat eden bir fotoğrafçı olan Neil Bowman'la paylaşıyor, bir editörün bana iş teklif edeceğini umarak edebiyat dergilerine uzun ve anlamsız başvuru mektupları gönderiyordum. Fakat hiçbiri benim dehamı keşfetmeye hazır görünmüyordu.

Annemin ağabeyi olan Frank dayı, seksenlerin ortalarında, o zamanlar güç toplamaya henüz başlamış olan bilişim sektörüne yatırım yaparak köşeyi dönmüştü. Ellili yaşlarının başındaydı ve Upper East Side'da fiyakalı bir apartman dairesinde yaşıyordu. O günlerde antika toplamak ve güzel kadınlarla takılmak dışında başka bir iş yapmıyormuş gibi görünüyordu. Yakışıklıydı, yanık tenliydi ve şık giyiniyordu. Ara sıra beni evine veya bir resto-

(*) New York Üniversitesi. –çn.

F: 7

randa akşam yemeğine davet eder ve bana, sonrasında 14. Batı Caddesi'nde şık bir mağazanın sahipleriyle işbirliği yapan Max adında bir adama yarı fiyatına sattığım pahalı hediyeler verirdi. Salonundaki antika mobilyalar yıllar önce İtalya'dan satın alınmıştı. Sandalyeler ahşap oymaydı ve kahverengi deri kaplıydı, zaman aşımıyla birlikte kırışık suratları andırmaya başlamışlardı. Talihsiz sandalyelerden birinin arkası düşmüş ya da kırılmıştı – detayını tam olarak hatırlayamıyorum.

Bunun üzerine dayım, Bronx'ta, aylarca bekleme sırası olan tanınmış bir antika mobilya tamircisini aramıştı. Dayımın, kendisini sıranın önüne alırsa iki katı ödeme yapmayı teklif ettiği adam, alet çantasını kapıp dayımın apartman dairesinde bitivermişti. O gün ben de tesadüfen oradaydım.

Bir kiralık katil gibi simsiyah giyinmiş, saçlarını tamamen kazımış, geniş omuzları ve meraklı bakışları olan orta yaşlı tamirci sandalyeyi gözden geçirmiş, bir şeyler mırıldanıp terasa kamp kurmuştu. Güzel bir gündü, güneş tepede parıldıyor, 70. Doğu Caddesi'nin binaları sabahın pusunda dev kuvars bloklar gibi görünüyordu. Tamirci, becerilerini sergilerken Frank dayı ve ben de kahve içip kızlardan konuşuyorduk.

Frank o sırada tamircinin yanında getirip masanın üzerine bıraktığı dergiyi fark etti. Kırk sekiz sayfası kuşe kâğıda basılmış olan derginin adı *Ampersand*'dı ve yazı işleri künyesinin yer aldığı üçüncü sayfada, yayıncı firmanın John L. Friedman tarafından yönetildiği belirtiliyordu.

Dayım bana Friedman'la Rutgers'da birlikte okuduklarını söyledi. Arkadaştılar ama birkaç yıl önce bağlantıyı kaybetmişlerdi. Onu arayıp benim için bir iş görüşmesi ayarlamayı teklif etti. Dünyayı döndüren şeyin paranın yanı sıra bu tür bağlantılar olduğunu biliyordum ama kendi yolumu kendim çizebileceğimi düşünecek kadar gençtim, o nedenle bu teklifini geri çevirdim. Dahası, dergiyi dikkatle incelediğimi, içeriğin hiç fikrimin olmadığı ve azıcık dahi olsa ilgimi çekmeyen doğaüstü meseleler, paranormal aktiviteler ve New Age hakkında olduğunu fark ettiğimi belirttim.

Frank inatçılık etmekten vazgeçmemi söyledi. Eski arkadaşının finansal becerilerine güveniyordu –üniversitedeyken bile taşı sıkıp para çıkarabilen biriydi–, ayrıca iyi bir muhabir her konu hakkında yazabilmeliydi. Sözlerine, Büyük Piramit hakkında yazmanın bir futbol maçı veya sıradan bir cinayet hakkında yazmaktan daha enteresan olduğunu, zaten bugünlerde okuyucuların da bir avuç geri zekâlıdan ibaret olduğunu söyleyerek devam etti. Bir ara tamirci de konuşmaya katılınca, onu bizimle birlikte kahve içmeye davet ettik. Sesini alçaltarak, eski mobilyaların, ona sahip olmuş kişinin pozitif ya da negatif enerjisini barındırdığını ve bazen bir eşyaya dokunduğunda bu enerjiyi hissedebildiğini söyledi. Böyle zamanlarda parmaklarının uyuştuğunu bile hissediyordu. Frank, büfeden bir viski şişesi çıkarıp da tamirci benzer bir büfenin, sahibine nasıl şanssızlık getirdiğini anlatmaya başladığında ben aralarından ayrıldım.

Bu olaydan iki gün sonra Frank beni cep telefonumdan arayıp Friedman'ın ertesi gün beni ofisine beklediğini haber verdi. Tek beklentisi alfabeyi bilen birisiydi; hafif çatlak bir adam olan yazı işleri sorumlusu, ofisi doğru düzgün yazı yazmayı bilmeyen insanlarla doldurmuştu. Dergi birkaç ay önce piyasaya çıkmıştı ve hâlâ başarılı bir çıkış yapmak için debeleniyordu.

Hikâyeyi daha fazla uzatmamın anlamı yok.

Frank dayıyla aramın açılmasını istemiyordum, bu nedenle Friedman'la olan randevuya gittim. Görüşmenin sonunda ondan hoşlanmıştım ve bu duygu karşılıklıydı. Paranormal konular umurunda değildi, hayaletlere inandığı da yoktu ama pazarda, özellikle de *"baby boomer"* kuşağındakiler arasında bu tip bir yayına talep vardı.

Bana beklediğimden çok daha fazla bir maaş teklif etti ve ben de işi hemen kabul ettim. Yayınlanan ilk hikâyem, doğaüstü konularla alakalı bu sektöre girmemi bir şekilde kendisine borçlu oluğum mobilya tamircisi hakkındaydı. *Ampersand'*da çalıştığım yaklaşık iki yıl boyunca, şehirdeki ucubelerin yarısıyla tanıştım. Inwood'ta voodoo büyüsü seanslarına katıldım ve Doğu Harlem'deki perili evleri ziyaret ettim. Hannibal Lecter'dan bile daha çatlak olan okuyuculardan ve cehennem yangınlarına doğru yol aldığıma dair beni uyaran rahiplerden birçok mektup aldım.

Sonra Friedman dergiyi kapatmaya karar verdi ve *New York Post'*ta muhabir olarak iş bulmam için bana yardımcı oldu, orada da dört yıl çalıştıktan sonra bir arkadaşımın teşvikiyle Avrupalı yatırımcıların kurduğu bir yayına transfer oldum. İki yıl sonra online gazeteler, günlük gazetelerden kalanların çoğunu katleder, markalar birbiri ardına ölüp giderken kendimi işsiz kalmış bir halde buluverdim. Daha sonra bir haber sitesine dönüşen bir blog kurup yazmaya başladım; bu da bana neredeyse hiç para kazandırmıyordu. Böylece serbest yazarlık işleri yaparak geçinmeye çalışıyor, eski güzel günlerin özlemi içinde, daha otuzlarımın başında olmama rağmen kendimi bir dinozor gibi hissettiğimi fark ederek şaşırıyordum.

* * *

O sırada Bronson & Matters'da yayın temsilcisi olarak çalışan arkadaşım Peter Katz, bana Richard Flynn'ın henüz basılmamış kitabından söz etti.

Onunla NYU'da okurken tanışıp arkadaş olmuştuk. Oldukça çekingen ve kendini toplumdan soyutlamış biriydi –bir partide kendisini plastik bir bitki sanabileceğiniz tiplerdendi– fakat kendisinden bir sürü şey öğrenmenin mümkün olduğu kültürlü insanlardandı. Annesinin evlenme çağındaki kızların aileleriyle danışıklı olarak çevirdiği kurnaz tuzaklardan ustalıkla bir şekilde kurtularak inatla bekâr kalmayı başarmıştı. Dahası, nesiller boyu avukatlık yapan ailesinin yüz karası olmak pahasına bir yayın temsilcisi olmayı seçmişti.

Peter beni dışarıya, öğle yemeğine davet etti ve birlikte 32. Doğu Caddesi'nde, Candice'in Yeri diye bir restorana gittik. Mart ayının başında olmamıza rağmen günlerdir şiddetli bir şekilde kar yağıyordu ve trafik cehennem gibiydi. Gökyüzü, şehrin üzerine akmak üzereymiş gibi görünen erimiş kurşun rengindeydi. Peter'ın üzerindeki palto öylesine uzundu ki *Pamuk Prenses*'teki Yedi Cüceler gibi görünüyor ve paltosunun eteklerine takılıp sürekli tökezliyordu. Elinde de kaldırımdaki su birikintilerinden kaçarken sallayıp durduğu eski, deri bir evrak çantası vardı.

Salatalarımızı yerken bana kitaptan bahsetti. Richard Flynn bir ay önce ölmüştü ve kız arkadaşı Danna Olsen, kitabın devamını bulamadığını iddia etmişti.

Peter, etlerimiz gelene kadar zorlu görevi bana açıklamıştı bile. Benim benzeşmeyen, farklı şeylerin birbiriyle olan bağlantısını kuracak kadar deneyimli bir muhabir olduğumu biliyordu. Patronlarıyla konuşmuştu ve onlar da pazarın durumu nedeniyle bu konunun potansiyel satış yaratabileceğini düşünmüşlerdi. Fakat milyon dolar değerindeki bir kitabın tek bir parçası kendi başına tek kuruş etmiyordu.

"Bayan Olsen'la konuşup bir anlaşmaya varmaya hazırım," dedi uzağı göremeyen gözlerini kısıp bana bakarak. "İşini bilen bir kadına benziyor. Onunla pazarlığın zor olacağını biliyorum ama iyi bir teklifi geri çevireceğini de sanmam. Flynn, kardeşi Eddie'ye verilmesini istediği birkaç şey haricinde bütün mal varlığını kendisine bıraktı. Yasal açıdan Bayan Olsen'la yapılacak bir anlaşma bizim için yeterli olur, anlıyor musun?"

"Kitabın izini nasıl bulacağımı düşünüyorsun?" diye sordum. "Bir peçetenin arkasına çizilmiş gizli bir harita mı bulacağım? Yoksa bir Pasifik Adası'na gidip kuzeybatıya bakan iki palmiye ağacının arasındaki bir noktayı falan mı kazmalıyım?"

"Haydi ama, yapma böyle," dedi. "Flynn zaten kitabın bizdeki bölümünde birçok ipucu vermiş. Olaya dahil olan karakterleri, yeri ve zaman dilimini de biliyoruz. Kitabı bulamazsan bulmacanın geri kalanını yeniden oluşturabilirsin ve kitabın bizdeki parçası, senin ya da bir hayalet yazarın üreteceği yeni bir kitapla birleşir. Sonuçta okuyucular, Richard Flynn adında bilinmeyen bir adamla değil, Wieder cinayetiyle ilgilenecekler. Yalnızca Wieder'in son günlerinde olanları yeniden kurgulamak lazım, anlıyor musun?"

Onun bu alışkanlığı –sürekli "anlıyor musun?" diye sorup durması– bana zekâmdan şüphe ettiğine dair nahoş bir his veriyordu.

"Gayet iyi anlıyorum," diyerek rahatlattım onu. "Fakat bunca şey boşa zaman harcamak olabilir. Flynn kitabı yazmaya başladığında muhtemelen insanlara ne anlatmak istediğini biliyordu, fakat bizim aradığımız şeyle ilgili bir ipucumuz yok. Yirmi yıldan uzun bir süre önce gerçekleşmiş bir cinayeti çözmeye çalışacağız!"

"Diğer ana karakter olan Laura Baines belki de hâlâ hayattadır. Onu bulabilirsin. Ve eminim dava halen polis kayıtlarında yer alıyordur. Polis dedektiflerinin deyimiyle 'faili meçhul olay' olarak geçiyordur ama dosyasının arşivlerinde olduğuna eminim."

Sonra gizemli bir şekilde bana göz kırpıp birinin bizi duymasından çekinirmiş gibi sesini alçalttı.

"Görünüşe bakılırsa, Profesör Wieder gizli psikolojik deneyler gerçekleştiriyormuş. Neleri ortaya çıkarabileceğini bir düşünsene!"

Son cümleyi, dik kafalı çocuğuna matematik ödevini yaparsa onu Disneyland'a götüreceğine söz veren bir annenin ses tonuyla söylemişti.

Bende bir merak uyandırmayı başarmıştı ama hâlâ kararsızdım. "Pete, bu Flynn denen adamın her şeyi uydurmuş olabileceği hiç aklına gelmedi mi? Ölülerin arkasından kötü konuşmayı sevmem ama belki de ölmeden önce projesini satabilmek için ünlü birinin ölümüyle ilgili bir hikâye uydurmuştur. Ancak onu bitirmeye vakit bulamamıştır."

"Evet, bu olasılığı ben de düşündüm. Fakat bir araştırma yapmadan nasıl emin olabiliriz ki? Şimdiye dek topladığım bilgilerden, Richard Flynn'ın bir yalancı olmadığı anlaşılıyor. Wieder'i gerçekten tanıyor ve onun için çalışıyordu, evinin anahtarları onda gerçekten vardı ve ona bir süre şüphelilerden biri gözüyle bakıldı, bunların hepsini internetten buldum. Fakat hikâyenin geri kalanını ortaya çıkarması için senin gibi becerikli birine ihtiyacım var."

Nerdeyse ikna olmuştum ama ona bir süre daha ter döktürdüm. Tatlı niyetine bir espresso ısmarladım, o da bir tiramisu istedi.

Kahvemi bitirdiğimde acısına son verdim. Ona görevi kabul ettiğimi söyleyip yanında getirdiği ve içinde "gizlilik" ibaresinin de yer aldığı sözleşmeyi imzaladım, ardından evrak çantasından bir tomar kâğıt çıkardı. Onları bana uzatırken bunun, araştırmam için başlangıç noktası olacak notların da yer aldığı, kitabın ilk bölümünün bir kopyası olduğunu söyledi. Sözleşmenin bana ait kopyasını, ondan aldığım kâğıtlarla birlikte, muhabirlik günlerimin en başından beri hep yanımda taşıdığım ve birçok ayrı bölüm ve cepten oluşan çantama tıktım.

Ona metroya kadar eşlik edip daha sonra eve gittim ve bütün geceyi Richard Flynn'ın kitabını okuyarak geçirdim.

İki

Ertesi akşam, yemekte kız arkadaşım Sam'le buluştum. Benden beş yaş büyüktü; UCLA'da[*] İngilizce okumuş, Batı Yakası'ndaki birçok TV kanalında çalıştıktan sonra New York'a taşınmıştı. NY1 sabah haberlerinde prodüktörlük yapıyordu, o yüzden güne sabah beşte başlıyor, genellikle akşam sekizde bitiriyordu. O saatte de benim yanında olmam ya da olmamam fark etmiyor, yorgunluktan olduğu yerde uyuyup kalıyordu. Ya da daha konuşmaya başlayalı beş dakika bile olmadan önemli bir görüşme yapması gerektiğini söyleyerek telefonunun kulaklığını takıyordu.

Kaliforniya'da küçük bir TV kanalında haber spikerliği yapan Jim Salvo adında bir adamla üç yıl evli kalmıştı; herif kırk yaşlarında, kötü alışkanlıkları ve yağ tabakasıyla çevrili karaciğeri dışında bir şeyi kalmamış bir zamparaydı. Bu nedenle Sam, ilk tanıştığımızda bana, kırk yaşına gelmeden tekrar evlenmeye niyeti olmadığını ve o zamana dek tek istediğinin bağlayıcı olmayan bir ilişki olduğunu söylemişti.

(*) Los Angeles, Kaliforniya Üniversitesi. –çn.

Telefon görüşmelerinin arasında, garsonu siparişimizi daha önceden almadığı için payladı, editörleriyle yaptığı kavgaları anlatı, sonra da benim Richard Flynn'ın kitabıyla ilgili hikâyemi dinledi; konu hakkında heyecanlanmış görünüyordu. "John, bu çok sükse yapabilir," dedi. "Truman Capote'ten çıkmış gibi, öyle değil mi? Okurlar böyle şeyleri yalayıp yutarlar."

Sam'in herhangi bir konuyla ilgili yapabileceği en iyi yorumdu bu. Ona göre, konu TV haberleri, bir kitap teklifi ya da sevişmek bile olsa, "sükse" yapma şansı olmayan her şey anlamsızdı.

"Evet, yapabilir, tabii kitabın devamını ya da cinayet için herhangi türden bir açıklama bulabilirsem."

"Olmazsa, sendeki bölümü temel alarak bir kitap yazabilirsin. Peter'la da mutabık kaldığın bu değil miydi?"

"Evet, doğru ama bu konuda uzman sayılmam."

"Zaman değişir ve insanlar da onunla birlikte değişmek zorundadır," dedi kısa ve öz bir şekilde. "Televizyonun, haber stüdyosuna adımımı attığım on beş yıl önceki gibi olduğunu mu sanıyorsun? Hepimiz daha önce hiç yapmadığımız şeyleri yapmak zorunda kalıyoruz. Dürüst olmam gerekirse, o kitabı bulamazsan ben mutlu olurum, böylelikle bir yıl sonra senin adını Rizzoli'nin vitrinindeki bir kitabın kapağında görebilirim."

Restorandan ayrıldıktan sonra inime çekilip çalışmaya koyuldum. Ailem iki yıl önce Florida'ya taşınmıştı ve kız kardeşim Kathy, Springfield-Illinois'den bir adamla evlenmiş ve üniversiteden mezun olduktan sonra da oraya taşınmıştı. Doğup büyüdüğüm üç odalı apartman dairesinde, emlakçıların deyimiyle gecekondu mahallesinde yaşıyordum. Eski bir binaydı, odalar küçük ve karanlıktı, ama benimdi ve hiç olmazsa kirayı dert etmem gerekmiyordu.

İşe, elimdeki bölümü tekrar okuyarak başladım, önemli olduğunu düşündüğüm yerleri farklı renklerdeki fosforlu kalemlerle çizerek işaretledim. Richard Flynn'la bağlantılı yerleri maviye, Joseph Wieder'le ilgili noktaları yeşile ve Laura Baines'le ilgili olanları da sarıya boyadım. Derek Simmons isminin altını mavi tükenmez kalemle çizdim, çünkü sonlara doğru Richard onun bütün olayda önemli bir rolü olduğunu iddia ediyordu. Kitapta bahsi geçen diğer isimlerden oluşan ayrı bir liste yaptım, belki şansım yaver giderse, bilgi alabileceğim kaynak kişiler olabilirlerdi. Bir muhabir olarak, çoğu insanın geçmişinden bahsetmekten hoşlandığını öğrenmiştim

Araştırmam için üç ana yol oluşturdum.

İlki ve en basiti, cinayetle ve dahil olan kişilerle ilgili ortaya ne çıkarabileceğimi görmek üzere internetin derin sularında gezinmekti.

İkincisi, kitapta adı geçen kişilerin, özellikle de Laura Baines'in izini bulmak ve onları bana dava hakkında bildiklerini anlatmaya ikna etmekti. Richard Flynn'ın kız arkadaşı, Richard'ın ölümünden kısa bir süre önce onu Laura diye biriyle gergin bir telefon görüşmesi yaparken yakalamıştı. Sonrasında Richard, görüştüğü kişinin "hayatını mahvettiğini" söylemiş ve "bunu ona ödeteceğini" iddia etmişti; bu bilgiler Peter'ın notlarının arasında yer alıyordu. Acaba bu Laura, kitaptaki "Laura" mıydı?

Ve üçüncüsü de, Batı Windsor'daki Mercer County Polisi'nin arşivine inip o dönem alınan ifadeleri, hazırlanan raporları ve soruşturma notlarını bulmaya çalışmaktı. Wieder, kamuoyunun tanıdığı bir kurbandı ve soruşturma, bir çözüme ulaşamamış olsa da, kitabına uygun şekilde yapılmış olmalıydı. Serbest çalıştığım için muhabirlik konumunun bana faydası olmazdı ama çok sıkışırsam Sam'den NY1'in kutsal karanlıklarındaki süvarileri çağırmasını talep etmek gibi bir niyetim vardı.

Böylelikle işe Richard Flynn'dan başladım.

Onun hakkında sahip olduğum bütün bilgiler, internette bulduklarımla örtüşüyordu. Küçük bir reklam ajansı olan Wolfson & Associates'ta çalışmıştı ve firmanın internet sitesinde bulduğum kısa biyografi, kitaptaki bazı detayları doğruluyordu. Princeton'da İngilizce eğitimi almış, 1988'de mezun olmuştu ve iki yıl sonra da Cornell'de yüksek lisans yapmıştı. Alt kademelerde birkaç işte çalıştıktan sonra orta kademe yöneticiliğe yükselmişti. Başka bazı sitelerde de Flynn'ın Demokratik Milli Komite'ye üç kez para verdiğini, bir atış spor kulübüne üye olduğunu ve 2007'de kaldığı Chicago'da bir oteldeki servislerden hiç memnun kalmadığını öğrenmiştim.

Google Baba'nın Flynn'la ilgili bana vereceği hediyelerin sonu geldiğinde, bu kez Laura Baines'i araştırmaya başladım ve hakkında neredeyse hiçbir bilgi olmadığını görerek şaşırdım. Aynı adı taşıyan birkaç kişi vardı, fakat bulduğum hiçbir bilgi benim aradığım kadınla örtüşmüyordu. Adını Chicago Üniversitesi 1985 mezunlar listesinde ve Princeton'daki 1988 psikoloji yüksek lisansı öğrencileri arasında gördüm. Fakat sonrasında nerede yaşadığı veya ne yaptığıyla ilgili hiçbir ipucu yoktu. Sanki kayıplara karışmıştı. Belki de evlenip soyadını değiştirdiğini düşündüm, hâlâ hayatta olduğunu varsayarak izini sürmenin başka yolunu bulmalıydım.

Beklediğim gibi, en çok bilgiye Profesör Joseph Wieder hakkında rastladım. Wikipedia'da ona ayrılmış detaylı bir sayfa vardı ve biyografisi, yıllar içinde Princeton'da eğitim veren öncü karakterler arasında başı çekiyordu. Google Scholar arama motorunda, kitaplarına ve yazılarına yirmi binden fazla referans bulunduğunu fark ettim. Bazı kitapları hâlâ basılı olarak bulunabiliyordu ve internetteki kitabevlerinden satın almak mümkündü.

Okuduğum şeylerin arasında bulabildiklerim şöyleydi: Joseph Wieder 1931'de Berlin'de, orta sınıf bir Musevi-Alman ailede doğmuştu. Birkaç söyleşide, doktor olan babasının 1934 baharında, çok geçmeden kendisi de vefat eden hamile annesinin gözleri önünde Fırtına Birlikleri tarafından dövüldüğünü açıklamıştı.

Bir yıl sonra kız kardeşinin doğumunun ardından, anneleriyle birlikte, bazı akrabalarının olduğu Birleşik Devletler'e taşınmışlardı. Önce Boston'da sonra da New York'ta yaşamışlardı. Annesi, Harry Schoenberg adında, kendisinden on dört yaş büyük bir mimarla yeniden evlenmişti. Adam, çocukları nüfusuna geçirmişti ama çocuklar biyolojik babalarının soyadını taşımaya devam etmişlerdi.

Ne yazık ki, Joseph ve kız kardeşi Inge, on yıl sonra, Harry ve Miriam Schoenberg'in İkinci Dünya Savaşı sırasında Küba'ya yaptıkları bir gezide ölmelerinin ardından öksüz kalmışlardı. Harry yelken tutkunuydu ve New York'lu bir başka çiftle birlikte içinde bulundukları tekne fırtınada kaybolmuş, cesetleri bulunamamıştı.

Büyük bir mirasa konan iki kardeş, şehir dışındaki amcalarıyla birlikte yaşamaya gönderilmiş ve tamamen farklı bir hayata yelken açmışlardı. Çalışkan bir çocuk olan Joseph, önce Cornell'e, ardından da Cambridge'e ve Sorbonne'a gitmişti. Inge ise model olmuş ve ellilerde belli bir üne kavuşmuştu; sonra İtalyan bir işadamıyla evlenip Roma'ya yerleşmiş ve temelli orada kalmıştı.

Joseph Wieder, kariyeri boyunca, biri otobiyografik içerikli olmak üzere on bir kitap yayınlamıştı. Otobiyografi kitabının adı, *Geleceği Anımsamak: Kendime Yolculuk Hakkında On Makale*'ydi ve Princeton Üniversitesi Yayınları tarafından 1984'te basılmıştı.

Cinayetle ilgili bir dolu haber de buldum.

Wieder'in cesedi, kurbanın evinde tamirci olarak çalışan ve potansiyel şüphelilerden biri olan Derek Simmons tarafından bulunmuştu. 22 Aralık 1987'de, sabah 06.44'te profesörün evinden 911'i aramış, onu oturma odasında kanlar içinde yatar halde bulduğunu söylemişti. Olay yerine gelen sağlık görevlileri hiçbir şey yapamamışlardı ve profesörün öldüğüyle ilgili resmî açıklamayı adli tabip asistanı yapmıştı.

Otopsi sırasında adli tabip, Wieder'in yaklaşık sabah iki sularında öldüğünü tespit etmiş, ölüm sebebinin de, muhtemelen bir beyzbol sopası olabilecek sert bir cisimle, tek bir saldırgan tarafından gerçekleştirilen darbeler sonucu iç ve dış kanama kaynaklı olduğunu bildirmişti. Adli tabibin varsayımına göre, ön kapıdan giren katil, ona arkadan gizlice yaklaşmış ve ilk darbe, kurban oturma odasında otururken gerçekleşmişti. Fiziksel durumu iyi olan profesör, oturduğu yerden kalkmayı başarmış ve göle bakan pencereye doğru kaçmaya çalışmıştı; bu esnada darbelerden sakınmaya çalışırken her iki kolunda kırıklar meydana gelmişti. Sonra kendini savunmak üzere oturma odasına geri dönmüştü. Oturma odasındaki televizyon, saldırganla yaptığı mücadele sırasında yere düşmüş, o sırada sol şakağına öldürücü darbeyi almıştı. (Dedektifler bununla birlikte katilin sağ elini kullandığı sonucuna varmışlardı.) Wieder, bundan iki saat sonra, ani kalp durması ve son darbenin yol açtığı ciddi beyin hasarı neticesinde ölmüştü.

Derek, ertesi sabah profesörün evine geldiğinde ön kapının ve pencerelerin kilitli olduğunu, herhangi bir zorlama izi bulunmadığını söylemişti. Bu şartlar altında, katilin evin anahtarlarına sahip olduğu ve eve girmek için bunları kullandığı, Wieder'i gafil avlayarak cinayeti işledikten sonra da kapıyı arkasından kilitlediği varsayılmıştı. Evden çıkmadan önce de oturma odasını karıştırmıştı. Ancak cinayet sebebi hırsızlık değildi. Profesörün sol bileğindeki Rolex saati ve sağ elinin yüzükparmağındaki değerli taşlı yüzüğü duruyordu. Polis dedektifleri kilitli olmayan bir çekmecede yüz dolar da nakit para bulmuşlardı. Evdeki değerli antikalardan hiçbiri çalınmamıştı.

Dedektifler, oturma odasında kullanılmış iki kadeh bulmuş ve kurbanın aynı akşam bir başka kişiyle birlikte içki içtiğine kanaat getirmişlerdi. Adli tabip, profesörün cinayetten önce önemli ölçüde alkol tükettiğini keşfetmişti –kanındaki alkol oranı 0,11'di– fakat cesetle narkotik madde veya ilaç izine rastlanmamıştı. Joseph Wieder'in bir kadınla bilinen bir ilişkisi yoktu. Bir kız arkadaşı veya bir metresi ya da görüştüğü birileri de yoktu, dostları ve iş arkadaşları da son zamanlarda birileriyle bir ilişki yaşadığını hatırlamıyorlardı. Bu nedenle polis, bunun bir aşk cinayeti olmasının ihtimal dahilinde olmadığı sonucuna varmıştı.

* * *

Basında yer alan haberlere göre cinayetten sonraki dönemde olanları kabaca yazıya döktüm.

Richard Flynn'ın adı birkaç yerde belirtilmiş olmasına rağmen, Laura Baines'inki gazetelerde bir kez olsun geçmiyordu. Kitaptan bildiğim kadarıyla Derek Simmons, cinayet sırasında başka yerde olduğuna dair "güçlü bir kanıt" sunduğu için soruşturmadan çıkarılmış, ardından Flynn bir süre şüpheliler listesinde yer almıştı. Wieder'in gizli kapaklı psikolojik deneylere karıştığıyla ilgili hiçbir haber yoktu. Fakat Wieder'in, cinayetle suçlanan insanların ruh sağlığıyla alakalı birçok değerlendirmede bilirkişi olarak rol aldığı için, New Jersey ve New York Polis Teşkilatları tarafından iyi tanınan bir karakter olduğu sıkça vurgulanıyordu.

Polis dedektifleri, profesörün ceza davalarındaki bilirkişi görevini, en başından beri, üzerine gidilebilecek bir potansiyel olarak ele almışlardı. Özellikle de failin aleyhine gelişenler olmak üzere, Wieder'in tanıklık ettiği davaları gözden geçirmişlerdi. Fakat bunun çıkmaz bir sokak olduğu kısa zamanda anlaşılmıştı. Wieder'in tanıklığına bağlı olarak mahkûm edilenler arasında, cinayetten üç ay önce Bayside Devlet Hapishanesi'nden tahliye edilen Gerard Panko adındaki kişi haricinde hiçbiri bu dönemde serbest değillerdi. Panko da tahliyesinden hemen sonra kalp krizi geçirmiş ve hastaneden profesör öldürülmeden sadece bir hafta önce çıkmıştı; ne var ki doktorlar, Panko'nun benzer bir saldırıyı gerçekleştirebilecek fiziksel durumda olmadığı görüşündeydiler, o nedenle bu varsayım bir kenara bırakılmıştı.

Richard Flynn defalarca sorguya alınmıştı, fakat hiçbir zaman resmî anlamda şüpheli ilan edilmemiş veya yargılanmamıştı. Tuttuğu avukat George Hawkins, teşkilatı tacizle suçlamış, kendi yetersizliklerini örtbas etmek için Flynn'ı günah keçisi ilan etmeye çalıştıklarını ileri sürmüştü.

Peki ya, olaylara Flynn'ın bakış açısı nasıldı? Polise ve gazetecilere tam olarak neler anlatmıştı? Bulduğum haber kupürlerinden anladığım kadarıyla, o dönem söyledikleri kitapta yazdıklarından farklıydı.

İlk olarak, Wieder'le kendisini tanıştıranın Laura Baines olduğuyla ilgili hiçbir şey söylememişti. Profesörle, yarı zamanlı kütüphane işini yapmaya uygun birini aradığı için "ortak bir tanıdık" aracılığıyla tanıştığını belirtmekle yetinmişti. Flynn, kampüsteki Firestone Kütüphanesi'nde çalışmıştı ve Wieder bilgisayar sistemini kullanarak kütüphanesini düzenleyecek birini arıyordu. Sık sık şehir dışına seyahat ettiğinden evde olmadığı zamanlarda da çalışabilmesi için evin anahtarlarını ona da vermişti. Flynn, anahtarları profesörün olmadığı birkaç kez eve girmek için kullanmıştı. Wieder, iki veya üç kez yemeğe kalması için ona teklifte bulunmuştu, her seferinde yemeği baş başa yemişlerdi.

111

Bir cuma günü profesör ve onun iş arkadaşlarıyla poker oynamıştı. (Bu olay da kitapta yer almıyordu.) Derek Simmons'la hiç tanışmamış, Wieder de kendisine ondan hiç söz etmemişti. Profesörle herhangi bir tartışma yaşamamıştı ve aralarındaki ilişki "sıcak ve samimi" olarak adlandırılabilirdi. Profesör ona, herhangi biri veya bir şey tarafından kendisini tehdit altında hissettiğine dair bir şey söylememişti. Wieder, genellikle uyumlu ve espri anlayışı kuvvetli biriydi. Gelecek yıl yayınlanması gereken ve hem akademik hem de ticari anlamda çok başarılı olacağını düşündüğü yeni kitabından konuşmak onu mutlu ediyordu.

Ne yazık ki, Flynn'ın cinayet anında başka bir yerde olduğuna tanıklık edecek kimse yoktu. Kitabın sonunda, Timothy Sanders'ın ziyaretinden yirmi dakika kadar sonra, yani akşam altı sularında profesörün evine doğru yola çıktığını yazıyordu. Bunu hesaplayıp, üzerine de kötü hava şartlarında oraya varması için yirmi dakikadan fazla bir süre ekledim, geri dönüşü için de bir o kadar ilave ettim. Fakat dedektiflere, Noel tatilinden önce profesörle kütüphaneyle alakalı bir şey konuşmak üzere onun evine akşam dokuz sularında gittiğini söylemişti. Profesörle sohbet ettikten sonra eve gece onda döndüğünü ve hemen ardından da yatağa gittiğini belirtmişti. Soruşturmada yalan mı söylemişti yoksa kitapta mı yalan yazmıştı? Yoksa hafızası onu yanıltıyor muydu?

Flynn'ın da kitabında belirttiği gibi, o yıllarda, özellikle de met ve kokainin banliyölere ani girişinin ardından New Jersey'deki suç oranı oldukça artmıştı. Wieder'in ölümünden birkaç gün sonra, Noel ile yılbaşı arifesi arasında, evinin sadece iki sokak ötesinde iki cinayet işlenmişti. Yetmiş sekiz ve yetmiş iki yaşlarındaki yaşlı bir çift olan Bay ve Bayan Easton, evlerinde cinayete kurban gitmişlerdi. Polis, failin eve sabah üçte girip çifti öldürdükten sonra evi soyduğunu bildirmişti. Cinayet silahları et bıçağı ve bir çekiçti. Katil evde bulunan nakit parayı ve mücevherleri aldığı için asıl sebep soygundu ve Wieder davasıyla benzerlik taşımadığı öngörülüyordu.

Bu, polis dedektiflerini durdurmamıştı. Bir hafta sonra, bir şüpheliyi yaşlı çiftin evinden çalınan mücevherleri Princeton'da bir rehin dükkânına satmaya çalışırken tutuklamışlardı. Sicil kaydı bulunan ve uyuşturucu satıcısı olduğu bilinen yirmi üç yaşındaki Afrikalı-Amerikalı Martin Luther Kennet, böylelikle Joseph Wieder cinayeti soruşturmasındaki ilk resmî şüpheli haline gelmişti.

O andan itibaren –bu, 1988'in Ocak ayının başlarındaydı– Richard Flynn'ın ismi, sadece cinayet haberlerini yazan kişi olarak geçiyordu. Profesör, vasiyetinde –Simmons'a küçük bir miktar nakit para haricinde– tüm mal varlığını kız kardeşi Inge Rossi'ye bırakmıştı. 20 Nisan 1988'de *Princeton Gazetesi*'nde yayınlanan ve merhum Profesör Wieder'in evine gönderme yapan makalenin adı "PERİLİ KÖŞK SATILIK" idi. Muhabir, trajedinin ardından söz konusu evin kötü bir şöhret edindiğini, çevredeki birkaç kişinin içeride tuhaf ışık ve gölgelerin hareket ettiğine dair yemin etmeye hazır olduğunu, bu nedenle de emlak acentelerinin evi satmakta güçlük çekeceklerini iddia ediyordu.

Martin Luther Kennet, Mercer County Savcılık Bürosu'nun anlaşma teklifini geri çevirmişti –suçlu bulunursa ölüm cezasından kurtulacaktı– ve sonuna kadar masum olduğunu iddia etmişti.

Üniversite kampüsü çevresinde ve Nassau Caddesi'nde ufak çaplı uyuşturucu satıcılığı yaptığını ve adını bilmediği sürekli müşterilerinden birinin, bir miktar esrar karşılığında Easton'lardan çalınan mücevherleri ona rehin bıraktığını itiraf etmişti. Çiftin öldürüldüğü gece başka bir yerde olduğuna dair bir kanıtı yoktu, çünkü evinde, tek başına, bir gün önce kiraladığı video kasetlerden birini izliyordu. Ona mücevherleri rehin bırakan adam onları almak üzere geri dönmeyince, (çalıntı olduklarını bilmeden) mücevherleri rehin dükkânına götürmüştü. Nereden geldiklerini bilmiş olsaydı, polise ispiyonculuk yapmasıyla bilinen bir dükkâna güpegündüz mücevher satmaya çalışacak kadar aptallık etmezdi. Wieder'e gelince, onun adını bile duymamıştı. Hatırladığı kadarıyla, profesörün öldürüldüğü akşam bir atari salonundaydı ve ancak ertesi sabahın erken saatlerinde salondan ayrılmıştı.

Fakat mahkeme tarafından onun için Hank Pelican adında bir kamu avukatı tayin edilmişti. Herkes mümkün olduğunca çabuk bu işten kurtulmak ve vergiden yırtmak istiyordu, böylece sadece birkaç hafta sonra jüri "suçlu" diye karar vermiş ve yargıç "müebbet" diye eklemişti. O zamanlar New Jersey eyaletinde ölüm cezası hâlâ vardı –2007 yılında kaldırıldı– fakat gazeteciler, yargıcın Kennet'ın yaşını göz önünde bulundurarak davacının talep ettiği ölüm cezası yönünde karar vermediğini belirtiyorlardı. Fazlasıyla tecrübeli ve sert bir adam olan Yargıç Ralph M. Jackson'a davacı tarafın sunduğu delillerin onu hiç de ikna etmemiş olduğunu düşündüm. Fakat ne yazık ki deliller jüri üyeleri için oldukça yeterliydi.

Yine de savcılar, Wieder cinayetinden dolayı Kennet'a suçlamada bulunmamaya karar vermişlerdi. Haberleri başka öyküler doldurmuş ve sular yavaş yavaş durulmuştu. Batı Windsor cinayeti, faili meçhul bir dava olarak kalmıştı.

* * *

Muhabirlik günlerimden kalma alışkanlıkla NY1'deki 22.00 haberlerini izledim, ardından kendime bir kahve yapıp pencerenin yanındaki koltuğa oturdum. Kahvemi yudumlarken, Flynn'ın

114

kitabındaki bilgilerle internette bulduklarım arasında bağlantı kurmaya çalışıyordum.

Profesör Wieder ile koruyucu kanatları altına aldığı Laura Baines arasındaki ilişki –meslekî ya da değil– Psikoloji Bölümü'ndeki profesörler arasında iyi biliniyor olmalıydı, o halde Laura neden polis tarafından sorgulamaya dahil edilmemişti. Profesörün ona verdiği anahtarlar akşam Richard Flynn'da olsa da, onları daha önce kopyalamış olabilirdi. Fakat görünen o ki, hiç kimse onun adını polise veya medyanın ilgisine sunmamıştı: ne Flynn, ne profesörün iş arkadaşları, ne kendi iş arkadaşları, ne de birkaç kez sorguya alınmış olan Derek Simmons. İkilinin ilişkisi sanki kamuoyundan ne pahasına olursa olsun saklanmak istenmişti.

Profesör, gençliğinde boks yapmış, düzenli olarak spor yapan güçlü bir adamdı. İlk darbeden sonra hayatta kalmış, hatta kolları kırıldıktan sonra bile saldırganla mücadele etmeye çalışmıştı. Saldırgan bir kadın olsa, özellikle de canını kurtarmaya çalışan güçlü bir adamdan gelen karşı saldırıya dayanabilmesi için olağandışı şekilde kuvvetli olması gerekirdi. Dahası, cinayet şeklinin vahşiliği de katilin bir erkek olduğuna işaret ediyordu. Flynn'ın o zamanlar oldukça ince olarak tarif ettiği Laura Baines'in suçlu olması pek olası görünmüyordu. Ve en önemlisi de, bunun için ne sebebi olabilirdi ki? Laura Baines kendisine yardımcı olmuş ve bir şekilde kariyerinin de bağlı olduğu bir adamı neden öldürmek istesindi?

Bununla beraber Flynn, kız arkadaşına, Laura'nın "hayatını mahvettiğini" ve "bunu ona ödeteceğini" söylemişti. Cinayeti onun işlediğinden mi kuşkulanıyordu yoksa sadece onu terk ettiği ve bazı olumsuzlukların ceremesini çekerken onu tek başına bıraktığı için sitem mi ediyordu? Fakat davranış şekli bana pek de mantıklı gelmiyordu. Eğer Laura onun zor durumda kalmasından mesulse, neden şüphelilerden biriyken ve cinayet esnasında başka yerde olduğunu kanıtlayamazken sorgu esnasında intikamını almamıştı? Neden onu basının dikkatine sunmamış ya da en azından suçun bir kısmını ona atmaya çalışmamıştı? Ve onu neden korumuştu da fikrini ancak otuz yıl sonra değiştirmişti? Neden Laura'nın, hayatını mahvettiğine inanıyordu? Sonunda savcının pençelerinden kurtulmayı başarmıştı ama acaba bundan sonra başka bir şeyler daha mı olmuştu?

İşin içyüzünde, Flynn'ın kitabında açıkladığından ya da polisin o dönem bulduklarından daha karanlık ve gizemli bir şeylerin de olduğuna neredeyse ikna olmuş bir halde, olayları düşünmeye devam ederken uyuyakaldım. Bu araştırmada beni görevlendirdiği için Peter'a minnettardım.

Dikkatimi çeken bir ayrıntı daha vardı – yerine oturmayan bir tarih, bir isim. Fakat fazlasıyla yorgundum ve bu ayrıntıyı bir türlü anlamlandıramıyordum. Sanki saniyenin onda biri kadar bir süre, göz ucuyla bir şeyler gördüğünüzü sandığınız ve sonrasında bunu görüp görmediğinizden emin olmadığınız anlarda olduğu gibi.

Üç

Ertesi sabah, nerede olduklarını bulmam ve mümkün olursa benimle konuşmaya ikna etmem gereken kişilerin bir listesini yaptım. Laura Baines en üst sıradaydı ama izini nasıl bulacağıma dair en ufak bir fikrim yoktu. Aynı zamanda, eski telefon defterlerimi gözden geçirip Batı Windsor İlçe Polis Müdürlüğü'nde, seksenlerin sonundaki olaydan bu yana yer değiştirmemiş olan bir kişi ya da bağlantı bulmaya çalıştım.

Birkaç yıl önce, *Post* için yürüttüğüm bir araştırma sırasında Harry Miller adında bir adamla tanışmıştım. Kayıp kişilerin araştırılmasında uzmanlaşmış Brooklyn'li bir özel dedektifti. Kısa boylu, kilolu, kırış kırış olmuş takım elbiseler giyen, neredeyse gözle görülemeyecek incelikte kravatlar takan, kulağının arkasında sigarasıyla sanki kırklı yılların polisiye filmlerinden fırlamış bir karakter gibiydi. Flatbush'ta oturuyordu ve sürekli parasız olduğu için daima mali bakımdan güçlü müşteriler arardı. Düzenli olarak parasını atlara yatıran ve çoğunlukla da kaybeden bir kumarbazdı. Onu aradığımda telefona insanların seslerini duyurmak için bağırmak zorunda kaldıkları gürültülü bir lokantadan cevap verdi.

117

"Selam Harry, nasılsın?" diye sordum.

"Keller? Uzun zamandır yoksun. Ne olsun işte, Maymunlar Gezegeni'nde sıradan bir gün," diye cevap verdi huysuz bir sesle. "İnsan değilmişim gibi yapmaya çalışıyorum, böylece bir kafesi boylamaktan yırtıyorum. Sen de aynısını yap. Şimdi söyle bakalım, neler oluyor evlat?"

Ona durumu ayrıntılı bir şekilde aktararak iki ismi not etmesini istedim –Derek Simmons ve Sarah Harper– ve bu ikisi hakkında bildiklerimi anlattım. O notlarını alırken, masalara konan tabakların sesini ve Grace adında birine teşekkür ettiğini duydum.

"Şimdi kimin için çalışıyorsun?" diye sordu şüpheci bir sesle.

"Aracı bir yayın ajansı için," dedim.

"Aracı ajanslar ne zamandan beri böyle araştırmalara bulaşıyorlar? İşin içinde çokça nakit para olmalı, ha?"

"Elbette var, sen işin o kısmını merak etme. Sana hemen biraz gönderebilirim. Başka isimler de var ama önce bu ikisiyle başlamanı istiyorum."

Sesi rahatlamış geliyordu.

"Ne yapabilirim bir bakayım. Derek kolay görünüyor ama Sarah Harper denen kadınla ilgili bana tek anlattığın Princeton'da, muhtemelen 1988'de psikoloji yüksek lisansı yaptığı. Bu pek fazla bir bilgi değil, dostum. Seni birkaç güne ararım," dedikten ve PayPal ödeme detaylarını verdikten sonra telefonu kapattı.

Dizüstü bilgisayarımı açıp ona biraz para gönderdim ve arkama yaslanıp tekrar Laura Baines'i düşündüm.

Altı-yedi ay önce, yani Flynn, kitabının üzerinde çalışmaya başlamadan önce, onu bu yöne iten bir şeyler olmuş olmalıydı: Tıpkı Peter'a yazdığı mektupta ima etmeye çalıştığı gibi, olağanın dışında ve 1987'de gerçekleşen olaylara bakış açısını değiştirecek kadar önemli bir şeyler. Danna Olsen, Peter'la tanıştığında Flynn'ın hastalığından dolayı üzgün olduğu için, araştırmam için büyük önem teşkil edebilecek bazı ayrıntıları gözden kaçırmış olabilirdi. Onunla konuşmanın yararı olacağına karar verip Peter'ın verdiği numaradan aradım. Telefona kimse cevap vermeyince, kim olduğumu açıklayıp tekrar arayacağımı belirten bir sesli mesaj bıraktım. Fakat tekrar aramama gerek kalmadı, çünkü birkaç dakika sonra telefonuma geri döndü.

Kendimi tanıttığımda Peter'ın çoktan benim hakkımda onunla konuştuğunu öğrendim, benim bir kitap için Joseph Wieder'in ölümü hakkında bilgi topladığımı söylemişti.

Bayan Olsen hâlâ New York'taydı ama bir-iki haftaya şehirden ayrılmayı planlıyordu. Daireyi satmama kararı almış ve kiralanması için bir emlak acentesiyle anlaşmıştı. Fakat acenteden evi ancak o şehirden ayrıldıktan sonra kiralığa çıkarmalarını istemişti, kendisi hâlâ oradayken insanların gelip etrafa bakınmaları fikri onu rahatsız ediyordu. Bazı eşyaları bir yardım kuruluşuna bağışlamış ve yanında götürmek istediklerini kolilemeye başlamıştı. Bir kamyoneti olan Alabama'daki kuzeni gelip ona taşınmasında yardımcı olacaktı. Sesi her ne kadar tekdüze ve robot gibi çıkıyor ve kelimelerin arasında uzun süre duraksıyor olsa da, tüm bunları bana sanki bir arkadaşıyla konuşuyormuş gibi anlatıyordu.

Onu dışarıya, öğle yemeğine davet ettim ama o evde buluşmayı tercih edeceğini söyledi, böylece yürüyerek Penn İstasyonu'na doğru yola koyuldum; yirmi dakika sonra dış kapının ziline basıyordum.

Ev, taşınmak üzere olan herhangi bir ev gibi altüst olmuş haldeydi. Hol, bantlarla kapatılmış karton kolilerden geçilmiyordu. İçerikleri siyah keçeli kalemle kutuların üzerine yazılmıştı, bu nedenle çoğunun kitapla dolu olduğunu görebiliyordum.

Beni salona davet edip çay yaptı. Çaylarımızı içerken biraz havadan sudan konuştuk. Bana, Sandy Kasırgası sırasında, benzin istasyonunda genç bir kadının kendisiyle kavga çıkardığına ne kadar şaşırdığını anlattı. Alabama'dayken seller ve büyük kasırgalarla ilgili bir şeyler dinlemişliği vardı fakat onlar daha çok, birilerini kurtarmak için hayatlarını tehlikeye atan komşular, bir afetin orta yerinde tekerlekli sandalyedeki insanları kurtaran kahraman polisler hakkındaki destansı öykülerdi. İnsan büyük şehirlerde, böyle bir durumda doğanın öfkesinden mi yoksa insanların tepkisinden mi daha fazla korkması gerektiğini bilemiyordu.

Güzel bir saç kesimi ve üzerindeki siyah elbiseyle öne çıkan parlak bir cildi vardı. Yaşının kaç olduğunu merak ettim; kırk sekiz yaşındaki merhum erkek arkadaşından daha genç gösteriyordu. Onda hoş bir kasabalı havası vardı. Sözleri ve hareketleri, sabahları insanların cevabını gerçekten umursayarak birbirlerine nasıl olduklarını sordukları bir yerde yetiştiğine işaret ediyordu.

İlk tanıştığımız andan itibaren kendisine Danna diye hitap etmemi istedi ve ben de öyle yaptım.

"Danna, sen Bay Flynn'ı sadece kitabının bir parçasını okumuş olan benden çok daha iyi tanıyordun. Sana hiç Profesör Wieder, Laura Baines ya da Princeton'da tanıştıkları zamanla ilgili bir şeyler anlattı mı?"

"Richard hiçbir zaman çok açık bir insan olmadı. Daima içine kapanık ve hüzünlü görünürdü, genellikle insanlara karşı mesafeliydi, sosyal ortamlarda görüştüğü birkaç tanıdığı vardı ama hiç yakın arkadaşı yoktu. Erkek kardeşiyle de çok nadiren görüşürdü. Babasını üniversitedeyken kaybetmiş, annesi de doksanların başında kanserden ölmüş. Birlikte olduğumuz beş yıl boyunca ziyaretimize gelen kimse de olmadı, biz de kimseye gitmezdik. İş ilişkileri son derece profesyoneldi ve üniversiteyi birlikte okuduğu insanlarla bir teması yoktu."

Durup kendisine biraz daha çay koydu.

"43. Batı Caddesi'nde Princeton Kulübü'yle bağlantılı bir organizasyon için bir davetiye almıştı. Bir tür sınıf toplantısıydı, organizatörler onun da adresini bulmuşlar. Birlikte gitmek üzere onu ikna etmeye çalıştım ama reddetti. Kısa ve öz bir şekilde üniversitedeki o yıllara dair hoş anıları olmadığını söyledi. Doğruyu söylüyordu. Biliyorum, kitabın bir kısmını ben de okudum – Peter bir kopyasını bana vermişti. Belki de, Laura Baines denen o kadınla yaşanan olaydan sonra hafızasını sıfırlamıştır, genellikle böyle olur, o zamanı hüzünlü bir dönem olarak görmeye başlamıştır. Herhangi bir günlük de tutmuyordu, o zamanı kendisine hatırlatacak fotoğraflar ya da ona benzer ıvır zıvırlar da barındırmıyordu. Yalnızca, kitapta bahsettiği ve kısa hikâyelerinden bazılarının yayınlandığı *Signature* isimli derginin eski bir tanıdığının bir kitabevinde rastlayıp ona hediye ettiği kopyası duruyor. Onu çoktan kolilerden birine koydum ama istersen karıştırıp bulabilirim. Benim edebiyat uzmanlığı gibi bir iddiam yok ama hikâyeleri beni olağanüstü derecede etkilemişti.

"Fakat insanların Richard'a karşı neden mesafeli olduklarını anlayabiliyorum. Muhtemelen çoğu kişi, onu insanlardan kaçan biri olarak görüyordu ve belki o da belli bir noktaya kadar öyleydi. Fakat aslında onu tanıdığınızda, yıllar boyu yüzeyde yarattığı imajın altında çok iyi bir adam olduğunu fark ederdiniz. Kültürlü biriydi, onunla hemen her konuda konuşmak mümkündü. Gayet dürüst, güvenilir bir insandı ve isteyen herkese yardımcı olmaya hazırdı. Ona bu yüzden âşık olup buraya taşındım. Onunla olmayı, yalnızlıktan ya da Alabama'daki küçük kasaba hayatından uzaklaşmak için değil, ona gerçekten âşık olduğum için kabul ettim.

"Üzgünüm, bundan daha fazla yardımcı olamıyorum," diyerek sözlerini tamamladı. "Sana Richard'ı anlatıp durdum ama senin asıl ilgilendiğin Profesör Wieder'di, değil mi?"

"Kitabı okuduğunu söyledin..."

"Evet, okudum. Geri kalanını, özellikle de daha sonra olanları merak ettiğimden ötürü, bulmaya çalıştım. Fakat ne yazık ki bulamadım. Bunun tek açıklaması, Richard'ın son anda fikrini değiştirip bilgisayarından silmiş olması olabilir."

"O gece onu arayan kadın Laura Baines miydi sence? Daha sonra sana 'hayatını mahvettiğini' söylediği kadın?"

Soruma bir süre cevap vermedi. Benim orada olduğumu unutmuş gibi, kendi düşüncelerine dalıp gitmişti. Gözleri, bir şey ararmış gibi odada gezindi, sonra bir şey demeden ayağa kalkıp kapıyı açık bırakarak yan odaya geçti. Birkaç dakika sonra geri geldiğinde tekrar koltuğa oturdu.

"Belki de sana yardım edebilirim," dedi o âna kadar kullanmadığı ve resmî sayılabilecek bir ses tonuyla. "Ama bana bir söz vermeni istiyorum: Yazacağın şeyi yazarken, araştırmanın sonucu ne olursa olsun Richard'ın anısına zarar vermeyeceksin. Wieder'le ilgilendiğini ve Richard'ın karakterinin senin için bir öneminin olmadığını biliyorum. Onu ilgilendiren bazı şeyleri çalışmana dahil etmeyebilirsin. Buna söz verir misin?"

Ben bir melek sayılmazdım, bazen bir muhabir olarak bir parça bilgi koparabilmek adına bir dünya yalan söylediğim de olmuştu. Fakat kendi kendime bu kadının dürüstlüğü hak ettiğini düşündüm.

"Danna, bir gazeteci olarak sana böyle bir şeyin sözünü vermeme olanak yok. Wieder'in hayatında ve kariyerinde Richard'la doğrudan bağlantısı olan bir bilgi bulursam, bunu saf dışı bırakmam söz konusu olmaz. Fakat unutma ki, olayları yazan kendisiydi, yani her şeyin ifşa olmasını arzu ediyordu.

Fikrini değiştirip silme düğmesine bastığını söylüyorsun. Ben öyle olduğunu sanmıyorum. Bana kalırsa, kitabı bir yerlere saklamış olması daha olası. Bence o, gerçekçi bir insandı. Niyetini her bakımdan açıklayacak şekilde haftalarca bir kitabın üzerinde çalışıp sonra onu öylesine silip atmış olduğunu düşünmüyorum. Kitabın geri kalanının hâlâ bir yerlerde olduğuna ve Richard'ın son saniyelerine dek onun yayınlanmasını arzu ettiğine neredeyse eminim."

"Belki de haklısındır ama yine de projesi hakkında bana hiçbir şey anlatmadı. Hiç olmazsa, bulduklarından beni de haberdar eder misin? Sürekli kafanda dırdır etmek istemem, hem zaten şehirden de ayrılacağım, ama telefonda konuşabiliriz."

Flynn'la bağlantılı önemli bir şey bulduğumda onunla temasa geçeceğime söz verdim. Bir defterin içinden buruşturulmuş bir kâğıt parçası alıp elleriyle düzeltti ve masaya, fincanlarımızın arasına koyarak notu işaret etti.

Kâğıdı elime aldığımda üzerinde bir isim ve telefon numarasının yazılı olduğunu gördüm.

"Richard'ın bahsettiğim telefonu aldığı akşam, o uyuyana kadar bekleyip telefonundaki arama kayıtlarını kontrol ettim. Arama saatiyle uyuşan numarayı not ettim. Kıskançlığımdan ötürü utanıyorum ama o halini görünce endişelenmiştim.

"Ertesi gün bu numarayı aradım ve telefona bir kadın cevap verdi. Ona Richard Flynn'ın kız arkadaşı olduğumu ve kendisiyle bir şey konuşmam gerektiğini ama bunun telefonda anlatılmayacak bir mesele olduğunu söyledim. Tereddüt etti fakat nihayet teklifimi kabul ettiğinde buraya yakın bir restoranda buluşup öğle yemeği yedik. Kendisini bana Laura Westlake olarak tanıttı. Onu aradığım için özür diledikten sonra, Richard'ın o akşamki telefon görüşmesinden sonra tutumundan endişelendiğimi anlattım.

"Bana endişe etmememi söyledi: Richard ve o Princeton'dan tanışıyorlardı ve geçmiş bir olayla ilgili önemsiz bir anlaşmazlık yaşamışlardı. Bana, birkaç ay aynı evde yaşadıklarını ama sadece arkadaş olduklarını söyledi. Richard'ın onun hakkında söylediklerini ona anlatmaya çekindim fakat bana sevgili olduklarını söylediğini aktardım. Buna karşılık, Richard'ın fazla aktif bir hayal gücüne sahip olabileceğini ya da belki hafızasının ona bir oyun oynadığını söyleyerek ilişkilerinin tamamen arkadaşça olduğunu bir kez daha vurguladı."

"Nerede çalıştığını söyledi mi?"

"Columbia Üniversitesi'nde psikoloji eğitimi veriyor. Restorandan çıktığımızda ikimiz de kendi yolumuza gittik ve hepsi bu kadardı. Eğer Richard, bundan sonra onunla konuştuysa bile bunu bilmiyorum. Telefon numarası hâlâ geçerli olabilir."

Teşekkür edip tüm bu olayların içinde Richard'la ilgili olan gelişmelerden onu haberdar edeceğime tekrar söz vererek oradan ayrıldım.

* * *

Tribeca'da bir kafede öğle yemeği yedim ve Wi-Fi ile internete bağlandım. Google bu kez çok daha cömertti.

Laura Westlake, Columbia Üniversitesi'nin Tıp Merkezi'nde profesördü ve Cornell'le ortak bir araştırma programı yürütüyordu. Yüksek lisansını 1988 yılında Princeton'da, doktorasını ise dört yıl sonra Columbia'da yapmıştı. Doksanların ortasında Zürih'te ders vermiş, daha sonra Columbia'ya geri dönmüştü. Biyografisi, yıllar içinde yürüttüğü uzmanlık eğitimi ve araştırma programlarıyla ilgili birçok teknik detay içeriyordu, bunun yanı sıra 2006'da bir de önemli bir ödül almıştı. Diğer bir deyişle, psikoloji biliminin önemli isimlerinden olmuştu.

Kafeden çıkar çıkmaz şansımı denemeye karar verip ofisine telefon ettim. Telefona Brandi adında bir asistan öğrenci cevap verdi, bana Dr. Westlake'in o an için müsait olmadığını söyleyip ismimi ve telefon numaramı kaydetti. Ondan, Dr. Westlake'e, kendisini Bay Richard Flynn'la bağlantılı olarak aradığımı söylemesini istedim.

* * *

Bütün akşamı evde Sam'le sevişerek ve ona araştırmamı anlatarak geçirdim. Sonra Sam bir ara nostaljik bir ruh haline büründü; her zamankinden daha fazla ilgi bekliyordu ve söyleyeceğim her şeyi dinlemeye sabrı vardı. Hatta çok nadiren yaptığı şekilde telefonunu sessize alıp yerde, yatağın yanında duran çantasına attı.

"Belki de Richard'ın bütün hikâyesi bir zırvadan ibarettir," dedi. "Ya gerçek bir hikâyeyi alıp geri kalanını kurguladıysa? Tarantino'nun Soysuzlar Çetesi'nde yaptığı gibi, hatırladın mı?"

"Olabilir ama bir muhabir gerçeklerle ilgilenir," dedim. "Şimdilik, yazdığı her şeyin gerçek olduğunu varsaymaya devam edeceğim."

"Gerçekçi olalım," diye devam etti. "'Gerçekler', editörlerin ve yapımcıların gazetelerde, radyoda ya da televizyonda yer vermek istedikleri şeylerdir. Biz olmasak kimse Suriye'de insanların birbirini katletmesini, senatörün bir metresi olmasını veya Arkansas'ta işlenen bir cinayeti umursamazdı. Bütün bunların gerçekleştiğine dair fikirleri bile olmazdı. İnsanlar hiçbir zaman gerçeklerle ilgilenmemişlerdir, onlar hikâyelerle ilgilenirler, John. Belki de Flynn sadece bir roman yazmak istemiştir, hepsi o kadar."

"Eh, bunu öğrenmenin tek bir yolu var, öyle değil mi?"
"Kesinlikle."

Yatakta yana doğru yuvarlanarak üzerimden kalktı.

"Bu arada, bir iş arkadaşım bugün bana hamile olduğunu söyledi. O kadar mutluydu ki! Tuvalete gidip on dakika boyunca ağladım, kendime engel olamadım. Kendimi yaşlı ve yalnız birisi olarak hayal ettim, vaktimi yirmi yıl sonra bir anlam ifade etmeyecek şeylere harcayıp asıl önemli olan şeyleri gözden kaçırıyorum."

Başını göğsüme koydu ve ben de hafifçe saçlarını okşamaya başladım. Sessizce ağladığını fark ettim. Davranışlarındaki bu değişim beni şaşırtmıştı ve nasıl tepki vereceğimi bilemiyordum.

"Belki de şu anda bana, yalnız olmadığımı ve belki de azıcık da olsa beni sevdiğini söylemelisin," dedi. "Genç kız romanlarında böyle olur."

"Tabii ki. Yalnız değilsin ve seni birazcık seviyorum, tatlım."

Başını göğsümden kaldırıp gözlerimin içine baktı. Sıcak nefesini çenemde hissediyordum.

"John Keller, şu anda resmen yalan söylüyorsun. Eski günlerde olsak bunun için seni en yakın ağaca asarlardı."

"O zamanlar hayat zormuş, bayan."

"Pekâlâ, kendimi toparladım, kusura bakma. Bu arada bu olaya kendini bayağı kaptırmış görünüyorsun."

"Bu da beni asmaları için bir başka neden, değil mi? İyi bir hikâye olduğunu söyleyen sen değil miydin?"

"Evet, söyledim ama birkaç ay içinde kendini Issızlar Sokağı'nda, kapısına kilit vurulmuş eski bir evde buluverip işin içinden çıkamaz bir hale düşme riskini alıyorsun. Bunu hiç düşündün mü?"

"Bu, bir arkadaşımın isteği üzerine yaptığım geçici bir iş sadece. Kayda değer bir şey ya da senin sözlerinle 'sükse yapacak' bir şeyler bulamayabilirim. Bir adam bir kadına âşık oldu, çeşitli nedenlerden ötürü durum kötü bir hal aldı ve muhtemelen haya-

126

tının geri kalanında kırık bir kalple yaşadı. Başka bir adam öldürüldü ve ben bu iki hikâyenin birbiriyle tam olarak bağlantılı olup olmadığını bile bilmiyorum. Ama bir muhabir olarak iç sesimi dinleyip içgüdülerimi izlemeyi öğrendim ve bunu yapmadığım her seferinde de işlerin içine ettim. Belki de bu olay, her biri içinde bir başkasının gizli olduğu şu Matruşka bebekler gibidir. Eh, biraz saçma tabii, öyle değil mi?"

"Her iyi hikâye biraz saçmadır. Bu yaşta artık bunu bilmen lazım."

Uzun süre sevişmeden, hatta konuşmadan, her ikimiz de kendi düşüncelerimize dalmış halde sarılıp öylece yattık, ta ki ev tamamen karanlığa gömülene ve dışarıdan gelen trafik sesleri sanki başka bir gezegenden geliyormuş gibi duyulana kadar.

* * *

Laura Baines ertesi sabah arabamdayken beni aradı. Hoş ve daha sahibini görmeden âşık olabileceğiniz türden hafif kısık bir sesi vardı. Elli yaşında olduğunu biliyordum ama sesi çok daha genç geliyordu. Mesajımı aldığını söyleyip kim olduğumu, Richard Flynn'la ne gibi bir alakam olduğunu sordu. Yakın bir zamanda öldüğünü biliyordu.

Kendimi tanıtıp konuşmak istediğim konunun telefonda görüşülmeyecek kadar özel olduğunu söyleyerek buluşmayı teklif ettim.

"Üzgünüm, Bay Keller ama yabancılarla buluşmak gibi bir âdetim yoktur," dedi. "Kim olduğunuz ve ne istediğiniz konusunda bir fikrim yok. Buluşmak istiyorsanız öncesinde bana daha fazla detay vermeniz gerekecek."

Ona doğruyu söylemeye karar verdim.

"Dr. Westlake, Bay Flynn, ölmeden önce Princeton'da geçirdiği dönem ve 1987 yılının bahar ve kış mevsimlerinde gelişen

127

olaylar hakkında bir kitap yazdı. Ve sanırım, olaylar derken neyden bahsettiğimi biliyorsunuz. Siz ve Profesör Joseph Wieder hikâyenin ana kahramanlarısınız. Kitabın yayıncısının talebiyle, ben de kitapta yazılanların doğruluğunu araştırıyorum."

"Yayıncının kitabı zaten satın almış olduğunu mu anlamalıyım?"

"Henüz değil ama aracı ajans kitabı aldı fakat..."

"Ya siz Bay Keller, siz de özel dedektif ya da o tür bir şey misiniz?"

"Hayır, ben muhabirim."

"Hangi gazetede yazıyorsunuz?"

"İki yıldır serbest çalışıyorum ama ondan önce *Post*'ta yazıyordum."

"Ve bu gazetenin ismini belirtmenin iyi bir referans olduğunu düşünüyorsunuz, öyle mi?"

Sesinde hiç değişmeyen, son derece sakin ve ölçülü bir ton vardı. Flynn'ın kitabında bahsettiği Midwest aksanı tamamen kaybolmuştu. Onu amfide, öğrencilerle konuşurken hayal ettim, gözünde gençliğinde taktığı kalın çerçeveli gözlükler vardı, saçlarını sımsıkı bir topuz yapmıştı, işinde titiz ve kendinden emin görünüyordu. Çekici bir görüntüydü.

Ne diyeceğime emin olamayarak duraksadım, bunun üzerine o konuşmaya devam etti, "Richard kitabında gerçek isimler mi kullanıyor yoksa siz Joseph Wieder ve beni kastettiğine mi kanaat getirdiniz?"

"Gerçek isimler kullanıyor. Elbette sizden genç kızlık soyadınızla, Laura Baines olarak bahsediyor."

"O ismi duymak bana tuhaf geldi, Bay Keller. Çok uzun yıllardır duymamıştım Sizi tutan bu yayıncı firma, bir mahkeme kararının, içeriği bana maddi veya manevi zarara sebep olduğu takdirde, Richard'ın kitabının yayınını durdurabileceğinin farkında mı?"

"Bay Flynn'ın kitabının size zarar verebileceğini neden düşündünüz, Dr. Westlake?"

"Bana bilgiçlik taslamayın, Bay Keller. Sizinle konuşmamın tek nedeni, Richard'ın kitabında neler yazdığını merak etmem. O günlerde de yazar olma hayali kurduğunu hatırlıyorum. Pekâlâ, öyleyse bir önerim var: Bana kitabın bir kopyasını verirseniz sizinle buluşup birkaç dakika konuşmayı kabul edebilirim."

İstediğini yaparsam yayıncı firmanın gizlilik kuralını çiğnemiş olacaktım. Reddedersem de yüzüme telefonu kapayacağından emindim. Bana o an en az hasar verici görünen seçenekte karar kıldım.

"Kabul ediyorum," dedim. "Fakat şunu bilmelisiniz ki, ajans bana Richard'ın kitabının sadece bir kısmını iletti, yalnızca ilk birkaç bölümü ve kâğıt çıktı olarak. Hikâye onunla ilk tanıştığınız dönemde başlıyor. Yetmiş sayfa falan."

Bir süre düşündü.

"Güzel," dedi nihayet. "Ben Columbia Tıp Merkezi'ndeyim. Bir saat içinde, saat on buçuk gibi burada buluşmaya ne dersiniz? Kopyayı yanınızda getirir misiniz?"

"Elbette. Orada olacağım."

"McKeen Bölümü'ne gidip resepsiyonda beni sorun. Hoşça kalın, Bay Keller."

"Siz de ve..."

Ona teşekkür etmeme fırsat bırakmadan telefonu kapadı.

İçimden kitabı bana bilgisayar ortamında göndermediği için Peter'a söverek çabucak eve uğradım. Bendeki kopyayı alıp bir fotokopi dükkânı aramaya koyuldum ve nihayet birkaç sokak ileride bir tane buldum.

Burnunun sol tarafında gümüş bir hızma ve kollarında dövmeler olan uykulu bir adam, eski bir Xerox makinesinde fotokopileri çekerken, ben de Laura'ya nasıl yaklaşmam gerektiğini düşünüyordum. Soğuk ve pragmatik biri gibi görünüyordu. Onun işinin, tıpkı yıllar önce Profesör Wieder'le ilgili Richard'ı uyardığı gibi, insan aklını araştırmak olduğunu tek bir saniye bile aklımdan çıkarmamam gerektiğini kendime hatırlattım.

Dört

Columbia Üniversitesi Tıp Merkezi, Washington Heights'day-dı, bu nedenle 12. Cadde boyunca parkı geçip NY-9A'ya döndüm ve sonra 168. Cadde'den devam ettim. Yarım saat sonra cam patikalarla birleştirilmiş uzun binaların önündeydim. McKeen Bölümü, Milstein Hastane Binası'nın dokuzuncu katındaydı. Resepsiyona adımı verip Dr. Westlake'in beni beklediğini söylediğimde sekreter onu iç hattan aradı.

Laura Baines birkaç dakika sonra aşağı indi. Uzun boylu ve hoş görünümlüydü. Düşündüğüm gibi saçlarını sıkı bir topuz yapmamıştı, dalgalı saçları omuzlarına dökülüyordu. Çekici olduğu şüphe götürmezdi ama sokakta tekrar tekrar dönüp bakacağınız kadınlardan değildi. Gözlük takmıyordu, belki de geçen yıllar içinde kontak lens kullanmaya başlamıştı.

Resepsiyonda bekleyen tek kişiydim, bu nedenle doğrudan yanıma gelip elini uzattı.

"Ben Laura Westlake," dedi. "Bay Keller?"

"Tanıştığımıza memnun oldum, benimle görüşmeyi kabul ettiğiniz için teşekkür ederim."

131

"Çay ya da kahve ister misiniz? İkinci katta bir kafeterya var. Oraya gidelim mi?"

Asansörle yedi kat aşağı inip birkaç koridordan geçtikten sonra duvarları cam olduğundan Hudson Nehri'nin harika manzarasını gören kafeteryaya ulaştık. Laura'nın kararlı bir yürüyüş şekli vardı, dik yürüyordu ve yol boyunca dalgın göründü. Tek kelime bile etmedik. Anladığım kadarıyla, makyaj yapmamıştı fakat hafif bir parfüm sürmüştü. Düzgün hatlı yüzünde kırışıklıktan eser yoktu ve güneşten hafifçe bronzlaşmış teni pürüzsüz görünüyordu. Ben kendime bir sütlü kahve aldım, o da çayı tercih etti. Kafeterya neredeyse boştu ve yeni sanat akımlarına uygun dekoru, hastanede olma hissini hafifletiyordu.

Ben daha ağzımı açamadan konuşmaya başladı.

"Kitap, Bay Keller," dedi, süt paketinin folyosunu açıp çayının içine dökerken. "Söz vermiş olduğunuz gibi."

Sayfaların olduğu dosyayı çantamdan çıkarıp ona uzattım. Birkaç saniye sayfaları çevirdi, sonra dosyanın içine geri koyup dikkatle sağ tarafına, masaya yerleştirdi. Küçük bir ses kayıt cihazını çıkarıp açtım fakat o, onaylamaz bir ifadeyle bana bakıp başını iki yana salladı.

"Kapatın onu, Bay Keller. Röportaj vermiyorum. Sizinle sadece birkaç dakika konuşmayı kabul ettim, hepsi o kadar."

"Gayriresmî olarak mı?"

"Kesinlikle."

Kayıt cihazını kapatıp çantama geri koydum.

"Dr. Westlake, Richard Flynn'la ne zaman ve nasıl tanıştığınızı sorabilir miyim?"

"Ah, bu çok uzun zaman önceydi... Hatırlayabildiğim kadarıyla 1987'nin sonbaharıydı. İkimiz de Princeton'da öğrenciydik ve bir süre, Savaş Anıtı'na yakın, iki yatak odalı bir evi paylaştık.

Noel'den önce oradan taşındım, bu nedenle yaklaşık üç ay falan birlikte yaşadık."

"Profesör Wieder'le onu siz mi tanıştırdınız?"

"Evet. Ona Dr. Wieder'i iyi tanıdığımı söyledim ve o da, o zamanlar ünlü bir kişi olan profesörle kendisini tanıştırmam için ısrar etti. Richard'la yaptığı bir konuşma sırasında Wieder, ona kütüphanesinden bahsetti. Yanlış hatırlamıyorsam elektronik ortama kaydedilmesini istiyordu. Flynn'ın paraya ihtiyacı vardı, bu nedenle işi yapmayı önerdi ve profesör de bu teklifi kabul etti. Ne yazık ki, daha sonradan öğrendiğim kadarıyla, birçok problemi varmış ve davada şüphelilerden biri olarak da sorgulanmış. Profesör vahşice öldürülmüştü. Bunu biliyorsunuz zaten, değil mi?"

"Evet, biliyorum ve aslında çalıştığım firmanın bu konuyla bu kadar ilgilenmesinin sebebi de bu. Siz ve Flynn ev arkadaşı olmanın ötesine geçmiş miydiniz hiç? Sorumun uygunsuz görünmesini istemem ama Richard, kitapta aranızda cinsel bir ilişki olduğunu ve birbirinize âşık olduğunuzu açıkça belirtiyor."

Kaşlarının arasında bir çizgi belirdi.

"Bu tür şeyleri konuşmayı biraz gülünç buluyorum, Bay Keller, ama evet, Richard'ın bana âşık olduğunu, hatta takıntılı olduğunu hatırlıyorum. Ancak hiçbir zaman bir gönül ilişkisine girmedik. O zamanlar bir erkek arkadaşım vardı..."

"Timothy Sanders mı?"

Şaşırmış görünüyordu.

"Timothy Sanders, doğru. Bu ismi kitaptan mı biliyorsunuz? Demek ki Richard'ın harika bir hafızası varmış, ya da o dönemden kalma notları veya günlüğü olabilir. Onca yıldan sonra böyle ayrıntıları hatırlayabileceği aklıma gelmezdi, fakat bir yandan da çok şaşırmadım. Neyse, ben erkek arkadaşıma âşıktım ve birlikte yaşıyorduk ama sonra onun bir araştırma programı için birkaç aylığına Avrupa'ya gitmesi gerekti ve kaldığımız dairenin kirası tek başıma ödemeyeceğim kadar yüksekti; ben de başka bir yer buldum. Timothy uzaktayken Richard'la yaşadım ve Noel'den önce geri döndüğünde de tekrar birlikte eve çıktık."

"İnsanların isimlerini kısaltarak kullanmıyorsunuz, size yakın olan insanlarınkini bile," diyerek yorum yaptım, Flynn'ın kitapta söylediklerini anımsayarak.

"Bu doğru. Bu tür kısaltmaları çocukça buluyorum."

"Richard, kitapta Profesör Wieder'i biraz kıskandığından bahsediyor ve bir süre sizin ilişki yaşadığınızdan şüpheleniyor."

İrkildi ve dudakları hafifçe büküldü. Bir an yüzündeki maskeyi düşüreceğini sandım ama sonra tekrar ifadesiz haline geri döndü.

"Bu da Richard'ın takıntılarından biriydi, Bay Keller," dedi. "Profesör Wieder evli değildi, sevgilisi de yoktu, bu nedenle bazıları bir ilişki yaşadığını ve bunu gizli tuttuğunu düşünüyordu. Çok yakışıklı olmasa da karizmatik bir adamdı ve bana karşı fazlasıyla korumacıydı. Sonuçta romantik ilişkilerle ilgilenmediğini, kendini tamamen işine adadığını düşünüyorum. Açık konuşmak gerekirse, Richard'ın şüpheleri olduğunu biliyorum ama Joseph Wieder ve benim aramda normal öğrenci–profesör ilişkisinin ötesinde bir şey yoktu. Ben onun favori öğrencilerinden biriydim, orası açık, ama hepsi bu kadardı. O dönem üzerinde çalıştığı projede de kendisine önemli yardımlarım oldu."

Onun konuşmamızı sonlandırması tehlikesine girmeden ne kadar ileri gidebileceğimi merak ediyordum, sonra devam ettim.

"Richard, profesörün size evin anahtarlarından bir kopya verdiğini ve sizin de sık sık oraya gittiğinizi de yazmış."

Başını iki yana salladı. "Bana evinin anahtarlarını verdiğini sanmıyorum, hatırladığım kadarıyla vermemişti. Fakat sanırım, profesör evde yokken gidip çalışabilsin diye Richard'a bir kopya vermişti. Polisle de bu nedenle problemi oldu."

"Sizce Richard, Wieder'i öldürmüş olabilir mi? Bir süre şüpheliler arasındaydı."

"Ben kendime, başka şeylere ek olarak, görünüşün ne kadar aldatıcı olabileceğinin de öğrenildiği bir alan seçtim, Bay Keller. Richard, o evden taşındıktan sonra beni sürekli taciz etti. Ders çıkışlarında defalarca beni bekledi, bana düzinelerce mektup yazdı, gün içinde beni sürekli arardı. Timothy, profesörün ölümünden sonra onunla birkaç kez konuştu, kendi yoluna gitmesi ve bizi rahat bırakmasını söyledi ama bir etkisi olmadı. Onu polise ihbar etmedim, çünkü zaten yeterince problemi vardı ve sonuçta ondan korkmaktan çok ona acıyordum. Zamanla durum kötüleşti... Ama yine de ölülerin ardından kötü konuşmamak gerekir. Hayır, onun cinayeti işlemiş olabileceğini düşünmüyorum."

"Zamanla durumun kötüleştiğini söylediniz. Bununla kastettiğiniz nedir? Kitap taslağından, sizi kıskandığını biliyorum. Kıskançlık böyle vakalarda iyi bir neden olabilir, öyle değil mi?"

"Bay Keller, beni kıskanması için bir nedeni yoktu. Dediğim gibi, tek yaptığımız bir evi paylaşmaktı. Fakat takıntılıydı. Ertesi yıl Columbia Üniversitesi'ne geldim ama adresimi buldu ve bana yazıp telefonla aramaya devam etti. Hatta bir keresinde buraya kadar geldi. Sonra bir süreliğine Avrupa'ya gittim, ancak o zaman ondan kurtulabildim."

Duyduklarım beni çok şaşırtmıştı.

"Richard Flynn kitapta tamamen farklı şeyler anlatıyor. Size takıntılı olan ve sizi taciz eden kişinin Timothy Sanders olduğunu yazmış."

"Kitabı okuyacağım, sizden kopyayı o nedenle istedim. Bay Keller, Richard Flynn gibi insanlar için gerçekle kurgu arasındaki sınırlar belirsizdir, hatta neredeyse yoktur. O dönemde, onun yüzünden gerçek anlamda acı çektiğim zamanlar oldu."

"Profesörün öldürüldüğü akşam evine gittiniz mi?"

"Profesörü bütün bir yıl boyunca sadece üç veya dört kez evinde ziyaret ettim. Princeton küçük bir yerdir ve hakkımızdaki söylentilere fırsat vermek ikimiz için de sorun yaratırdı. O nedenle, hayır, o akşam orada değildim."

"Cinayetten sonra polis tarafından sorguya alındınız mı? Gazete haberlerinde isminize rastlamadım ama Flynn'ınki hemen her yerdeydi."

"Evet, sadece bir kez sorguya alındım, galiba ve onlara bütün gece bir arkadaşımla birlikte olduğumu söyledim."

Sol bileğindeki saate baktı.

"Ne yazık ki şimdi gitmem gerekiyor. Sizinle konuşmak güzeldi. Ben kitabı okuduktan ve hafızamı tazeledikten sonra belki yine konuşuruz."

"Soyadınızı neden değiştirdiniz? Evlendiniz mi?" diye sordum masadan kalkarken.

"Hayır, böyle bir şeye hiç vaktim olmadı. Doğrusunu isterseniz, soyadımı Richard Flynn'dan ve tüm o hatıralardan kaçabilmek için değiştirdim. Profesör Wieder'i çok severdim ve ona olanlar beni perişan etmişti. Flynn hiçbir zaman saldırgan biri olmadı, sadece bir baş ağrısıydı, diyebilirim ama ben onun tarafından taciz edilmekten bıkıp usanmıştım ve bunun sonu gelmeyecek gibiydi. 1992 yılında, Avrupa'ya gitmeden önce Laura Westlake oldum. Aslında annemin kızlık soyadı bu."

Ona teşekkür ettim, o da kitabın kopyasını aldı ve kalabalıklaşmaya başlamış olan kafeteryadan çıktık.

Asansöre girdik, 9. kat düğmesine bastığımızda ona dönüp sordum. "Flynn'ın kız arkadaşı Danna Olsen bana, Richard'la sizi bir gece telefonda konuşurken yakaladığını söyledi. Bununla ilgili sizinle temasa geçmiş ve onunla buluşmuşsunuz. Richard'la telefonda konuştuğunuz konunun ne olduğunu sorabilir miyim? Sizi tekrar mı bulmuştu?"

"Geçtiğimiz sonbahara kadar, yirmi yıldan uzun bir süre Richard'dan haber almamıştım, sonra bir akşam apartman dairemin kapısında belirdi. Ben kontrolümü kolay kolay kaybeden biri değilimdir fakat bir sürü saçma şey gevelemeye başladığında şaşkına dönmüştüm. Ayrıca çok tedirgin olduğu ortadaydı, bu da bana ruh sağlığının yerinde olmayabileceğini düşündürdü. Beni, ne olduğu belli olmayan ama Profesör Wieder'le bağlantılıymış gibi görünen bazı şeyleri ifşa etmekle tehdit etti. Dürüst olmam gerekirse, ben bir zamanlar Richard Flynn adında genç bir adam tanıdığımı bile unutmayı başarmıştım. Sonunda ondan gitmesini istedim. Bundan sonra beni iki-üç kez aradı ama onunla buluşmayı reddettim ve telefonlarına cevap vermeyi de bıraktım. Ciddi anlamda hasta olduğundan habersizdim, bana bundan bahsetmemişti. Sonra öldüğünü öğrendim. Belki de evime geldiği gün hastalığından ötürü huzursuzdu ve muhakeme yapacak durumda değildi. Akciğer kanseri beyne metastaz yaptığı zaman bazı komplikasyonlar oluşur. Richard'ın durumunda da böyle mi oldu bilmiyorum ama bu çok muhtemel."

Asansörden çıktığımızda bir soru daha yönelttim, "Richard, yine kitabında, Profesör Wieder'in gizli bir araştırma yaptığını iddia ediyor. Neyle ilgili olduğu hakkında bir fikriniz var mı?"

"Gizliyse zaten bu konuda bir şey bilmemeniz gerekir, öyle değil mi? Siz bana kitabı anlattıkça salt kurgudan ibaret olduğuna daha fazla ikna oluyorum. Bütün büyük üniversitelerin çoğu bölümü, kimi devlet kurumları kimi de özel şirketler için araştırma programları yürütür. Böyle projelerin çoğunluğu gizlidir, çünkü parasını ödeyen insanlar yatırımlarının sonucunu almak isterler, öyle değil mi? Profesör Wieder de sanırım bu tür bir şey üzerinde çalışıyordu. Ben sadece o zamanlar yazdığı kitapla ilgili yardımcı oldum kendisine. Yaptığı başka şeylerden haberdar değildim. Hoşça kalın Bay Keller, şimdi gerçekten gitmeliyim. İyi günler."

Benimle görüştüğü için ona bir kez daha teşekkür edip asansörle giriş katına indim.

Park yerine doğru yürürken söylediklerinin ne kadarının doğru ne kadarının yalan olduğunu, Richard'ın olası ilişkilerini hayalinde yaratmış olduğunun doğru olup olmadığını merak ediyordum. Laura bana, belirgin sakinliğinin ardında, geçmişiyle ilgili Flynn'ın ifşa edebileceği şeylerden korkuyormuş gibi bir izlenim vermişti. Vücut dilinden veya yüz ifadelerinden çok, bir histi benimkisi... parfümünün ardına gizleyemediği uzaklardan gelen bir koku gibi. Bütün detayları tam olarak hatırlayamadığını birkaç kez tekrar etmiş olmasına rağmen cevapları netti, hatta belki de fazla netti. Ayrıca, uzun yıllar sonra bile olsa, aynı evi paylaştığı, aylarca kendisini taciz etmiş, akıl hocası ve arkadaşı olan birini öldürmekle suçlanmış bir adamı unutması nasıl mümkün olabilirdi?

Beş

Birkaç saat sonra, emekli bir cinayet masası dedektifi olan ve bana Jersey'deki Batı Windsor İlçe Polis Müdürlüğü'nden birisiyle temasa geçeceğine dair söz veren eski haber kaynaklarımdan biriyle 46. Batı Caddesi'ndeki Orso'da öğle yemeği yemiş, iki sokak öteye park ettiğim arabama yürürken telefonum çaldı. Arayan Harry Miller'dı. Yağmur yağıyordu ve gökyüzü lahana çorbası rengindeydi. Telefona cevap verdim, Harry bana haberleri olduğunu söyledi. Bir tentenin altına sığınıp haberin ne olduğunu sordum.

"Bingo!" dedi. "Sarah Harper '89'da mezun olmuş ve pek de şanslı değilmiş. Üniversiteden sonra Queens'de özel bakıma muhtaç çocukların okuduğu bir okulda iş bulup on yıl kadar sıradan bir hayat yaşamış. Sonra, Gerry Lowndes adında bir caz şarkıcısıyla evlenmek gibi bir hata yapmış ve adam onun hayatını cehenneme çevirmiş. Uyuşturucuya bulaşmış ve bir yılını hapishanede geçirmiş. 2008'de boşanmış ve şimdi de Bronx'ta, Castle Hill'de yaşıyor. Eski günler hakkında konuşmaya hazır görünüyor."

"Mükemmel. Bana onun adresini ve telefon numarasını mesaj atabilir misin? Simmons'la ilgili ne buldun?"

"Derek Simmons hâlâ Jersey'de, Leonora Phillis adında bir kadınla birlikte yaşıyor. Adam evde olmadığından kadınla yüz yüze konuştum. Bir şekilde adama baktığı söylenebilir; sosyal yardım desteğiyle ayakta duruyorlar. Ona senin bir muhabir olduğunu ve erkek arkadaşıyla Profesör Wieder davası hakkında konuşmak istediğini açıkladım. Meseleyi bilmiyor ama senden telefon bekliyor. Oraya giderken yanına biraz nakit al. Başka bir şey var mı?"

"Princeton'da hiç haber kaynağın var mı?"

"Benim her yerde haber kaynağım var; ben gerçekten becerikliyim, evlat!" diyerek böbürlendi. "Sarah Harper'ın izini nasıl buldum sanıyorsun? 911'i arayarak mı?"

"Bu durumda, seksenlerde psikoloji bölümünde çalışan ve Profesör Joseph Wieder'le bağlantısı olabilecek kişilerin isimlerini bulmaya çalış. Sadece meslektaşları değil. Grubundaki, onu iyi tanıyan insanlarla ilgileniyorum."

Bana istediklerimi bulmaya çalışacağını söyledi, sonra birkaç dakika daha beyzboldan konuşup telefonu kapadık.

Arabamı garajdan alıp eve gittim. Sam'e telefon ettim, cevap verdiğinde sesi sanki bir kuyunun dibindeymiş gibi geliyordu. Fena halde soğuk aldığını ve bu sabah işe gittiğinde patronunun onu eve gönderdiğini söyledi. Akşamüzeri ona uğrayacağıma dair söz verdim ama bana erkenden yatmayı tercih ettiğini söyledi, zaten onu o şekilde görmemi istemiyordu. Telefonu kapadıktan sonra bir çiçekçiyi arayıp ona teslim edilmek üzere bir demet lale sipariş ettim. Bu konuda anlaştığımız için kendimi fazla kaptırmak istemiyordum ama zaman geçtikçe, görüşmediğimiz bir veya iki gün içinde onu özlediğimi fark ediyordum.

Harry'nin verdiği numaradan Sarah Harper'ı aradım ama telefona cevap veren olmadı, ben de bunun üzerine telesekreterine mesaj bıraktım. Derek Simmons'taysa şansım yaver gitti. Kız arkadaşı Leonora Phillis telefona cevap verdi. *Swamp People'*dan[*] fırlamış karakterler gibi sağlam bir Cajun aksanı vardı. Ona, Derek Simmons'la konuşma talebim üzerine Harry Miller adında biriyle görüşmüş olduğunu hatırlattım.

"Arkadaşınızın söylediği kadarıyla, gazete bir ödeme yapacak, değil mi?"

"Evet, işin içinde biraz para olabilir."

"Pekâlâ, Bay..."

"Keller. John Keller."

"Şey, sanırım bize bir uğramalısınız, ben de Der-eh'e durumu anlatırım. O konuşmayı pek sevmez de... Ne zaman gelirsiniz?"

"Sizin için çok geç değilse hemen şimdi."

"Şu anda saat kaç, tatlım?"

Ona saatin üçü on iki geçtiğini söyledim.

"Beş nasıl?"

Gayet uygun olduğunu söyleyip "Der-eh"i benimle konuşmaya ikna etmesini ona bir kez daha hatırlattım.

* * *

Kısa bir süre sonra bir tünele girerken, Laura Westlake'le yaptığım konuşmayı düşünüyordum ki, Wieder davasını araştırmaya başladıktan sonraki ilk akşam aklımdan çıkan bir ayrıntıyı hatırlayıverdim – profesörün üzerinde çalıştığı ve birkaç ay sonra yayınlanacak olan kitap. Richard'ın kitabında söylediğine göre, Laura Baines bilim dünyasını sallayacağına inanıyordu. Sam'in tabiriyle "bomba etkisi" yaratacaktı.

(*) Amerikan televizyonlarında yayınlanan bir reality show programı. –çn.

Fakat kitabı Amazon'da ve profesörün çalışmalarının yer aldığı diğer sitelerde aradığımda bulamadım. Wieder tarafından çıkarılan son kitap, Princeton Üniversitesi Yayınları tarafından 1986'da, o öldürülmeden bir sene önce yayınlanan yapay zekâ üzerine 110 sayfalık bir çalışmaydı. Wieder, Richard'a, üzerinde çalıştığı kitap için bir yayın sözleşmesi imzaladığını söylemişti. O halde Wieder, ölmeden önce kitabını ya da teklifini bir yayıncıya göndermiş olmalıydı, hatta belki de biraz avans bile almış olabilirdi. O halde kitap neden hiç yayınlanmamıştı?

Bunun iki sebebi olabileceğini düşündüm.

İlki, yayıncının fikrini değiştirip kitabı yayınlamama kararı alması olabilirdi. Ortada bir sözleşme olduğuna göre ve utanmazca düşünecek olursak, profesörün vahşice öldürülmesinin esrarı satışları artırabileceğinden, bu ihtimal çok olası görünmüyordu. Ancak güçlü bir müdahale bir yayıncının böyle bir projeden vazgeçmesini sağlayabilirdi. Fakat müdahale kimin tarafından yapılmış olabilirdi? Ve kitabın içeriği neydi? Wieder'in üzerinde çalıştığı gizli araştırmayla alakası olabilir miydi? Onunla ilgili ayrıntıları yeni kitabında açıklamaya mı niyetliydi?

Bir başka ihtimal de, Wieder'in vasi olan kişinin –gazetelerden bir vasiyeti olduğunu ve her şeyini kız kardeşi Inge'ye bıraktığını öğrenmiştim– kitabın yayınlanmasına karşı çıkması ve gerekli yasal argümanları toplaması olabilirdi. Yıllar önce İtalya'ya yerleşmiş olmasına ve muhtemelen cinayet zamanında olanlarla ilgili fazla bir şey bilmemesine rağmen, kız kardeşiyle konuşmam gerektiğini biliyordum.

Valley Yolu'na sapıp Witherspoon Caddesi'nden sola döndüm ve çok geçmeden Derek Simmons ve kız arkadaşının oturduğu, Princeton Karakolu'ndan fazla uzak olmayan Rockdale Sokağı'na ulaştım. Beklediğimden erken varmıştım. Arabayı okulun yanına park edip yakınlardaki bir kafeye girdim. Orada, ısmarladığım kahveyi içerken, araştırmamda ortaya çıkan beklenmedik ipuçlarını aklımdan geçirmeye koyuldum. Profesörün kitabıyla ilgili ne kadar fazla düşünürsem, yayınlanmama nedeninin ne olabileceği kafamı o derece meşgul ediyordu.

* * *

Derek Simmons ve Leonora Phillis, sokağın sonunda, yabani otların istila ettiği top sahasının yanındaki tek katlı bir evde yaşıyorlardı. Evin önünde, yeni tomurcuklanmaya başlamış gül ağaçlarının olduğu küçük bir bahçe vardı. Bahçe süsü görevindeki kirli bir cüce, alçı suratında bir sırıtışla bana ön kapıyı işaret ediyordu.

Zile bastığımda evin arkasında bir yerlerde yankılanan bir ses işittim.

Kısa boylu, kahverengi saçlı ve buruşuk suratlı bir kadın, sağ elinde bir kepçe ve gözlerinde şüpheli bakışlarla kapıyı açtı. Ona adımın John Keller olduğunu söylediğimde yüzü hafifçe aydınlandı ve beni içeri davet etti.

Karanlık ve dar hole girip eski mobilyalarla dolu oturma odasına geçtim. Kanepeye oturduğumda vücudumun ağırlığıyla birlikte döşemelerden gözle görülür bir toz bulutu yükseldi. Başka bir odadan, ağlayan bir bebek sesi duyuluyordu.

Kadın, benden bir süre izin isteyip ortadan kayboldu ve evin arkasında bir yerlerde ağlayan bebeği yatıştırıcı sesler çıkardığını işittim.

Etrafımdaki eşyalara göz gezdirdim. Hepsi eski püsküydü, eskiciden veya sokağa atılmış haldeyken eve alınmış gibi birbiriyle uyumsuzdu. Yer döşemesinde yer yer eğrilikler vardı ve duvar kâğıtlarının köşeleri soyulmuştu. Duvarda asılı eski bir saatin astım hastasının nefes almasına benzer düzensiz tik takları duyuluyordu. Profesörün vasiyetinde belirtilen küçük miktardaki nakit paranın çoktan tükendiği belliydi.

Kadın, kucağında bir buçuk yaşlarında görünen ve sol elinin başparmağını emen bir bebekle geri geldi. Çocuk beni hemen fark ederek düşünceli ve ciddi bakışlarını yüzüme dikti. Yüz hatları tuhaf bir şekilde olgun bir insanı andırıyordu, o kadar ki bana dönüp bir yetişkinin sesiyle ve agresif bir tonda, orada ne aradığımı sorsa şaşırmazdım.

Leonora Phillis karşıma, sefil haldeki bir bambu sandalyeye oturdu. Kucağındaki bebeği hafifçe sallayarak onun, torunu Tom olduğunu söyledi. Çocuğun annesi, Bayan Phillis'in kızı Tricia'ydı; kız internette tanıştığı bir adamla buluşmak üzere Rhode Island'a gitmiş, annesinden çocuğa bakmasını istemişti – gideli iki ay olmuştu.

Bana, Derek'i benimle konuşmaya ikna ettiği bilgisini verdi ama ondan önce para mevzusunu konuşmayı tercih ediyorlardı. Derek'in iki yakayı zor bir araya getirdiğini söyleyerek sızlandı. Üç yıl önce sosyal yardım almaya başlamışlardı ve Derek'in zaman zaman yaptığı tuhaf işlerin haricinde, gelirlerinin büyük bölümünü bu para oluşturuyordu. Ayrıca torunlarına bakmak zorundaydılar. Tom, yetişkinlere has bakışlarıyla beni süzerken kadın bunları bana anlatarak hafifçe ağladı.

Bir miktar üzerinde anlaştık ve ona nakit parayı takdim ettim, parayı alıp dikkatle saydıktan sonra cebine soktu. Ayağa kalkıp çocuğu sandalyeye oturttu ve kendisini takip etmemi söyledi.

Bir geçitten geçip, güneş ışığının vitray camlardan sızması gibi kirli pencerelerden içeri giren ışığın aydınlattığı verandaya benzer bir yere ulaştık. Üzerinde neredeyse her türden alet edevat bulunan büyükçe bir çalışma tezgâhı, verandanın hemen hemen tüm alanını kaplıyordu. Tezgâhın önündeki taburede, üzerinde yağ lekeleriyle dolu bir kot pantolon ve tişört olan uzun boylu ve cüsseli bir adam oturuyordu. Beni gördüğünde ayağa kalkıp elimi sıktı ve kendisini Derek olarak tanıttı. Solgun ışıkta parıldayan yeşil gözleri vardı, elleri büyük ve nasırlıydı. Altmışlarında olması gerektiği halde oldukça dik duruyor ve sağlıklı görünüyordu. Yüzü derin çizgilerden yol yol olmuştu, çizgiler öyle derindi ki yara izleri gibi görünüyorlardı, saçı neredeyse bembeyazdı.

Kadın geri dönüp bizi baş başa bıraktı. Derek, tekrar taburesine otururken ben de çalışma tezgâhına yaslandım. Öndeki kadar küçük olan ve yabani otların baskınına uğramış bir çitle çevrili arka bahçede küçük bir salıncak vardı, paslı metal iskeleti çimen tutamları ve su birikintileriyle kaplı çorak toprakta bir hayalet gibi görünüyordu.

"Bana Joseph Wieder'le ilgili konuşmak istediğini söyledi," dedi yüzüme bakmadan. Cebinden bir Camel paketi çıkarıp içinden aldığı sigarayı sarı plastik bir çakmakla yaktı. "Yirmi yıldan fazla bir zamandır onu bana soran ilk kişisin."

Bitap düşmüş, bütün iyi numaraları ve şakaları tükenmiş, sakız çiğneyip cep telefonlarında müzik dinleyen bir grup ilgisiz çocuğu eğlendirmek üzere zavallı bir sirk sahnesinin talaşında hoplayıp zıplamaya mecbur kalan yaşlı bir palyaço gibi, rolünü oynamaya razı bir görüntüsü vardı.

Ona kısaca o, Profesör Wieder, Laura Baines ve Richard Flynn'la ilgili öğrendiklerimi aktardım. Ben konuşurken sigarasını içip boşluğa bakmayı sürdürdü, bu hali beni dinlediğinden şüphe etmeme neden oluyordu. Sigarasını söndürüp bir başkasını yaktı ve konuşmaya başladı, "Peki, sen neden bunca uzun zaman önce olmuş şeylerle ilgileniyorsun?"

"Birisi benden bu olayları araştırmamı istedi ve bunun için de bana para veriyor. Failleri yakalanmamış, gizemli cinayet davalarıyla ilgili bir kitap üzerinde çalışıyorum."

"Ben profesörü kimin öldürdüğünü biliyorum," dedi sanki hava durumundan bahsediyormuşuz gibi ruhsuz bir ses tonuyla. "O zaman da biliyordum ve onlara da söyledim. Ama benim ifademin hiçbir önemi yoktu. Hangi avukat olsa bu ifadeyi saf dışı bırakırdı, çünkü birkaç yıl öncesinde cinayetten suçlanıp akıl hastanesine kapatılmıştım, yani kaçıktım, anlıyor musun? Bir dünya ilaç alıyordum. Uydurduğumu ya da halüsinasyon gördüğümü söylemişlerdi. Ama ben ne gördüğümü biliyorum ve deli falan da değildim."

Dediklerinden son derece emin görünüyordu.

"Yani, Wieder'i kimin öldürdüğünü biliyor musun?"

"Ben onlara her şeyi anlattım, bayım. Sonrasında kimse anlattıklarımla ilgilendi mi, bir fikrim yok. Kimse bana başka bir şey sormadı, ben de kendi işime baktım."

"Onu kim öldürdü, Bay Simmons?"

"Bana Derek de... Richard denen o çocuk. Ve o kötü kedi Laura da ya görgü tanığıydı ya da suç ortağı. Sana neler olduğunu anlatayım..."

* * *

Gelecek bir saat boyunca, dışarıyı hafifçe karanlık basarken ve art arda sigaralar içilirken, 21 Aralık 1987 akşamı gördüklerini ve duyduklarını, bu kadar iyi hatırladığına şaşırdığım en ince ayrıntılarıyla ve detaylandırarak anlattı.

O sabah profesörün evine alt kattaki banyonun tuvaletini tamir etmek üzere gitmişti. Wieder, birkaç arkadaşıyla tatil yapacağı Midwest seyahati için evde valizini hazırlıyordu. Derek'i öğle yemeğine kalması için davet etmiş ve Çin yemeği sipariş etmişti. Derek'e arka bahçede gördüğü şüpheli ayak izlerini anlatırken yorgun ve endişeli görünüyordu; gece boyunca kar yağmıştı ve sabah olduğunda ayak izleri bariz bir şekilde belli oluyordu. Bir süre ülkeden ayrılacak olsa da Derek'le ilgilenmeye devam edeceğine söz vermiş ve ona ilaçlarını almayı sürdürmesinin kendisi için önemli olduğunu belirtmişti. Derek, öğleden sonra iki civarında profesörün evinden ayrılarak bir boya işi için kampüse gitmişti. Akşam da karanlık çöktüğünde eve dönüp akşam yemeğini yemişti. Wieder'i o halde bıraktığı için endişeliydi ve gidip onu kontrol etmeye karar vermişti. Profesörün evine vardığında Laura Baines'in arabasının yakınlarda park edilmiş olduğunu görmüştü. Tam kapı zilini çalacakken içeriden gelen tartışma seslerini duymuştu.

Evin göle bakan arka tarafına geçmişti. Saat akşam dokuz sularıydı. Oturma odasının ışıkları yanıyordu ve perdeler de açıktı, bu nedenle olanları görebiliyordu. Joseph Wieder, Laura Baines ve Richard Flynn birlikteydiler. Profesör ve Laura masada oturuyorlardı, bu arada Richard ise onların başında ayakta durmuş, el kol hareketleri yaparak konuşuyordu. Diğer ikisini suçlar bir tavırla avaz avaz bağırıyordu.

Birkaç dakika sonra, Laura ayağa kalkıp oradan ayrılmıştı. Her iki adam da ona engel olmaya çalışmamıştı. Richard ve Wieder, o gittikten sonra tartışmaya devam ettiler. Richard sonunda sakinleşmişti. Her ikisi de sigara, kahve ve ardından da içki içmişlerdi ve ortam sakinleşmiş görünüyordu. Derek dışarıda donmak üzere olduğundan tam gitmeye karar verdiği sırada tartışma tekrar alevlenmişti. Hatırlayabildiği kadarıyla, o sırada saat onu biraz geçiyordu.

O âna dek soğukkanlılığını koruyan Wieder, bir ara çok sinirlenip sesini yükseltmişti.

Ardından Richard dışarı çıkınca Derek de onu yakalayıp neler olduğunu sormak için evin etrafını dolaşmıştı. Evin ön tarafına geçmesi yirmi ya da otuz saniyeden fazla sürmemiş olsa da,

Richard'ı ortalarda görememişti. Derek birkaç dakika sokakta onu aramıştı fakat sanki Richard yerin dibine girmişti.

Sonunda onun evden çıktıktan sonra koşmaya başladığını düşünüp vazgeçmişti. Profesörün iyi olup olmadığını kontrol etmek için evin arka tarafına geri dönmüştü. Profesör hâlâ oturma odasındaydı ve ayağa kalkıp temiz hava almak üzere pencereyi açmak için hareketlendiğinde Derek orada görülmekten korkup oradan ayrılmıştı. Fakat giderken Laura'nın geri döndüğünü fark etmişti, çünkü arabası hemen hemen aynı noktaya park edilmişti. Derek, onun geceyi profesörle geçirmek üzere döndüğünü ve kendisinin oradan ayrılmasının en iyisi olacağını düşünüp evine gitmişti.

Ertesi sabah erkenden uyanıp profesörün iyi olup olmadığını tekrar kontrol etmek üzere yine evine gitmeye karar vermişti. Zili çaldığında kapıyı açan olmamıştı, o da bunun üzerine kendisindeki anahtarları kullanarak kapıyı açmış ve profesörün cesedini oturma odasında bulmuştu.

"Çocuğun o gece oradan ayrılmayıp yakınlarda bir yerde saklandığına ve sonra da geri dönüp onu öldürdüğüne eminim," dedi Derek. "Ama Laura da o sırada evde olmalı. Profesör güçlü bir adamdı, onu tek başına alt etmiş olamaz. Ben hep onu öldürenin Richard olduğunu, Laura'nın da suç ortağı ya da görgü tanığı olduğunu düşündüm. Ama polise Laura'yla ilgili bir şey anlatmadım; gazetelerin bundan faydalanarak profesörün adını lekelemelerinden korktum. Fakat bir şeyler söylemek zorundaydım, o nedenle çocuğun orada olduğunu ve profesörle tartıştığını anlattım."

"Sence, Laura ve profesör sevgililer miydi?"

Omuzlarını silkti. "Tam olarak bilmiyorum, onları düzüşürken görmedim ama bazen geceleri onda kalırdı, anlıyor musun?

Çocuk, kız için çıldırıyordu, buna eminim çünkü bana söyledi. Kütüphanede çalışırken sık sık konuşurdu benimle. Kendisi hakkında bir sürü şey anlattı."

"Peki polisler sana inanmadı mı?"

"Belki inandılar, belki de inanmadılar. Dediğim gibi, jüri karşısında benim sözlerimin bir anlamı yoktu. Savcı dediklerime inanmadı, bu nedenle polis hedefini değiştirdi. Eğer kontrol edersen o dönem verdiğim ifadenin sana anlattıklarımla birebir aynı olduğunu görürsün. O evrakları hâlâ tutuyorlardır, eminim."

"Ama çok fazla ayrıntıyı hatırlıyorsun," dedim. "Ben senin hafızanı kaybettiğini sanıyordum."

"Benim durumum geçmişi etkiledi. Adına, geriye dönük amnezi deniyor. Hastanedeki o boktan deneyimden sonra o zamana kadar olan hiçbir şeyi anımsayamıyordum ama başımın yaralanmasından sonra olanlara gelince hafızam daima iyiydi. Kendi geçmişimi, başka bir insanın hayatını öğrenir gibi öğrenmem gerekti – nerede doğmuş, anne ve babası kim, hangi okula gitmiş ve buna benzer şeyler. Gerçekten garipti ama alıştım. Sonuçta başka şansım yoktu."

Ayağa kalkıp ışığı yaktı. Orada, avluda öylece oturuşumuzu bir kavanoza hapsedilmiş iki sineğin haline benzettim. Ona inanıp inanmamam gerektiğini düşündüm. "Sana sormak istediğim başka bir şey daha var."

"Lütfen sor."

"Profesörün bodrum katında bir spor salonu vardı. Orada veya evin başka bir yerinde bir beyzbol sopası var mıydı? Etrafta buna benzer bir şey gördün mü?"

"Hayır. Birkaç ağırlığı ve bir de kum torbası olduğunu biliyorum ama."

"Polis dedektifleri bir beyzbol sopasıyla öldürülmüş olabileceğini söylemişler ama cinayet silahı hiç bulunamamış. Eğer profesörün evinde bir beyzbol sopası yoksa katilin onu yanında getirmiş olması gerekir. Ama böyle bir şeyi paltonun altına saklamak da güç. Flynn'ı camdan gördüğünde üzerinde ne olduğunu hatırlıyor musun?"

Bir süre düşünüp başını iki yana salladı.

"Emin değilim... Neredeyse hep parka giydiğini biliyorum, belki o gece de giymiştir ama buna yemin edemem."

"Son bir sorum daha var. Başlarda senin de şüphelilerden biri olduğunu ama sonra seni sorgulamadan çıkardıklarını, çünkü cinayet saatinde başka yerde olduğuna dair kanıtın olduğunu biliyorum. Ama sen saat on bir civarında hâlâ Wieder'in arka bahçesinde olduğunu ve sonra eve gittiğini söylüyorsun. Bildiğim kadarıyla, o zamanlar yalnız yaşıyordun. Bununla ilgili ne diyeceksin?"

"Evin yakınlarında, geç saate kadar açık olan bir bardaydım. Endişeliydim ve tek başıma olmak istemiyordum. Oraya vardığımda saat muhtemelen on biri biraz geçiyordu. Sahibi arkadaşımdı; küçük tamirat işlerinde ona yardımcı oluyordum. Böylece herif dedektiflere orada olduğumu söyledi, zaten bu doğruydu. Polis bir süre canımı sıktı ama sonra beni rahat bıraktı, aslında daha çok profesöre kötü bir şey olmasını isteyecek son insan olduğum için. Onu öldürmek için ne sebebim olabilirdi ki?"

"Barda olduğunu söyledin. Onca ilaç alırken içki içebiliyor muydun?"

"İçki içmedim. Hâlâ ağzıma sürmem. Bir bara gittiğimde kola veya kahve içerim. Oraya gittim, çünkü yalnız kalmak istemiyordum."

Sigarasını kül tablasında söndürdü.

"Solak mısın, Derek? Sigara içerken sol elini kullanıyorsun."

"Evet."

Onunla birkaç dakika daha konuştum. Bana sonra hayatının normal akışında devam ettiğini ve sonunda da Leonora'yla beraber yaşamaya başladığını anlattı. Kanunla başı bir daha derde girmemişti ve son on iki yıldır da yılda bir psikiyatrik değerlendirme komisyonuna görünmek zorunda değildi. Vedalaştık ve o, derme çatma atölyesinde kaldı. Tek başıma oturma odasına doğru yürüdüm. Leonora, çocuk kucağında, kanepede oturmuş televizyon seyrediyordu. Ona bir kez daha teşekkür ettikten sonra iyi geceler dileyip oradan ayrıldım.

Altı

İki gün sonra, sürücü ehliyetimi yenilemek üzere –fotoğrafımı da yenilemem gerekiyordu– 56. Batı Caddesi'ndeki şubede sıramı bekleyip bir yandan da birilerinin yanımdaki sandalyeye bıraktığı dergiyi karıştırırken Laura Baines aradı.

"Bay Keller, kitabın bana verdiğiniz bölümünü okudum; tüm bu yazılanlar şüphelerimi doğruluyor. Richard Flynn hemen hemen her şeyi uydurmuş. Belki de bir roman yazmaya çalışıyordu. O zamanlar yazarlar, anlattıkları hikâyenin hayal güçlerinin bir parçası olmadığını, isimsiz bir kitap yarattıklarını veya anlatıcının daha sonra ölmüş gerçek bir kişi olduğunu falan iddia ederlerdi, bunun tanıtıma yardımı olurdu. Ya da belki, onca yılın ardından bütün bunların gerçekten olduğuna inanmaya başlamıştı. Kitabın devamı elinize geçti mi?"

"Henüz değil."

"Flynn kitabı bitiremedi, değil mi? Muhtemelen ne kadar içler acısı olduğunu ve muhtemelen nahoş yasal sonuçlar doğuracağını fark edip bırakmıştır."

Sesi sakin ve bir şekilde zafer dolu geliyordu, bu da beni sinirlendirmişti. Derek'in bana söyledikleri doğruysa gözünü bile kırpmadan yalan söylüyordu.

"Kusura bakmayın Dr. Westlake ama Profesör Wieder'in bir beyzbol sopasıyla dövülerek öldürülmesi, Bay Flynn'ın hayal gücünün bir parçası değildi ve sonrasında sizin soyadınızı değiştirme kararınız da öyle. Tamam, elimde henüz kitabın tamamı yok ama başka kaynaklarım var, o nedenle size şunu sormak isterim: Öldürüldüğü gece Wieder'le birlikteydiniz, öyle değil mi? Sonra da Flynn geldi. Ona arkadaşınızda kalacağınıza dair yalan söylediniz ve o da olay çıkardı. Elbette bunların hepsini biliyorum, o yüzden lütfen bana bir daha yalan söylemeye zahmet etmeyin. Daha sonra ne oldu?"

Bir süre hiçbir şey söylemedi ve ben onu ringde, sere serpe uzanmış bir dövüşçü olarak hayal ettim, hakem başında durmuş sayıyordu. O akşamla ilgili bu detayları keşfedeceğim aklına dahi gelmemişti. Profesör ölmüştü, Flynn da öyle; ve o birkaç saatlik zaman zarfında Derek Simmons'ın orada olduğuna dair bir fikri olmadığına emindim. Bunları inkâr mı edeceğini yoksa sihirli şapkasından başka bir tavşan mı çıkaracağını merak ederek bekliyordum.

"Ah, demek siz çok kötü bir insansınız," dedi nihayet. "Bu hikâyeyle nereye varmak istediğinizi gerçekten biliyor musunuz, yoksa yaptığınız hırsız-polis oynamak mı? Onca yıldan sonra bu detayları hatırlamamı nasıl beklersiniz? Niyetiniz bana şantaj yapmak mı?"

"Size şantaj yapmam için bir sebebim mi var?"

"Ben bu şehirde bir sürü insan tanıyorum, Keller."

"Sanki eski bir polisiye filmindeymişiz gibi konuşuyorsunuz. Benim de, hüzünlü bir şekilde gülümseyerek fötr şapkamı başıma geçirmem ve pardösümün yakalarını kaldırarak şu repliği söylemem gerekiyor o halde: 'Ben sadece işimi yapıyorum, bayan.'"

"Ne? Saçma sapan konuşuyorsunuz. İçki falan mı içtiniz?"

"Cinayetin işlendiği gece orada olduğunuzu ve Richard Flynn'ın, sizi korumak için polise yalan söylediğini inkâr mı ediyorsunuz?"

Uzun bir duraksama daha oldu ve sonra bana bir soru yöneltti, "Konuşmamızı kaydediyor musunuz, Keller?"

"Hayır. Etmiyorum."

"Muhtemelen siz de tıpkı Flynn gibi aklınızı kaçırdınız. Sağlık sigortanız, eğer varsa tabii, birkaç terapi seansını karşılıyor olmalı, belki de bundan faydalanmanın zamanı gelmiştir. Adamı ben öldürmedim, yirmi yıldan uzun zaman önceki bir akşam nerede olduğum kimin umurunda?"

"Benim umurumda, Dr. Westlake."

"Pekâlâ öyleyse, dilediğinizi yapın. Fakat benimle bir daha temasa geçmeye kalkışmayın, ciddiyim. Kibar olmaya gayret ederek size söylemem gereken her şeyi söyledim ama artık size ayıracak vaktim yok. Eğer bir daha beni aramaya veya yanıma yaklaşmaya kalkarsanız size taciz davası açarım. Hoşça kalın."

Telefonu kapadı, ben de cep telefonumu cebime koydum. Hikâyemdeki en önemli bilgi kaynaklarından birini kaybettiğim için kendime kızgındım. Sözünü tutup benimle bir daha asla konuşmayacağını biliyordum. Neden bu şekilde tepki vermiştim? Telefonda aptal bir tartışma için bütün kartlarımı masaya sermeye değer miydi? Derek Simmons bana birkaç tane as vermişti ve ben hepsini boşa harcamıştım.

Birkaç dakika sonra fotoğraflar için çağrıldım ve fotoğraf makinesinin başındaki adam, "Biraz rahatlamaya çalış, dostum. Yanlış anlama ama sanki dünyanın bütün yükünü omuzlarında taşıyor gibisin," dedi.

"Eh, birkaçını taşıyorum, evet," diye karşılık verdim ona. "Üstelik bunun için henüz para da almadım."

* * *

Sonraki üç hafta boyunca, şehre yavaş yavaş bahar gelirken, ben de Joseph Wieder'e yakın olan ve Harry Miller'ın iletişim numaralarını bulduğu insanlarla konuştum. Sam'in soğuk algınlığı zatürreye dönmüştü, bu nedenle yataktan çıkmıyordu. Güzel Sanatlar'da okuyan kız kardeşi Louise, ona bakmak üzere Kaliforniya'dan gelmişti. Onu ziyaret etmekte ısrar ediyordum ama her seferinde bana sabırlı olmamı, çünkü onu sulu gözleri ve kırmızı burnuyla görmemi istemediğini söylüyordu.

Peter, çoğu zaman şehir dışında ya da işiyle meşgul oluyordu, araştırmayla ilgili onu telefonda bilgilendiriyordum. Bana Danna Olsen'ın Flynn'ın kitabının diğer bölümlerini henüz bulamadığını söylemişti.

Laura Baines'in eski okul arkadaşı Sarah Harper'ı birkaç kez aramıştım ama telefona cevap vermiyor, sesli mesajlarıma da geri dönmüyordu. Profesörün kız kardeşi Inge Rossi'yle de temas kuramamıştım. Adresini ve telefon numarasını bulup onu aramıştım ama ancak iki kelime İngilizceyi zor bir araya getiren evdeki yardımcıyla görüşmüştüm. Sonunda Signor ve Signora Rossi'nin iki aylığına Güney Afrika'ya seyahate gittiğini anlayabilmiştim.

Harry, Timothy Sanders'ın izini bulmuştu, ancak haberler iyi değildi: Laura Baines'in eski erkek arkadaşı, Aralık 1998'de Washington DC'de ölmüştü. Evinin önünde vurulmuş ve olay yerinde can vermişti. Polis faili bulamamıştı ama bunun cinayete dönüşen silahlı bir soygun olduğunda karar kılmıştı. School Without Walls'da sosyal bilimler dersleri veriyordu ve hiç evlenmemişti.

Eddie Flynn'la yaptığım telefon konuşması ise kısa ve nahoştu. Eddie, ölen kardeşinin, evini Bayan Olsen'a bırakmış olmasından dolayı kızgındı ve bana Joseph Wieder adında bir üniversite profesörüyle ilgili hiçbir şey bilmediğini söylemişti. Sonra da onunla tekrar bağlantıya geçmememi isteyerek telefonu kapamıştı.

Bir yayınevinin Wieder'in biyografisini hazırladığı ve benden de onu iyi tanıyan insanlardan erişebileceğim bilgileri toplamamı istedikleri masalını uydurarak Wieder'in eski iş arkadaşlarıyla konuştum.

Princeton'da profesörle aynı bölümde çalışmış olan Dan T. Lindbeck adında, yetmiş üç yaşındaki emekli bir profesörle görüştüm. Essex County-New Jersey'de, küçük bir ormanın içinde görkemli bir konakta yaşıyordu. Bana evde, 1863 yılında İç Savaş'ta ölmüş, Mary adında bir hayaletin olduğunu söyledi. *Ampersand*'da çalıştığım günleri hatırlayıp ona, ziyarete gittiğim hayaletli bir evi anlattım, o da anlattıklarımı eski model spiralli bir deftere not etti.

Lindbeck, Joseph Wieder'i alışılmışın dışında, itibarının son derece farkında, kendini işine tamamen adamış ama iş şahsi ilişkilere geldiğinde zor ve mesafeli biri olarak tarif ediyordu.

Wieder'in bir kitap yayınlamak üzere olduğunu da hayal meyal anımsıyordu fakat kitabı hangi yayınevinin satın aldığını çıkaramadı. Yayınevi konusunda, Wieder'le yönetim kurulu arasında bir anlaşmazlık olduğuna inanmanın güç olduğunu belirtti, ne de olsa profesör kitabını nerede isterse bastırabilirdi ve sonuçta iyi satan bir kitap zaten vakfa bir fayda sağlayacaktı. Wieder'in zamanında, bölümün özel bir araştırma programı üzerinde çalıştığına dair bir şey hatırlamıyordu.

Ancak diğer iki kişi, bana bununla çelişen bilgiler verdi. İlki, Wieder'in asistanlarından Monroe adında bir profesördü. Seksenlerin sonunda doktora tezini hazırlıyordu. Diğeri, altmışlarında bir kadın olan Susanne Johnson'dı, o da Wieder'in asistanlarındandı ve profesöre çok yakındı. Monroe halen Princeton'da ders veriyordu. Johnson, 2006'da emekli olmuş, kocası ve kızıyla Astoria-Queens'de yaşıyordu.

John L. Monroe, üzerine giydiği takım elbise kadar gri tenli, kısa boylu ve üzgün görünüşlü bir adamdı; telefondaki uzun ve ayrıntılı sorgulamasının ardından beni ofisine davet etti. Çay ya da kahve ikram etmedi ve konuşmamız boyunca bana şüpheli bakışlar atıp durdu. Yırtık kot pantolonumu gördüğündeyse belirgin bir şekilde memnuniyetsiz göründü. Ses tellerinde problem varmış gibi kısık bir sesle konuşuyordu.

Wieder'i, diğerlerinin aksine, sürekli ilgi odağı olabilmek adına başkalarının işini aşırmakta tereddüt etmeyen utanmaz, başıboş biri olarak tanımlıyordu. Monroe aynı zamanda, profesörün teorilerinin radyoda veya televizyondaki söyleşi programlarında rastlanabilecek "şok edici" açıklamalara benzeyen, cahil halka hitap eden tatsız şeyler olduğunu ve o zaman bile bilim camiasının bu teorilere ihtiyatlı bir şekilde yaklaştığını iddia ediyordu. Wieder'in ölümünden sonra nöroloji, psikoloji ve psikiyatri dünyasının başarıları, Wieder'in teorilerinin ne kadar şaibeli olduğunu ortaya koymuştu fakat bugünlerde hiç kimse bu bariz gerçeği göstermek için vaktini harcamıyordu.

Monroe'nun sözleri öylesine zehirliydi ki, dilini ısıracak olsa düşüp öleceğini düşünmeden edemedim. Wieder'e karşı zerre sevgi beslemediği ortadaydı ve profesörün hatırasına leke sürüşünü dinleyecek biri bulduğu için muhtemelen minnettardı.

Öte yandan, Wieder'in kitabını yayımlamayı planlayanları hatırlıyordu: Allman & Limpkin adında Maryland'li bir yayıneviydi. Üniversitenin yönetim kurulunda konuyla ilgili bir tartışma yaşandığını doğruladı. Wieder, kendi faydasına yayınlayacağı bir çalışma için üniversitenin kaynaklarını kullanmakla suçlanmıştı.

Monroe, kitabın neden yayınlanmadığına dair en ufak bir fikri olmadığını söyledi. Belki de Wieder, kitabı tamamlamamıştı ya da yayıncı ondan razı olmayacağı değişiklikler istemişti. Böyle şeylerde genellikle yazarın, içerikten tutun da hedef kitleye kadar proje hakkında gerekli tüm bilgileri yayınevine temin ettiğini ifade eden bir doküman olan ve "başvuru teklifi" adı verilen bir sözleşmeye bağlandığını açıkladı. Böyle bir doküman çoğunlukla kitabın iki veya üç bölümünden fazlasını kapsamazdı ve diğer bölümler her iki tarafın mutabık kaldığı daha sonraki bir tarihte teslim edilirdi. Nihai sözleşme, ancak kitabın tamamının teslim edilmesi ve yayıncının önerileri doğrultusunda revize edilmesinin ardından imzalanırdı.

Laura Baines'in adını duymamıştı ama Wieder'in kimisi öğrencilerle olmak üzere sayısız ilişki yaşayan utanmaz bir çapkın olduğunu ileri sürdü. Yönetim onun kontratını bir yıl daha uzatmayı düşünmüyordu. Herkes, Wieder'in 1988 yazında Princeton'dan ayrılacağını biliyordu ve Psikoloji Bölümü çoktan profesörün yerini alacak kişiyi aramaya başlamıştı.

* * *

Susanne Johnson'ı, Queens'de Agnanti isimli restorana, öğle yemeğine davet ettim. Restorana kararlaştırdığımız saatten erken gelip masaya oturdum ve bir kahve sipariş ettim. On dakika sonra Bayan Johnson geldiğinde onun tekerlekli iskemlede olduğunu görerek şaşırdım. Daha sonra bana belden aşağısının felçli olduğunu açıkladı. Ona, kızı Violet olarak tanıştırdığı genç bir kadın eşlik ediyordu. Violet her şeyin yolunda olduğuna emin olduktan sonra, annesini almak için bir saat sonra döneceğini söyleyerek yanımızdan ayrıldı.

Bayan Johnson, durumuna rağmen iyimser haliyle üzerimde bir parça temiz hava etkisi yaratmıştı. On yıl önce, D-Day'de[*] denizci olarak savaşmış olan babasının peşinden Normandiya'ya yaptığı bir gezi sırasında, Paris'ten kiraladığı arabayla korkunç bir kaza geçirmişti. Neyse ki, yolcu koltuğunda oturan kocası Mike, neredeyse hiç yara almadan kazayı atlatmıştı.

Bana Wieder'in asistanı olmakla kalmayıp aynı zamanda yakın dostu olduğunu söyledi. Bayan Johnson, profesörün gerçek bir dâhi olduğunu iddia ediyordu. Bir şekilde psikolojiyi seçmişti ama başka bir alana girmiş olsaydı, orada da çok başarılı olacağına emindi. Ve her gerçek dâhi gibi, kendisiyle aynı kademeye yükselemeyecek vasat insanların nefretini bir mıknatıs gibi kendi üzerine çekiyordu. Üniversitede sadece birkaç arkadaşı vardı ve farklı bahanelerle sürekli olarak taciz ediliyordu. Aynı düşmanlar, periyodik olarak Wieder'in sarhoş ya da çapkın biri olduğu gibi yersiz söylentiler üretip yayıyorlardı.

Susanne Johnson, Laura Baines'le çok kere karşılaşmıştı; profesörün onu koruyup kolladığını biliyordu fakat bir ilişki yaşamadıklarına emindi. Profesörün o dönemde, hafızayla ilgili bir kitap yazıp bitirdiğini doğruluyordu. Wieder daktilo kullanmadığı için metni daktilo eden kendisi olduğundan, kitabın ölümünden haftalar önce hazır olduğunu biliyordu, ama yayınevine teslim edilip edilmediğini veya neden basılmadığını şu âna kadar sorgulamamıştı.

Ona, Wieder'in gizli bir projede yer almasıyla alakalı bir şey bilip bilmediğini sordum. Bir süre sorumu yanıtlamakta tereddüt ettikten sonra nihayet bir şeyler bildiğini kabul etti.

"Travma sonrası stres bozukluğu yaşayan askerlerin terapileriyle ilgili bir projeye dahil olduğunu biliyorum ama tüm ha-

---

(*) İkinci Dünya Savaşı'nda, müttefik kuvvetlerince yapılan Normandiya Çıkarması' nın başladığı güne verilen ad. –çn.

tırlayabildiğim bu kadarla sınırlı. Ben üniversitede psikoloji ya da psikiyatri değil ekonomi okudum, bu nedenle dokümanları daktilo ederken bunu mekanik bir şekilde yapıyor, içerikleri üzerinde fazla düşünmüyordum. Her neyle alakalılarsa, o deneylerin sonunda Profesör Wieder'in psikolojik durumunun iyi olmadığını sizden saklamamın anlamı yok."

"O halde, ölümü ile üzerinde çalıştığı proje arasında bir bağlantı olduğunu düşünüyor musunuz?"

"Dürüst olmam gerekirse, o dönem bunu düşünmüştüm. Böyle şeyleri ancak okuduğum romanlardan veya filmlerden biliyorum tabii, ama eğer ölümü işinin bir sonucu olarak planlandıysa bir kaza veya bir soygun süsü vererek izleri kapatmaya çalışmış olabilirler. Bence, işin içinden sıyrılabilecek kadar şanslı olan bir amatör tarafından öldürüldü. Fakat sanırım, profesör ile çalıştığı kişiler arasında bir gerginlik vardı. Ölmeden yaklaşık iki ay önce, bana daktilo etmem için doküman vermemeye başladı. Muhtemelen bu insanlarla çalışmayı bırakmıştı."

Bir süre sessiz kaldı ve sonra konuşmaya devam etti. "Ben, Profesör Wieder'e âşıktım, Bay Keller. Evliydim ve mantığa aykırı gelebilir ama kocamı ve çocuklarımı seviyordum. Ona bunu hiçbir zaman söylemedim ve onun da farkında olduğunu sanmıyorum. Muhtemelen ona göre, kendisine ofis saatleri dışında da yardıma hazır, dostane bir iş arkadaşından öte biri değildim. Bir gün bana farklı bir gözle bakacağını umuyordum ama bu hiçbir zaman olmadı. Ölümünden sonra çok acı çektim ve uzun bir süre dünyanın başıma yıkıldığını düşündüm. O belki de hayatım boyunca tanıdığım en harika insandı."

Violet Johnson konuşmamızın tam bu noktasında geri geldi ve birkaç dakika bizimle oturması için yaptığım teklifi kabul etti. Üniversitede antropoloji eğitimi almıştı ama emlakçılık yapıyordu ve bana son birkaç yıldır süren ekonomik krizin ardından pazarın tekrar toparlanmaya başladığını söyledi. Olağandışı şekilde annesine benziyordu; ikisine baktığımda hayatının iki farklı dönemindeki aynı insana bakıyormuşum gibi geliyordu. Onlara, Violet'ın arabasını bıraktığı park yerine kadar eşlik ettim ve Susanne'ın bana sarılıp başarılar dilemesinin ardından ayrıldık.

***

Hemen ertesi sabah, Allman & Limpkin'in santralını aradım. Psikoloji kitaplarıyla ilgilenen dış alımlar editörüne bağlandım. Tatlı bir kadın beni dikkatle dinledikten sonra arşiv departmanının numarasını verdi. Profesör Wieder'in akademi dünyasında ünlü bir isim olduğunu, hem bu nedenle hem de özellikle o yıllarda elektronik posta diye bir şey olmadığından ve yazarlarla olan yazışmalar mektupla yapıldığından başvuru teklifinin halen arşivde tutuluyor olabileceğini söyledi.

Ancak arşiv departmanında şansım o kadar da yaver gitmedi. Bağlandığım kişi, yönetimin izni olmadan basınla konuşamayacağını söyleyerek telefonu yüzüme kapadı.

Önceden konuştuğum editörü tekrar arayıp olanları aktardım ve cevaplamaya çalıştığım soruları sıraladım: Wieder'in teklifi gerçekten var mıydı, kitabın tamamını teslim etmiş miydi ve kitap neden basılmamıştı? Tüm cazibemi ortaya koyuşum işe yaramış görünüyordu; editör, sorularımın cevaplarını bulmaya çalışacağını söyledi.

Yine de fazla umutlu değildim ama iki gün sonra posta kutuma editörden bir e-posta geldi, bana bulabildiği şeylerle ilgili bilgi veriyordu.

Wieder, ilişiğinde ilk bölümle birlikte başvuru teklifini editörüne Temmuz 1987'de göndermişti. Teklifte kitabın tamam-

161

landığını ve teslime hazır olduğunu belirtmişti. Yayınevi bir ay sonra, ağustos ayında ona bir sözleşme iletmişti. Sözleşmede, Wieder'in kasım ayında, editörle birlikte düzeltmelerin üzerinde çalışmaya başlaması şartı yer alıyordu. Fakat profesör, kasım ayında, tatil süresince metni bir kez daha gözden geçirip parlatmak istediğini söyleyerek birkaç hafta daha süre istemişti. Bu talebi kabul edilmişti ama sonra malum trajedi gerçekleşmişti. Kitabın tamamı yayınevine hiç ulaşmamıştı.

E-postanın ilişiğinde, daktilo edilmiş teklifin taranmış görselinin olduğu dosya da yer alıyordu. Neredeyse elli sayfa uzunluğundaydı. Dosyadan çıkış almaya başlayıp sayfaların birer birer yazıcının yuvasından çıkışını izledim. Ardından sayfaları gözden geçirip bir ataçla tutturarak daha sonra okumak üzere çalışma masama bıraktım.

* * *

O akşam, araştırmamla ilgili ne aşamaya geldiğimi ve nihai bir sonuca varma şansımın olup olmadığını görmek üzere bir çizelge hazırladım.

Yarım saat sonra, hazırladığım çizelgeye bakıp aslında bir labirentin içinde kaybolmuş olduğum sonucuna vardım. Richard Flynn'ın kitabının izini sürerek işe başlamış ve onu bulmamakla kalmayıp, bir de tutarlı bir resme dönüşmeyen bir olay ve insan yığınının altına gömülmüştüm. Haklarında hiçbir şey bilmediğim insanlar tarafından yıllar boyunca biriktirilmiş eşyaların gerçek anlamlarını kavrayamadan, çerçöple dolu bir tavan arasında el yordamıyla ilerliyormuş hissediyordum.

Bulduğum detayların çoğunluğu çelişkili, biçimsiz bilgilerden oluşan bir heyelan gibiydi, sanki o zamanın karakterleri ve olayları gerçeği bana açıklamamakta inat ediyorlardı. Dahası, araştırmama başladığım sırada ana karakter, kitabın yazarı Richard Flynn iken, zaman ilerledikçe saygıdeğer profesör Joseph Wieder karakteri –tüm kariyeri boyunca olduğu gibi– bir yıldız olarak sahnenin önüne çıkabilsin diye görüntüden kaybolmaya başlamış, bir fon olarak kalmıştı; zavallı Flynn önemsiz bir yardımcı role indirgenerek karanlık bir köşeye itilmişti.

Flynn'ın kitabındaki Laura Baines'le Columbia Üniversitesi Tıp Merkezi'nde tanıştığım kadın arasında bir bağ kurmaya çalıştım ama bunu yapamıyordum. Sanki biri gerçek, biri hayali iki farklı görüntü vardı ve onları birbiriyle eşleştirmek olanaksız görünüyordu.

Kitapta tanıdığım Flynn –hayat dolu, yazar olmayı hayal eden ve hikâyeleri henüz yayınlanmış genç bir öğrenci– ile Danna Olsen'la mütevazı bir dairede sıkıcı bir hayat süren, toplumdan uzak, yalnız adamı, hayalleri çalınmış bir misantropu karşılaştırmaya çalıştım. Ve ölmekte olan bu adamın, neden hayatının son aylarını kendisiyle birlikte mezara götüreceği bir kitap yazarak geçirdiğini anlamaya gayret ettim.

Kimileri tarafından bir dâhi, kimileri tarafından da bilinmeyen bir suçluluk hissi içindeymiş gibi hayaletleriyle birlikte kocaman, soğuk bir eve kapanmış bir sahtekâr olarak tanımlanan Wieder'i hayalimde canlandırmaya çalıştım. Wieder, ardında kayıp bir kitabın gizemini bırakmıştı ve kaderin bir cilvesi olarak neredeyse otuz yıl sonra Richard Flynn'ın başına gelen de aynısıydı. Kayıp bir kitap taslağını arayarak yola çıkmıştım, ona ulaşamamış fakat kendimi başka bir kayıp kitabın izinde bocalarken bulmuştum.

Araştırmamın geçmişten taşıyıp getirdiği karakterler arasında bir tutarlılık kurmaya çalıştım ama bu karakterler, başını, sonunu ve manasını kavrayamadığım bir hikâyenin içinde oradan oraya savrulan, belirsiz hatlara sahip gölgelerden ibarettiler. Karşımda bir bulmaca vardı ama parçaları birbiriyle uyumsuzdu.

Sayıca bol ve çelişkili bilgilerle geçmişi kazıdıkça şimdiki zaman bana bir o kadar önemli görünmeye başlamıştı. Sanki bir tünele doğru inmeye başlamıştım ve başımın üzerinde gitgide küçülen ışık, hayati bir unsur olarak bana tekrar yüzeye çıkmamı hatırlatıyordu, çünkü oradan gelmiştim ve er ya da geç oraya geri dönmem gerekiyordu.

Hemen hemen her gün Sam'le telefonda konuşuyordum, bana iyileşmeye başladığını söylüyordu. Onu gittikçe daha çok özlediğimi fark ediyordum. Etrafımdaki gölgelerin ne kadar yanıltıcı oldukları ortaya çıktıkça, ilişkimiz gözüme o derece gerçek görünüyor ve daha önceden var olmayan ya da benim kabullenemediğim bir tutarlılık kazanıyordu.

İşte bu nedenle, sonrasında gerçekleşenler bende gerçek bir şok etkisi yarattı.

Zamanında Wieder davasında görev yapmış emekli polis dedektiflerinden Roy Freeman'la buluşmak üzere tam evden çıkacağım sırada telefonum çaldı. Arayan Sam'di ve hiçbir girizgâh yapmaya gerek görmeden benden ayrılmak istediğini söyledi. Üstelik, kullandığı "ayrılmak" kelimesi muhtemelen doğru bir ifade değildi, ne de olsa bizim "ciddi" bir ilişki yaşamayan, şartsız koşulsuz arkadaşlar olduğumuzu düşünüyordu.

Bana evlenip çocuk sahibi olmak istediğini söyledi; bir süredir peşinden koşan bir herif vardı, onun için uygun bir hayat arkadaşı olabilecek biri gibi görünüyordu.

Bütün bunları, başarısız bir adayın yerine role daha uygun bir aktörün olduğuna dair yönetmeni bilgilendiriyormuş gibi bir tonlamayla anlatıyordu.

Beni o iş arkadaşıyla aldatıp aldatmadığını merak ettim ama sonra bunun anlamsız bir soru olduğunu düşündüm: Sam, bir karar almadan önce elindeki bütün seçenekleri iyiden iyiye değerlendirecek türde bir insandı.

Hasta yatağında geçirdiği günleri gerçekte ne istediğini düşünmek üzere kullandığını bana açıklarken, bu adamla olan ilişkisinin bir süredir devam ediyor olabileceğini biliyordum. "Bağlayıcı olmayan hafif bir ilişki istediğini söyleyen sendin," dedim. "Ben de senin bu arzuna saygı gösterdim ama bu benim daha fazlasını istemediğim anlamına gelmez."

"O halde, bunu bana neden şimdiye kadar söylemedin? Seni durduran neydi?"

"Söylemek üzereydim belki de."

"John, birbirimizi gayet iyi tanıyoruz. Sen de bütün diğer erkekler gibisin; bir kadının senin için anlamını, ancak onu kaybettiğin anda fark ediyorsun. Biz beraberken bir gün benden daha genç bir kadınla tanışıp onunla kaçacağına dair korkularım olduğunu biliyor muydun? Sanki ilişkimizin sır olarak kalmasını istiyormuş gibi, beni arkadaşlarınla veya ailenle tanıştırmadığında ne kadar kırıldığımı biliyor muydun? Ben de, senin için ara sıra sevişmek istediğin, senden yaşça büyük bir kadından başka bir şey olmadığımı düşündüm."

"Benim ailem Florida'da, Sam. Arkadaşlarıma gelince, onları pek seveceğini sanmıyorum: *Post*'tan birkaç herifle üniversitedeyken tanıştığım ve şu anda aşırı kilolu olan, birkaç kadehten sonra karılarını nasıl aldattıklarını anlatan iki-üç kişi."

"Prensip gereği demek istiyorum."

"Ben de gerçekte durumun ne olduğunu söylüyorum."

"Birbirimizi suçlama oyununa başlamanın bir anlamı olduğunu sanmıyorum. Bir ilişkiyi bitirmenin en çirkin tarafı budur, bütün hayal kırıklıklarını hatırlar ve çamur atmaya başlarsın."

"Ben seni suçlamıyordum, gerçekten."

"Pekâlâ, üzgünüm. Ben sadece..."

Öksürdüğünü işittim.

"İyi misin?"

"Bana öksürükten ancak iki-üç haftaya kurtulacağımı söylediler. Şimdi kapatmam lazım. Belki yakında görüşürüz. Lütfen kendine dikkat et."

Ona, yüz yüze konuşmak üzere hemen buluşmayı teklif edecektim ama buna fırsatım olmadı. Telefonu kapadı ve ben de elimde ne aradığını anlamazmış gibi birkaç saniye telefonuma baktıktan sonra aynısını yaptım.

Roy Freeman'la buluşacağım yere doğru yürürken, bütün bu araştırma işinin mümkün olduğunca çabuk bitmesini istediğimi fark ettim.

Kendimi bu kadar kaptırmamış olsaydım ve dedektifçilik oynamaya kalkmasaydım, Sam'le ilişkime doğru yaklaşmakta olan fırtınanın işaretlerini önceden görebileceğimi biliyordum. Nedenini açıklayamasam da, bu ayrılma kararı benim için bardağı taşıran son damla olmuştu.

Batıl inançları olan biri değildim ama Richard Flynn'ın mumyanın laneti türünden bir sırrı gizlediğine dair belirgin bir hissim vardı. Peter'ı arayıp ona işi bırakmak istediğimi söylemeye kararlıydım, çünkü Profesör Joseph Wieder, Laura Baines ve Richard Flynn'ın birlikte oldukları gece neler olduğunu asla tam olarak öğrenemeyeceğim kesindi.

Yedi

Roy Freeman, Bergen County'de, köprünün üzerinde oturuyordu ama şehirde halletmesi gereken bir işi olduğunu söylediğinden 36. Batı Caddesi'nde bir restorana rezervasyon yaptırmıştım.

Uzun boylu ve zayıf bir adamdı; baş kahramanı, kötü adamlarla yaptığı savaşta destekleyen, tecrübeli polis rollerine has bir görüntü sergileyen ve –filmin ancak bir-iki yerinde konuştuğundan nedenini tam kavrayamasanız da– güvenilir biri olduğu izlenimini veren bir adamdı.

Saçları neredeyse tamamen kırlaşmıştı, bakımlı sakalı da öyle. Kendini tanıştırıp konuşmaya başladı. Bana, karısı Diana'yla neredeyse yirmi yıl evli kaldığını anlattı. Pek fazla görmediği oğlunun adı Tony'ydi. Seksenlerin sonundaki boşanmalarının ardından eski karısı ve oğlu Seattle'a taşınmışlardı. Oğlu üniversiteden mezun olmuştu ve yerel radyolardan birinde haber spikerliği yapıyordu.

Freeman, kendisini işine fazla kaptırdığı ve çok içki içtiği için ayrılmalarında yüzde yüz kendisinin suçlu olduğunu belirtmekte tereddüt etmedi. 1969'da, akademiden sonra teşkilata katılan New Jersey'deki ilk polis dedektiflerindendi ve bu yüzden –bir de Afrikalı-Amerikalı olduğu için– departmanındaki diğer adamlar onu kıskanıyordu. Yetmişlerin ortasında, teşkilatta ırkçılığın kökünün kazındığını söyleyenlerin yanıldığının altını çizdi. Elbette, filmlerde yargıçları, savcıları, üniversite profesörlerini ve polis şeflerini siyahi aktörler oynamaya başlamıştı ama gerçekler farklıydı. Ne var ki, maaşlar iyiydi –bir devriye memuru o dönemlerde yılda yirmi bin dolar kazanıyordu– ve o, çocukluğundan beri daima polis olmayı hayal etmişti.

Bana, Batı Windsor İlçe Polis Müdürlüğü'nde, seksenlerin başında, çoğu kırk yaşlarında olmak üzere en az on beş polis memuru olduğunu anlattı. Son dönemlerde atanan sadece tek bir kadın memur vardı ve İspanyol kökenli memur José Mendez haricinde hepsi beyazdı. New Jersey ve New York için tatsız bir dönemdi: Kokain yaygınlaşmaya başlamıştı ve Princeton da bu salgının en şiddetli olduğu yerlerden biriydi; polislerin hayatı orada da kolay değildi. Freeman, Princeton Polis Merkezi'nde on yıl çalışmıştı ve 1979'da, sadece birkaç yıl önce kurulmuş olan Batı Windsor-Mercer County'ye tayin olmuştu.

Benimle konuştuğuna mutluydu; emekliliğinden bu yana oldukça izole bir hayat yaşadığını itiraf etti, bu fazla yakını olmayan yaşlı bir polis için sık rastlanan bir durumdu.

"Bu davayla neden ilgileniyorsun, John?" diye sordu bana.

Birbirimize ilk adımızla hitap etmeyi önermişti. Nedenini tam olarak bilemesem de ses tonunda ve dış görünüşünde bir parça gözümü korkutan bir şeyler vardı ama buna rağmen ona bütün gerçeği tüm açıklığıyla aktardım. Hayali biyografilerle ilgili hikâyeler ve herkesi kapsayan çözülmemiş cinayet öyküleri uydurmaktan usanmıştım ve karşımdaki adamın –beni hiç tanı-

168

madığı halde benimle buluşmayı kabul edecek ve hayatıyla ilgili ayrıntıları paylaşacak kadar kibar biriydi– samimiyetimi hak ettiğini düşündüm.

Böylelikle ona, Richard Flynn'ın o dönem hakkında bir kitap yazdığını ve onu bir yayın temsilcisine gönderdiğini, fakat kitabın geri kalanının hiçbir yerde bulunamadığını anlattım. Bu davayı, söz konusu temsilci tarafından gerçekleri tekrar kaleme almak niyetiyle görevlendirildiğim için araştırıyordum. Çok sayıda insanla görüşmüştüm fakat şimdiye kadar somut bir şeyler elde edememiş, hatta durumu tam anlamıyla kavrayamamıştım.

Yanında getirdiği solgun renkli ve büyükçe zarfı işaret etti.

"Ofise uğrayıp senin için birkaç kopya hazırladım," dedi. "Doksanların başına kadar kayıtlarımızı bilgisayara geçirmiyorduk, bu nedenle arşivdeki kolileri didik didik etmek zorunda kaldım. Hiçbiri gizli belge olmadığından kolay oldu. Kâğıtları yanına alıp oku." Ben de zarfı alıp çantama yerleştirdim.

Ardından, olayla ilgili hatırladıklarını aktardı: adli tıpla birlikte Wieder'in evine gidişini, basında esen fırtınaları ve mantıklı bir teori oluşturacak makul ipuçları bulamadıklarını.

"O davada yerine oturmayan bir sürü şey vardı," dedi. "Profesörün oldukça düzgün bir hayatı vardı; uyuşturucu kullanmıyor, fahişelerle takılmıyordu, kötü yerlerde de dolanmıyordu. Son dönemde kimseyle takışmamıştı, iyi bir çevrede yaşıyordu ve komşuları da birbirlerini uzun zamandır tanıyan akademik tiplerden veya kodamanlardan oluşuyordu, düzgün insanlardı yani. Ve sonra birden, adam kendi evinde dövülerek öldürüldü. Evde bir dolu değerli eşya vardı ama hiçbir şey kayıp değildi, nakit parası ve mücevherleri bile. Ama birilerinin evi karıştırmış olduğunu hatırlıyorum. Çekmeceler açılmış, kâğıtlar yerlere saçılmıştı. Fakat bulabildiğimiz parmak izleri tanıdık insanlara aitti: Profesörün kütüphanesiyle ilgilenen çocuk ve yedek anahtarı olup sık sık oraya gidip gelen görevli."

"Yerdeki şu kâğıtlar," dedim. "Onlardan bazıları potansiyel kanıt olarak incelendi mi?"

"O tür detayları hatırlamıyorum... Her tür detayı o fotokopilerin içinde bulabilirsin. Ama evde kimsenin şifresini bilmediği küçük bir kasa bulduğumuzu hatırlıyorum, demirci ustası çağırmak zorunda kalmıştık. Onu kırıp açmıştı ama tek bulabildiğimiz biraz nakit para, bazı belgeler, fotoğraflar ve o türden şeylerdi. Davayla bağlantılı bir şey yoktu."

"Profesör, kitaplarından birini yazmayı henüz bitirmişti ama kitabın taslağı ortadan kaybolmuş gibi görünüyor."

"Eşyalarıyla kız kardeşi ilgilenmişti. Birkaç gün sonra Avrupa'dan geldi. Onu çok iyi hatırlıyorum. Film yıldızı gibi bir şeydi. Çok havalıydı, üzerinde pahalı bir kürk manto vardı ve bir sürü mücevher takmıştı; yabancı bir aksanla konuşuyordu. Görülmeye değerdi, öyle söyleyeyim. Ona birkaç soru sorduk fakat o, kardeşinin ve kendisinin pek yakın olmadıklarını ve hayatı hakkında bir şey bilmediğini söylemekle yetindi."

"Adı Inge Rossi," dedim. "Uzun zamandır İtalya'da yaşıyor."

"Olabilir... Muhtemelen bahsettiğin taslak ondadır ya da belki başkası almıştır. Biz birkaç gün içinde orayı boşaltmıştık. Kız kardeşi herhangi bir şeyin kayıp olduğuna dair bir ihbarda bulunmadı, gerçi kardeşinin evinde neler bulunduğu hakkında fazla bilgisi olduğundan şüpheliyim. Sana da dediğim gibi, son yirmi yıldır birbirlerini hiç ziyaret etmediklerini söylemişti. İşleri mümkün olduğunca çabuk tamamlayıp cenazeden sonra geri dönmek için acele ediyordu."

"Martin Luther Kennet adında genç bir çocuğun şüphelilerden biri olduğunu biliyorum, daha sonra yaşlı bir çifti öldürmekten hüküm giydi."

"Easton'lar, doğru, dehşet verici bir cinayetti... Kennet müebbet yedi ve hâlâ Rikers Island'da yatıyor. Ama profesör cinayetinden suçlanmadı..."

"Evet, biliyorum ama bir süre Wieder davasında birinci derece şüpheli olarak muamele görmüştü, değil mi?"

Omuzlarını silkti. "Bazen nasıldır bilirsin... Wieder meşhur biriydi, basın hikâyenin üzerine atlamıştı, bir ara ulusal mesele haline bile geldi; o nedenle de davayı mümkün olduğunca çabuk çözmek için üzerimizde baskı vardı. Aynı zamanda Şerif Bürosu'yla birlikte çalışmıştık ve Mercer County Savcılık Bürosu da Cinayet Masası'ndan bir dedektif tayin etmişti. Ivan Francis adındaki o adam, güçlü politik desteği olan ve basamakları hızlı tırmanan bir herifti, ne dediğimi anlıyorsundur. Biz yerel polisler çerezdik, bu yüzden o herif ve savcı ipleri elinde tutuyordu.

"İfade etmekten o zaman da çekinmemiştim: Bana göre, Kennet denen çocuğun ne Easton cinayetiyle ne de Wieder davasıyla alakası vardı ve bunda son derece ciddiyim. Senin de dediğin gibi, savcı onu Wieder davasının da birinci dereceden şüphelisi yapmaya çalıştı, böylelikle diğer ihtimallerin tümü terk edildi. Ama bu çok aptalcaydı ve hepimiz de bunu biliyorduk. O çocuk çok zeki bir tip olmayabilirdi ama kurbanlarından çaldığı taşları suç mahallinden birkaç kilometre ilerideki bir tefeciye satmaya çalışacak kadar da budala değildi. Neden New York veya Philly'ye gitmeyi denemedi? Küçük çaplı bir satıcıydı o, doğru, ama öncesinde bir şiddet suçundan mahkûmiyeti yoktu. Ayrıca profesörün öldürüldüğü gece başka yerde olduğuna dair tanığı da vardı, bu nedenle Wieder davasının faili olarak değerlendirilmemeliydi."

"Gazetelerde bununla ilgili bir şeyler okudum ama buna emin misin?"

171

"Tamamen sana anlattığım gibi oldu, bir atari salonundaydı. O zamanlar güvenlik kameraları yoktu ama iki-üç kişi, cinayetin işlendiği zaman diliminde orada olduğunu doğruladı. Ardından Ivan Francis gidip onlarla görüştü ve baştaki ifadelerini değiştirdiler. Buna ek olarak, Kennet'ın avukatı, kimseyle tartışmaya girmek istemeyen geri zekâlının tekiydi. Anlıyor musun?"

"Richard Flynn ihtimalinden bu nedenle mi çabucak vazgeçildi?"

"Evet, doğru, o da şüphelilerden biriydi. Ve o ihtimalden, senin dediğin gibi 'çabucak' vazgeçilmedi. Bütün ayrıntıları hatırlayamıyorum ama bence profesörü canlı görmek isteyecek son kişi oydu, bu yüzden onu birkaç kez sorguya aldık ama herhangi bir açığını yakalayamadık. O gece orada olduğunu kabul etti ama cinayet saatinden iki ya da üç saat önce oradan ayrıldığını iddia ediyordu. Şu kitapta itiraf ettiği bir şeyler var mı?"

"Dediğim gibi, taslağın çoğu kayıp, bu nedenle hikâyede nereye varacağını bilemiyorum. O dönem bilmediğiniz bir şey de, diğer görgü tanıkları Richard Flynn ve Derek Simmons'ın, o akşam orada olması muhtemel olan Laura Baines adındaki kız öğrenciyle ilgili ağızlarını sıkı tutmuş olmaları. Tamirat işleriyle uğraşan görevli bana onun ve Flynn'ın o akşam profesörle görüşüp bir de kavgaya tutuştuklarını söyledi."

Gülümsedi. "Bir polisi asla hafife alma, John. İnsanların bizim, sadece çörek kemiren ve pantolonlarının içindekini bile bulacak becerisi olmayan geri zekâlılar olduğumuzu düşündüklerini biliyorum. Biz profesörle aşk yaşayan o kızla ilgili her şeyi elbette biliyorduk, ama sonuçta hiçbir şey kanıtlanamadı. Onunla görüştüm ama hatırladığım kadarıyla, o akşam için bir tanığı vardı, bu yüzden suç mahallinde olamazdı; o da ayrı bir açmaz olarak kaldı."

172

"Ama şu herif, tamirci olan..."

"Tamircinin ifadesine gelince... ah... neydi adı?"

"Simmons... Derek Simmons."

Aniden konuşmayı bırakıp gözlerini kısa bir süre boşluğa dikti. Sonra cebinden küçük bir ilaç şişesi çıkardı ve açıp içinden yeşil bir hap alarak bir yudum suyla birlikte içti. Mahcup olmuş görünüyordu.

"Kusura bakma... Şey, evet, adı Derek Simmons'tı, doğru. Ne ifade verdiğini hatırlamıyorum ama onun ifadesiyle hareket edemezdik. Adam hastaydı, amnezisi vardı ve kafasındaki tahtaların hepsi yerli yerinde sayılmazdı, bilmem anlatabiliyor muyum? Fakat sonuçta dedikoduların haricinde profesörle o kızın sevgili olduklarına dair bir kanıt yoktu ve kızın cinayet sırasında başka yerde olduğuna dair güçlü kanıtları vardı."

"Tanığının kim olduğunu hatırlıyor musun?"

"Hepsi sana verdiğim kâğıtlarda yazılı. Sanırım, okuldan arkadaşı olan bir kızdı."

"Sarah Harper mı?"

"Dediğim gibi, detayları anımsamıyorum ama bütün isimleri belgelerde bulacaksın."

"Laura Baines'in bir erkek arkadaşı vardı, Timothy Sanders. Kız arkadaşının profesörle bir ilişki yaşadığını düşünüp kıskanmış olabilir. Kimse onu sorguya çekti mi?"

"Söylediğim gibi, Laura Baines bir şüpheli değildi, o yüzden erkek arkadaşını neden sorguya alacaktık ki? Neden, o çocukla alakalı bir şey mi buldun?"

"Davayla ilgili bir şey bulmadım. Uzun yıllar önce DC'de vurularak öldürülmüş. Cinayetle sonlanan bir soygun olduğunu söylediler."

"Bunu duyduğuma üzüldüm."

Yemeğimizi bitirmiştik, kahve ısmarladık. Freeman, sanki konuşmamız enerjisini bitirmiş gibi yorgun ve dalgın görünüyordu.

"Ama Flynn neden resmî olarak suçlanmadı?" diye devam ettim.

"Hatırlamıyorum ama bence Francis gibi bir kelle avcısının onu jüri karşısına çıkarmamak için iyi nedenleri vardı. Herif temiz bir sicile sahip, kendi halinde, iyi bir öğrenciydi. Hatırladığım kadarıyla, uyuşturucu kullanmıyor ya da aşırı derecede alkol almıyordu, saldırgan değildi, o nedenle potansiyel katil profiline uymuyordu. Ah, evet, ayrıca yalan makinesinden de geçti, bunu biliyor muydun? Böyle insanlar, yoğun bir duygusal baskı içerisinde değillerse birden dışarı çıkıp cinayet işlemezler. Bazı insanlar, kendi canlarını korumak pahasına dahi olsa birini öldürmeye eğilimli değillerdir. Birkaç yıl önce, Dünya Savaşı'ndaki askerlerin Almanlar veya Japonlar yerine havaya ateş ettikleri sonucuna varan bir çalışma okumuştum. Bir insanı beyzbol sopasıyla döverek öldürmek son derece zor bir şey, filmlerdeki gibi değil. Karşındaki adamın, kızına tecavüz ettiğini düşünüyor olsan bile. Bu adamın aradığımız kişi olduğunu sanmıyorum."

"Roy, sence bunu bir kadın yapmış olabilir mi? Fiziksel olarak yani."

Birkaç saniye düşündü.

"Bir herifin kafasını beyzbol sopasıyla parçalamayı mı? Sanmıyorum. Cinayet işleyen kadınların sayısı erkeklerden çok daha azdır ve hemen hemen hiçbir zaman böyle vahşi cinayetler işlemezler. Kadınlar cinayet işlerken zehir ya da kansız metotlar kullanırlar. Belki en fazla bir tabanca. Öte yandan, adli tıpta şablonlar vardır ama kesinlik yoktur, bu yüzden bir dedektif hiçbir hipotezi atlamamalıdır. Hatırladığım kadarıyla, Wieder güçlü ve zinde bir adamdı ve gerekirse mücadele edebilecek kadar da gençti. Evet, cinayet işlenmeden önce alkol almıştı. Alkolün miktarı, bir kurbanın saldırı sırasındaki durumu hakkında birçok şey söyleyebilir ama her şeyi değil. Aynı miktarda alkol alan bir insan bir gün normal reflekslere sahipken bir başka gün kendisini savunamayacak halde olabilir. Ve bu kişiden kişiye değişir."

"Simmons şüpheli olarak değerlendirilmiş miydi?"

"Simmons da kim? Ah, pardon, tamirciyi diyorsun, bir tahtası eksik olan herif..."

"Evet. Geçmişte karısını öldürmekten suçlanmış ama akıl sağlığının yerinde olmaması sebebiyle suçlu bulunmamış. Neden bir şüpheli değildi?"

"Bizimle sıkı işbirliği yapmıştı ve cinayet sırasında başka yerde olduğuna dair tanığı vardı, o nedenle yalnızca başlarda, kurbanla bir şekilde bağlantısı olan herkes gibi potansiyel şüpheli olarak görüldü. Birkaç kere sorguya alınmıştı ama zararsız görünüyordu, biz de o ihtimalin peşini bıraktık."

* * *

Trenle gelmişti, onu New Jersey'deki evine kadar arabayla bıraktım. Yolda bana, o zamanlar bir polisin hayatının nasıl olduğunu anlattı. Paralı yoldan fazla uzak olmayan bir toprak yolun sonunda, çam ağaçlarıyla çevrili, tek katlı eski bir evde yaşıyordu. Yanından ayrılmadan önce benden araştırmayla ilgili gelişmelerden kendisini de haberdar etmemi istedi, ben de ilginç bir şeyler bulur bulmaz haber vereceğime dair söz verdim. Fakat araştırmayı tamamen bırakacağımı biliyordum.

Yine de, akşamleyin bana getirdiği kâğıtları okudum fakat halihazırda bildiklerimden fazlasını öğrenemedim.

Richard üç kez sorguya alınmıştı ve her seferinde de direkt ve net cevaplar vermişti. Ve Freeman'ın da dediği gibi, yalan makinesine girmeye razı olmuş ve testi geçmişti.

Laura Baines'in ismi, Wieder'in tanıdıkları ve bağlantılarıyla ilgili genel raporda ve sadece bir kere geçiyordu. Şüpheli veya tanık olarak mahkemeye çağrılmamış ve sadece bir kez sorguya alınmıştı. Görünüşe göre, o akşam olay yerinde olabileceği, evden saat akşam dokuz sularında, Richard geldiğinde ayrıldığı şüpheleri doğmuştu. Fakat Richard ve Laura, her ikisi de bunu inkâr etmişti. Flynn ve profesör birlikte içki içmişlerdi ve Flynn, Laura'nın yanlarında olmadığını söylemişti.

Ardından, internette biraz daha araştırma yaptıktan sonra, beynim iyice bulanmış halde Sam'i düşündüm: bana tebessüm edişini, gözlerinin değişen rengini ve sol omzundaki doğum lekesini... Onunla ilgili hatıralar fazla acı verici olduğundan, giderek yavaş yavaş silinmeye başladıklarına dair tuhaf bir hisse kapıldım.

Neredeyse sabaha kadar uyuyamadım. Görülen milyonlarca rüyanın ve hikâyenin bir araya gelerek oluşturduğu, her an patlamaya hazır dev bir topun yavaşça gökyüzüne yükseldiği şehrin derin nefes alıp verişlerini duyabiliyordum.

* * *

Önceki birkaç hafta boyunca, birçok kez Sarah Harper'a ulaşmaya çalışmıştım. Nihayet, Freeman'la buluşmamızın ertesi günü tam Peter'a telefon edip bütün araştırmayı sonlandırmaya hazırlanırken beni aradı. Harper'ın güzel bir sesi vardı, mümkün olduğunca çabuk benimle görüşmek istiyordu, çünkü bir süreliğine şehirden ayrılacaktı. Birkaç hafta önce Harry Miller'la konuştuğunu hatırlıyordu ve benim kendisinden ne istediğimi öğrenmek arzusundaydı.

Dürüst olmak gerekirse, onunla buluşmaya istekli değildim. O âna dek bana çelişkili hikâyeler anlatan çok fazla insanla görüşmüştüm ve Sam'le olan ayrılığım, onca yıl evvel gerçekleşmiş, ilgimi ve merakımı kaybettiğim bir şeye odaklanmama müsaade etmeyecek derecede büyük bir şoktu. Olaylar birdenbire, içimde hiçbir coşku kıpırtısı yaratmayan, çocuk kitaplarındaki iki boyutlu çizimlere benzeyen ve derinliği olmayan resimler halini almıştı. Muhtemelen bir çizgi kokain daha alabilmek için hızlı bir ödeme karşılığında bana yalanlardan oluşan başka bir derleme sunmaya hazırlanan bir keşle görüşmek için Bronx'a kadar onca yolu tepmeye hevesli değildim.

Fakat benimle buluşmak için şehre gelmeyi önerdi ve ben de kabul ettim. Ona köşedeki kafenin adresini verdiğimde bir saat içinde orada olacağını ve kendisini yeşil valizinden tanıyabileceğimi söyledi.

Ben kahvemi içerken on dakika gecikmeli olarak kafeye vardı. Ona el salladığımda yanıma gelip elimi sıktı ve masaya oturdu.

Tahmin ettiğimden çok farklı görünüyordu. Kısa boylu ve çelimsizdi, neredeyse bir ergeninkini andıran bir vücudu ve kayısı rengi saçlarıyla uyumlu, çok beyaz bir teni vardı. Giyimi sadeydi, kot pantolon, uzun kollu bir tişört ve eskitilmiş kot ceket giymişti; oldukça derli toplu görünüyor, hoş ve pahalı bir parfüm kokusu yayıyordu. Ona bir içki ısmarlamayı teklif ettim ama son tedavisinin ardından bir yıldır içki içmediğini söyledi. O zamandan beri uyuşturucu da kullanmadığını belirtti. Yanındaki sandalyeye koyduğu valizini işaret ederek, "Telefonda da söylediğim gibi, bir süreliğine gidiyorum," diye ekledi. "Ondan önce sizinle konuşmamın iyi olacağını düşündüm."

"Nereye gidiyorsunuz?"

"Erkek arkadaşımla birlikte Maine'e gidiyoruz. Bir adada kalacağız. Doğal yaşam sığınaklarının bakımını üstlenen bir kuruluştan iş teklifi aldı. Ben de uzun zamandır böyle bir şey yapmayı bekliyordum ama öncesinde iyi ve hazır olduğumdan emin olmak istiyordum, bilmem anlatabiliyor muyum. New York'u özleyeceğim. Neredeyse tüm hayatım burada geçti, ama yeni bir başlangıç iyidir, öyle değil mi?"

Henüz tanışmış olmamıza rağmen benimle konuşurken rahat görünüyordu ve ben onun hâlâ Adsız Alkolikler gibi bir destek grubuna devam ettiğini düşündüm. Yüzünde neredeyse hiç kırışık yoktu fakat turkuvaz rengi gözlerinin etrafında derin halkalar vardı.

"Benimle konuşmayı kabul ettiğiniz için teşekkür ederim," dedim, sonra ona kısaca Richard Flynn'ın kitabından ve 1987'nin sonundaki olaylarla ilgili araştırmamdan bahsettim. "Başlamadan önce sizi bir konuda uyarmam gerekir. Çalıştığım firmanın bu tür bir araştırmayla ilgili büyük bir bütçesi var ve ve..."

Elini sallayarak sözümü kesti. "Miller denen o kişinin size ne söylediğini bilmiyorum ama sizin paranıza ihtiyacım yok. Son zamanlarda biraz nakit para biriktirme şansım oldu ve gideceğim yerde çoğuna ihtiyacım olmayacak. Ben sizinle konuşmayı farklı bir sebepten kabul ettim. Laura Baines'le –ya da şimdi kendisine verdiği isimle Laura Westlake'le– alakası var. Onun hakkında bazı şeyleri bilmeniz gerektiğini düşündüm."

"Ben bir kahve daha alacağım," dedim. "Siz de ister misiniz?"

"Kafeinsiz bir kahve iyi olur, teşekkürler."

Barın olduğu tarafa gidip kahvelerimizi ısmarladıktan sonra masaya geri döndüm. Cuma öğleden sonraydı ve kafe, gürültücü insanlarla dolmaya başlamıştı.

"Laura Baines'ten bahsediyordunuz," dedim.

178

"Onu ne kadar tanıyorsunuz?"

"Pek tanımıyorum. Yarım saatlik bir görüşmemiz oldu ve telefonda da birkaç dakika konuştuk, hepsi o."

"Peki, sizde nasıl bir izlenim bıraktı?"

"Açık konuşmak gerekirse, pek de iyi bir izlenim bıraktığını söyleyemem. O dönem olanları sorduğumda bana yalan söylediği hissine kapıldım. Benimki sadece bir histi ama bir şeyler sakladığını düşünüyorum."

"Laura ve ben yakın arkadaştık, erkek arkadaşının yanına taşınana kadar bir süre aynı evde yaşadık. Her ne kadar Midwest'li olsa da, Laura özgür ruhlu ve son derece kültürlüydü, onu sadece erkeklere değil kızlara da çekici hale getiren bir cazibesi vardı. Hemen arkadaş edinirdi, her partiye davet edilirdi ve profesörlerin de dikkatini çeken biriydi. Sınıfımızın en popüler kızıydı."

"Wieder'le ilişkisi neydi tam olarak? Bununla ilgili bir şey biliyor musunuz? Bazı insanlar bana onların bir ilişki yaşadıklarını söyledi ve Richard Flynn da kitabında aynısını ima ediyor. Fakat o, aralarında romantik bir şey olduğunu inkâr etti."

Dudaklarını ısırarak birkaç saniye düşündü.

"Nasıl net ifade edebileceğimi düşünüyorum... Aralarında fiziksel bir şey olduğunu sanmıyorum ama birbirlerine önem veriyorlardı. Profesör genç kızlarla ilgilenen biri gibi görünmüyordu. Sadece öyle bir havası vardı. Hepimiz ona hayranlık besler ve onu severdik. Dersleri muhteşemdi. Müthiş bir espri anlayışı vardı, neyden bahsettiğini gerçekten bildiği izlenimini verirdi ve karşılığında para kazandığı bir iş yapmanın ötesinde gerçek anlamda bir şeyler öğrenmemizi isterdi. Size bir örnek vereyim. Bir keresinde, sonbahar havai fişekleri atılırken —o zamanlar bir sürü aptalca ritüel yapılırdı ve belki de bazıları hâlâ yapılıyordur– neredeyse sınıfın hepsi ve birkaç profesörle birlikte Sanat Müzesi'nin önündeki alana gitmiş, gösterinin başlaması için karanlığın çökmesini bekliyorduk. Yarım saat içinde hemen hemen bütün öğrenciler bir grup olup Wieder'in etrafını sarmışlardı, halbuki o konuşmuyordu bile."

"Meslektaşlarından bazıları çapkının teki olduğunu ve çok fazla içki içtiğini söyledi."

"Ben öyle düşünmüyorum, Laura bana böyle bir şeyden hiç bahsetmedi. Bunun sadece dedikodudan ibaret olduğuna inanmayı tercih ederim. Zaten o dönem Laura'nın bir erkek arkadaşı vardı..."

"Timothy Sanders mı?"

"Evet, sanırım adı oydu. İsim hafızam iyi değildir ama sanırım haklısınız. Laura onu gerçekten seviyor gibiydi, tabii eğer birilerini sevme becerisine sahipse. Fakat bu çocukla veya Wieder'le ilişkisi bir yana, Laura beni gitgide daha fazla korkutan farklı bir yüzünü göstermeye başlamıştı."

"Neyi kastediyorsunuz?" diye sordum.

"O son derece... son derece acımasızdı. Acımasız şekilde kararlıydı ama aynı zamanda hesapçıydı. O yaştayken, hemen hiçbirimiz –yani öğrenciler– hayatı fazla ciddiye almazdık. Mesela, erkek arkadaşımla flört etmek gelecekteki kariyerimden daha önemliydi benim için. Ivır zıvır şeyler satın almak veya sinemaya gitmek gibi önemsiz şeyler için bir sürü zaman harcardım; geceleri geç saate kadar uyumayıp arkadaşlarımla saçma sapan şeyler konuşurdum.

"Ama Laura farklıydı. Bir keresinde bana, o âna kadar aldığı ödüllerin LA Olimpiyatları için takımda bir yer edinmesini garanti etmeyeceğini, dört yıl sonra takıma seçilme şansını yakalamak için fazla yaşlı olacağını fark ederek on sekiz yaşındayken atletizmi bıraktığını söylemişti. Birinin diğeriyle ne alakası olduğunu sorduğumda soruma şaşırmış ve, 'Eğer en iyisi olduğunu kanıtlama fırsatın olmayacaksa o kadar sıkı çalışmanın ne anlamı var ki?' demişti. Dediğimi anlıyor musunuz? Onun için spor, onu toplumca tanınırlık anlamına gelen başarıya götürecek bir vasıtaydı. Onun her şeyden çok istediği şey buydu, ya da tek istediği şey: diğer insanların, onun en iyi olduğunu kabul etmeleri. Anladığım kadarıyla, çocukluğundan beri süregelen rekabet hissi fazla gelişmişti ve zamanla bir saplantı halini almıştı. Ne yaparsa yapsın en iyisi olması gerekiyordu. İstediği ne olursa olsun ona mümkün olduğunca çabuk ulaşması gerekiyordu.

"Ve bunun farkında dahi değildi. Kendini açık, cömert ve diğerleri için fedakârlık yapmaya hazır biri gibi görüyordu. Ama yoluna çıkan herkes kurtulması gereken bir engeldi onun için.

"Bence, Wieder'le olan ilişkisi onun için bu yüzden önemliydi. Herkesin hayran olduğu bir dâhi olan en karizmatik profesör tarafından fark edilmiş olmak gururunu okşuyordu. Profesörün ilgisi ona kendini özel hissettiriyordu – o seçilmiş kişiydi, Wieder'i bir tanrı gibi gören kız sürüsü içinde tekti. Timothy bir kukla gibi onun peşinden giden ve ara sıra yattığı bir oğlandı sadece."

Konuşmak için sarf ettiği çaba onu yormuş gibi görünüyordu, yanakları al al olmuştu. Sanki kurumuş gibi boğazını temizleyip duruyordu. Kahvesini bitirmişti, bir tane daha teklif ettim ama istemedi.

"Bence benimle de başlarda bu nedenle arkadaşlık kurdu. Her ne kadar şehirde doğup büyümüş olsam da saftım ve onun büyüsüne kapılmıştım; benim bu halim de onun Doğu Yakası'na gelmeyi başarmış taşralı kompleksinin gereksizliğini ona kanıtlıyordu. Bir şekilde beni kanatlarının altına aldı. Böylece, o şöhret ve zafer yolunda ilerlerken ben de tıpkı Sancho Panza gibi eşeğime binip her şartta onun peşinden gittim. Fakat onun en ufak bir bağımsızlık hareketine tahammülü yoktu. Bir keresinde onun fikrini almadan bir çift ayakkabı satın almıştım. Beni onların dünyanın en çirkin ayakkabıları olduğuna, ancak tamamen zevksiz bir insanın böyle bir şeyi giyeceğine ikna etmişti. Ayakkabıları geri verdim."

"Peki, o soğuk ve hesapçı bir kaltaktı, diyelim ama diğer insanlar da öyleydi. Wieder'in ölümünde parmağı olduğunu mu düşünüyorsunuz? Bunun için ne gibi bir sebebi olabilirdi?"

"Wieder'in yazdığı kitap," dedi. "O lanet olası kitap."

Laura'nın profesöre bir kitap için yardım ettiğini ve profesörün travmatik olayların yol açtığı davranışsal değişiklikleri değerlendirmek için modeller yaratmak üzere onun matematik bilgisinden yararlandığını söyledi.

Sarah'ya göre Laura, kendi katkısını gözünde fazla büyütmüştü. Kendisine yardım etmemiş olsa Wieder'in bu projeyi bitiremeyeceğinden emindi. O nedenle de yardımcı yazar olarak hakkını ödemesini istemiş ve –bunları Sarah'ya memnun bir tavırla anlatmıştı– profesör de razı olmuştu. O dönem Timothy, bir üniversitede araştırma yapmak üzere Avrupa'ya gitmişti ve Laura, Sarah'nın kiraladığı tek odalı dairede kısa bir süre kaldıktan sonra Richard Flynn'la paylaştığı eve taşınmıştı. Daha sonra Sarah'ya Flynn denen adamın su katılmamış bir hayalperest olduğunu ve kendisine abayı yaktığını söylemişti, Laura bu durumu eğlenceli de buluyordu.

Profesörün evini sık sık ziyaret eden Laura, bir gün yayınevine gönderdiği teklifin bir kopyasını bulmuştu. Dokümanda kendisinin adı geçmiyordu, profesörün kendisine yalan söylediğini ve onu yardımcı yazar yapmak gibi bir niyeti olmadığını anlamıştı.

Sarah'nın dediğine göre, arkadaşı bu noktada ona çirkin yüzünü göstermeye başlamıştı. Histeri krizleri geçirmemişti, bir şeyler kırıp dökmemişti, çığlık atmamıştı – bunları yapsaydı daha iyi olurdu. Laura, onun yerine Sarah'dan kendisiyle kalmasını istemiş ve akşamı hiçbir şey demeden boşluğa bakıp oturarak geçirmişti. Sonra, düşmanı tam anlamıyla imha etmeye kararlı bir komutan gibi bir savaş planı yapmaya koyulmuştu.

Laura, profesörün gizli bir proje için birlikte çalıştığı insanlarla anlaşmazlıklar yaşadığını biliyordu, o nedenle önce profesörün aklını karıştırmaya başlamış, onu takip edildiğine ve insanların o evde yokken evini karıştırdığına inandırmıştı. Aslında bunları yapan Laura'nın kendisiydi; sadistçe bir planla eşyaları dağıtarak eve zorla girildiğine dair ustaca hazırlanmış işaretler bırakmıştı.

Laura, ayrıca profesörü kıskandırmak amacıyla Richard Flynn'a âşık olduğunu sanmasını da sağlamıştı. Wieder'in kitap teslimini geciktirmesini sağlamaya uğraşıyordu, bu arada onu en baştaki anlaşmalarına ikna etmeyi planlıyordu.

Sarah'nın dediğine göre, muhtemelen profesör, Laura'nın talebini saçma bulmuştu. Laura henüz yüksek lisansını dahi bitirmemişti ama adı önemli bir akademik çalışmanın kapağında yer alacaktı – ve sonunda profesörün kariyeri zarar görecekti.

Flynn'ın, kitap taslağında Wieder'le olan ilk tanışmasından bahsettiğini hatırladım. Eğer Sarah Harper doğruyu söylüyorsa, o sadece bir kurbandı. Tek rolü profesörü kıskandırmaktı, Laura'nın gösterisindeki bir kukladan ibaretti.

"Profesörün öldürüldüğü gece, Laura benim evime geldi," diye devam etti Sarah. "Saat yaklaşık gece üç sularıydı. Erken yatmıştım, çünkü ertesi gün tatil için ailemin evine gidecektim ve bir arkadaşım beni New York'a kadar bırakmayı teklif etmişti.

"Korkmuş görünüyordu, bana Richard'ın kendisiyle flört etmesini ciddiye alıp saplantı yaptığını, bu nedenle kavga ettiklerini söyledi. Evdeki eşyalarını toplamıştı, her şeyi dışarıya park ettiği arabasının bagajındaydı. Zaten Timothy de birkaç gün önce geri gelmişti ve tekrar birlikte eve çıkacaklardı."

"Richard, Laura'nın o günü sizinle geçirip gece de evinizde kalmaya niyeti olduğunu yazmış."

"Dediğim gibi, neredeyse sabaha karşı geldi ve o saate kadar nerede olduğuna dair bir fikrim yoktu. Fakat birisi soracak olursa bütün gece beraber olduğumuzu söylemem için bana yalvardı. Ben de Richard Flynn'ı kastettiğini düşünerek dediğini yapacağımı söyledim."

"O zamanlar nerede oturuyordunuz, Sarah?"

"Kampüsten yaklaşık 7-8 kilometre ilerideki Rocky Hill'de."

"Sizce Laura'nın Flynn'la birlikte oturduğu evden size kadar gelmesi ne kadar sürmüş olabilir?"

"Geceye ve havanın berbat olmasına rağmen fazla sürmemiştir. Bayard'da bir yerlerde oturuyorlardı. Yirmi dakika falan olmalı."

"Ve hava şartları göz önünde bulundurulursa, profesörün Batı Windsor'daki evinden Flynn'ın evine gitmesi de yarım saatini almıştır. Bir saat de eşyalarını toplaması desek, toplam iki saat eder. Eğer öğrendiklerim doğruysa ve o gece Wieder'in evine gittiyse, demek ki Laura, Flynn'ın polise söylediği gibi oradan akşam dokuzda değil, gece bir civarında ayrılmıştı. Diğer bir deyişle, Wieder saldırıya uğradıktan sonra..."

"Bir terslik olduğunu ve Laura'nın yalan söylediğini daha o zaman anlamıştım. Genellikle kendine güvenen biriydi ama o gece dehşet içindeydi diyebilirim. Uykudan uyanmıştım ve yatağıma dönmek için sabırsızlanıyordum, bu nedenle hikâyesinin bütün ayrıntılarını dinlemek istemedim. Doğrusu, o aralar biraz kopmuştuk, ben onunla arkadaş olmayı artık pek istemiyordum. Kanepeye onun için yatak yapıp ertesi gün erkenden yola çıkacağımı söyleyerek yattım. Fakat ertesi gün sabah yedide kalktığımda çoktan gitmişti. Timothy'ye gittiğini söyleyen bir not buldum. "Saat sekiz civarında evden çıktım ve olanları arkadaşımın arabasındayken radyodan öğrendim. Arkadaşıma otobanda kenara çekmesini söyledim –Jersey'ye giden paralı yoldaydık–, dışarı çıkıp kustuğumu hatırlıyorum. Aklıma hemen Laura gelmişti ve profesörün ölümüyle bir alakası olup olmadığını merak etmiştim. Arkadaşım beni hastaneye götürmek istedi. Sakinleşmeye çalıştım ve ailemin evine vardığımda bütün tatili yatakta geçirdim. Polis beni Noel'le yılbaşı arasında bir gün aradı, New Jersey'ye dönüp ifade verdim. O gün Laura'nın öğle saatlerinden ertesi sabaha kadar benimle birlikte olduğunu söyledim. Böyle ciddi bir şeye karışmış olabileceğini bile bile neden onun için yalan söyledim, bilmiyorum. Sanırım üzerimde egemenlik kurmuştu ve hemen hemen hiçbir konuda ona karşı gelemiyordum."

"Ondan sonra onunla konuştunuz mu hiç?"

"Polis tarafından sorguya alınmamdan hemen sonra birlikte kahve içtik. Bana teşekkür edip durdu ve cinayetle bir ilgisi olmadığını söyledi. Tanıklık etmemi, polis ve gazeteciler tarafından taciz edilmemek için istediğini iddia etti. Dahası, profesörün katkısını kabul ettiğini ve kitabın kapağında yardımcı yazar olarak adının yer alacağını da ekledi, bu bana biraz tuhaf gelmişti. Profesör neden öldürülmeden hemen önce fikrini değiştirmiş olsun ki?"

"Yani ona inanmadınız mı?"

"Hayır, inanmadım. Fakat hem fiziksel hem de ruhsal olarak çökmüş durumdaydım ve tek istediğim ailemin yanına geri dönüp her şeyi unutmaktı. Okuldaki kaydımı dondurup 1988'in sonbaharına kadar da derslere geri dönmedim, döndüğümde

Laura artık okulda değildi. O dönem beni birkaç kez evden aradı ama ben onunla konuşmak istemedim. Aileme kötü bir ayrılık yaşadığımla ilgili bir yalan uydurup terapiye başladım. Sonraki yıl Princeton'a döndüğümde, Wieder cinayeti çoktan demode olmuştu ve neredeyse kimse bu konuda konuşmuyordu. Sonrasında da bunun hakkında kimse bana bir şey sormadı."

"Bir daha onunla konuştunuz ya da onu gördünüz mü?"

"Hayır," dedi. "Fakat geçen yıl, şans eseri bunu buldum."

Valizinin fermuarını açıp ciltli bir kitap çıkardı ve masanın üzerine koyarak bana doğru itti. Kitap, Laura Westlake tarafından yazılmıştı. Arka kapakta yazarın siyah beyaz bir fotoğrafıyla birlikte kısa bir biyografisi vardı. Fotoğrafa gözüm iliştiğinde son yirmi yılda hiç değişmemiş olduğunu fark ettim: aynı yüz hatları, onu çoktan olgunlaşmış gösteren kararlı bir ifade.

"Bunu kaldığım tedavi merkezinin kütüphanesinde buldum. 1992'de yayınlanmış. Kapaktaki fotoğrafı tanıdım ve ismini değiştirmiş olduğunu fark ettim. Bu onun ilk kitabı. Sonradan öğrendiğime göre, çok sayıda övgü almış ve Laura da sonraki bütün kariyerini bunun üzerine inşa etmiş. Wieder'in yayınlayacağı kitabın bu olduğuna hiç şüphem yok."

"Ben de o kitabın neden yayınlanmadığını merak ediyordum," dedim. "Kitap taslağı cinayetten sonra ortadan yok olmuştu."

"Kitabın, profesörün ölümüyle bir alakası olup olmadığından emin değilim ama öldürülme olayından önce taslağı çaldığını tahmin ediyorum. Flynn denen o çocuğu da cinayeti işlemeye teşvik etmiş olabilir, sonra da kitabı çalmıştır. Bunun üzerine başka bir şey daha yaptım..."

Dudaklarını masadaki peçetelikten aldığı bir peçete yardımıyla ruj izi bırakarak sildikten sonra boğazını temizledi.

"Flynn'ın adresini buldum. Şehirde yaşadığı için bu pek de kolay olmadı, burada bir sürü Flynn var ama Princeton'da İngilizce eğitimi aldığını ve 1988'de mezun olduğunu biliyordum, o yüzden sonunda izini buldum. Kitaptan bir kopyayı bir zarfa koyarak bir not iliştirmeden ona gönderdim."

"Muhtemelen Laura'nın Wieder'in kitabını çaldığından habersizdi ve hâlâ olayların, sonu herkes için kötü biten bir aşk üçgeni olduğunu zannediyordu."

"Ben de böyle düşünüyorum ve sonra Flynn'ın öldüğünü duydum. Benim kitabı ona göndermemin, hikâyesini kâğıda dökmesine bir etkisi oldu mu bilmiyorum ama belki de bu onun, kendisine yalan söylediği için Laura'dan intikam alma şekliydi."

"Demek ki Laura, sizin ve Richard'ın koruması sayesinde hiç hasar almadan paçayı kurtardı." Kulağa acımasızca geldiğini biliyordum ama bu doğruydu.

"Onu seven insanların duygularından nasıl fayda sağlayacağını bilen biriydi. Neyse, size verdiğim bilgilerle ne isterseniz yapabilirsiniz ama ben resmî bir ifade vermeye hazır değilim."

"Bunun gerekli olacağını sanmam," dedim. "Flynn'ın yazdığı taslağın geri kalanı kayıp olduğu sürece bütün bu olaylar bir hayal ürününden öteye gidemeyecek."

"Bence böylesi daha iyi," dedi. "Bu artık kimseye ilginç gelmeyen eski bir hikâye. Açıkçası bana bile ilginç gelmiyor. Gelecek yıllarda üzerinde düşüneceğim kendi hikâyelerim var benim."

Sarah Harper'dan ayrıldığımda tüm bu ilişki yumağını, tam da benim için bir önemi kalmadığı sırada çözmeye başlamış olmamın ne kadar tuhaf olduğunu düşündüm.

Adaletin yerini bulması beni fazla ilgilendirmiyordu. Sözüm ona gerçekler konusunda da asla fazla fanatik biri olmamıştım ve gerçek ile adaletin her zaman aynı anlama gelmeyeceğini bilecek kadar da aklım başımdaydı. En azından bir konuda Sam'le aynı fikirdeydim: Çoğu insan karmaşık ve faydasız gerçeklerden ziyade basit ve hoş hikâyeleri tercih ediyordu.

Joseph Wieder neredeyse otuz yıl önce ölmüştü ve Richard Flynn da yerin yedi kat altındaydı. Laura Baines kariyerini yalanlar üzerine ve hatta bir cinayet üzerine kurmuş olabilirdi. Ama insanlar daima aynı kumaştan kesilmiş insanlara tapmış ve onları kahraman ilan etmişlerdi; tarih ders kitaplarına kısaca göz gezdirmek bunu kanıtlamaya yeter de artardı.

Eve giderken hayalimde, Wieder kanlar içinde yerde yatarken Laura Baines'in evi karıştırıp kitap taslağını arayışını canlandırdım. Beyzbol sopasını kullanan Richard Flynn bu sırada ne yapmıştı? Hâlâ orada mıydı yoksa evden ayrılmış mıydı? Cinayet silahından kurtulmaya mı çalışıyordu? Ama bunları Laura için yaptıysa, Laura onu neden terk etmişti ve Richard neden Laura'yı korumak için yalan söylemeye devam etmişti?

Ya da belki bu olaylar, arkadaşı görkemli bir kariyer inşa ederken kendisi kademe kademe aşağı doğru inen Sarah Harper'ın zihninde gerçekleşmişti sadece. Kaçımız başkalarının başarılarından mutlu oluyorduk, kaçımız gizliden gizliye diğerlerinin sahip olduklarının bedelini er ya da geç ödemesini dilemiyorduk? İnanmıyorsanız, haberlere şöyle bir göz atın. Belki de ben sadece, o soğuk ve hesapçı Laura Baines'in bir topa vurulduğunda topun gidip diğer topları harekete geçirmesi gibi bir bilardo numarası yaptığına inanmak istemiştim. Richard Flynn, Timothy Sanders ve Joseph Wieder onun için, birbirlerine çarpıp onun amacının gerçekleşmesini sağlayan bilardo toplarından fazlası değillerdi.

İşin en garip tarafı da, Wieder gibi, insanların aklını kurcalamaktan her şeyden fazla keyif alan bir adamın, öğrencilerinden biri tarafından sonu ölümle bitecek şekilde mat edilmiş olmasıydı. Bu durumda Laura Baines, insan zihni konusunda akıl hocasından daha yetenekli olduğunu kanıtladıysa sonraki başarısını hakiki anlamda hak etmiş oluyordu.

**

Ertesi gün East Village'teki Abraçeo'da Peter'la buluştum. "Nasıl gidiyor?" diye sordu. "Yorgun görünüyorsun, dostum. Bir şey mi oldu?"

Ona yapmamı istediği işi bitirdiğimi söyleyip yazılı bir özet verdim. Zarfı alıp pek de ilgilenmeden aptal evrak çantasına yerleştirdi. Ona bir de Laura Baines'in kitabından bir kopya verdim. Bana başka da bir şey sormadı, aklı başka bir yerde gibiydi. Bunun üzerine, 1987 bahar ve kışında neler olmuş olabileceğine dair aklımdaki olası versiyonu ona anlatmaya koyuldum. Elindeki şeker paketiyle oynayıp ara sıra çayını yudumlayarak dalgın bir şekilde beni dinledi.

"Haklı olabilirsin," dedi sonunda. "Fakat somut bir kanıt olmadan böyle bir şeyi yayınlamanın çok zor olduğunun farkındasın, değil mi?"

"Ben bir şey yayınlamaktan bahsetmiyorum," dediğimde rahatlamış göründü. "Wieder'in Allman & Limpkin'e gönderdiği teklifteki bölümü, Laura'nın kitabındaki ilk bölümle kıyasladım. Tıpatıp benziyorlar. Açıkçası bu, kitabı Wieder'inkinden çaldığına dair bir kanıt olabilir; ya da kitap üzerinde birlikte çalıştıklarının ve Laura'nın büyük bir katkısı olduğunun göstergesi de olabilir. Hangisi olursa olsun bu durum, taslağı çalmak için Richard Flynn'ı da suçuna ortak ederek profesörü öldürdüğünü kanıtlamaz. Flynn tarafından yazılmış bir ifade farklı olurdu tabii."

"Bana kitabının taslağını gönderen o adamın bir katil olabileceğine inanmakta güçlük çekiyorum," dedi Peter. "Cinayeti işlemiş olamaz demiyorum, ama..." Başını çevirdi. "Sence kitabı bir tür itiraf mıydı?"

"Evet. Fazla vakti yoktu, ardında bırakacağı iyi ya da kötü şöhret de umurunda değildi, çocuğu da yoktu. Belki Laura Baines yalan söyleyip onu Wieder'i öldürmeye teşvik etmişti, sonra bedelini tek başına ödemek zorunda kalmasına aldırmadan onu terk etmiş ve bu arada Richard'ın işlediği bir cinayetin üzerine kariyerini inşa etmişti. Richard, Laura'nın kitabını gördüğünde asıl meseleyi kavrayıp o dönemde aslında neler olduğunu yazarak anlatmıştı. Bir yalan uğruna hayatını mahvetmişti. En başından en sonuna kadar oyuna getirilmişti. Belki o dönem Laura, ayrılıklarının daha fazla bir şüpheye neden olmamak adına sadece bir tedbirden ibaret olduğunu söyleyerek geri döneceğine dair ona söz vermişti."

"Pekâlâ, bu ilginç bir hikâye ama kitap taslağı ortadan yok oldu ve sen de bir kitap yazmaya hazır görünmüyorsun," dedi Peter asıl meseleye geri dönerek.

"Evet, durum bu aşamada. Zamanını harcamışım gibi görünüyor."

"Önemi yok. Açık konuşmak gerekirse, hiçbir yayınevi bu kitabın yol açacağı yasal zorlukları üstlenmek istemez. Duyduklarımdan anladığım kadarıyla, Laura Baines'in avukatları da onları lime lime eder zaten."

"Aynı fikirdeyim, dostum. Kahve için teşekkürler."

Eve gidip son birkaç haftalık araştırmamla ilgili bütün evrakları toparlayarak bir kutuya koydum ve dolaplardan birine attım. Ardından Danna Olsen'ı arayıp ona yeni bir şeyler bulamadığımı ve araştırmadan tümüyle vazgeçtiğimi anlattım. Bana böylesinin daha iyi olduğunu düşündüğünü söyledi, ölüleri huzur içinde bırakmak gerekiyordu ve yaşayanlar da hayatlarına devam etmeliydi. Sözlerinin Richard Flynn için uygun bir mezar yazısı olacağını düşünmekten kendimi alamadım.

* * *

O akşam Upper East Side'a gidip Frank dayıyı ziyaret ettim ve ona bütün olayı anlattım.

Bir saat beni dikkatle dinledikten sonra hayatı boyunca duyduğu en ilginç hikâyeyi çöpe attığımı söyledi. Fakat Frank dayı daima fazla heyecanlı biri olmuştu. Çene çalıp birkaç bira içtikten sonra televizyonda maç izledik. Sam'i ve kayıp kitaplar hakkında her şeyi unutmaya çalıştım. Anlaşılan işe yaramıştı, o gece deliksiz uyudum.

* * *

Birkaç ay sonra, *Post*'tan eski bir iş arkadaşım Kaliforniya'ya taşındı ve beni arayarak yeni bir TV dizisinde senaristlik teklif etti. Teklifini kabul ettim ve Batı Yakası'na taşınmadan önce dairemi kiralamaya karar verdim. Dolaplarda yer açarken Wieder davasıyla ilgili evrakların olduğu koliye rastladım ve Roy Freeman'ı arayarak onları isteyip istemediğini sordum. Bana haberleri olduğunu söyledi.

"Beni düşündüğün için teşekkürler, ben de seni arayacaktım," dedi. "Anlaşılan elimizde bir itiraf var."

Kalbim birden yerinden çıkacak gibi atmaya başladı.

"Bununla ne demek istiyorsun? Laura Baines mi yoksa? O, değil mi?"

"Şey, benim bildiğim kadarıyla o değil. Baksana, neden bir kahve içmeye uğramıyorsun? Sen dokümanları getirirsin, ben de sana bütün hikâyeyi anlatırım."

"Elbette. Kaçta?"

"Ne zaman istersen. Ben evdeyim, bir yere çıkmayacağım. Evimin nerede olduğunu hatırlıyor musun? Tamam o zaman. Lütfen evrakları unutma, beni hâlâ rahatsız eden bir şeyler var."

Üçüncü Bölüm

Roy Freeman

"Gördüklerini ve başkalarından duyduklarını açık bir şekilde dile getirecektir ve bu, gerçekleri aktaran bir kitap olacaktır."

Marco Polo, *Harikalar Kitabı*,[*] Kitap 1, Önsöz 1

(*) Marco Polo, *Dünyanın Hikâye Edilişi/Harikalar Kitabı*.

Bir

Matt Dominis, keşke bir kedim olsaydı dediğiniz akşamlardan birinde aradı beni. Konuşmamızı bitirdikten sonra ön taraftaki verandaya çıkıp birkaç dakika düşüncelerimi toparlamaya çalıştım. Hava kararmak üzereydi, gökyüzünde birkaç yalnız yıldız belirmişti, otobandaki trafik bir arı sürüsünün vızıltısı gibi uzaklarda uğulduyordu.

Bir süredir aklınızdan çıkmayan bir dava hakkındaki gerçekleri nihayet öğrendiğinizde bir seyahat arkadaşınızı kaybetmiş gibi olursunuz. Konuşkan, meraklı ve hatta huysuz biri olmasına karşın sabahları kalktığınızda etrafta olmasına alıştığınız bir arkadaşınızı... Birkaç aydır Wieder davası da benim için aynı anlama geliyordu. Fakat Matt'in söyledikleri, boş yatak odasından bozma küçük ofisimde oturup üzerinde düşündüğüm tüm ihtimallerin üstüne kara bir bulut gibi çökmüştü. Arkadaşımın söyledikleri gerçek olsa da, içimden bir ses olayların bu şekilde sona eremeyeceğini, yerine oturmayan bir şeylerin olduğunu söylüyordu.

* * *

195

İçeri girip Matt'i geri aradım ve idam edileceği tarihten birkaç ay önce, Profesör Joseph Wieder cinayetini işlediğini itiraf etmiş olan Frank Spoel'le görüşmemin mümkün olup olmayacağını sordum. Matt, Potosi Cezaevi'nde kıdemliydi ve cezaevi müdürü ziyaret talebinin seksenlerin sonunda bu davanın üzerinde çalışmış bir dedektiften geldiğini öğrenince ona bu iyiliği yapacağını söylemişti. Adamı kendi gözlerimle görmek, Batı Windsor cinayetiyle ilgili anlatacaklarını kendi kulaklarımla işitmek istiyordum. Doğruyu söylediğine dair ikna olmamıştım; belki de, Kaliforniya'dan gelen yazarın, onun ismini kitabına koymak istediğini duymuştu ve dikkat çekmeye çalışıyordu. Wieder, Spoel'in akıl hastanesinden çıkmasının hemen ardından öldürülmüştü ve Spoel o dönem New Jersey'de kalıyordu, bu nedenle muhtemelen cinayeti gazetelerde okumuş olmalıydı.

John Keller beni ziyaret edip davayla ilgili bütün evrakları da yanında getirdi. Bahar ayında gerçekleştirdiğimiz görüşmeden sonra Wieder davasını kurcalamaya başladığımdan habersizdi; kahvelerimizi içerken Spoel'in itirafından bahsettik. Bana bu hikâye yüzünden kız arkadaşından ayrıldığını söyledi.

"Ben uğura falan inanmam ama bu işte uğursuz olan bir şeyler var," dedi. "O yüzden kendine dikkat etmelisin. Ben bıraktığıma memnunum, bir daha da bu işlere dahil olmak istemiyorum, ne şimdi ne de sonra. Neyse, dava kapanmış gibi görünüyor, öyle değil mi?"

Ona aynı fikirde olduğumu söyleyip yeni işinde iyi şanslar diledim. Ne var ki ben, Wieder davası hakkındaki gerçeklerin gün ışığına çıktığından tam olarak emin değildim. Böylece iki hafta sonra Matt beni arayıp her şeyin ayarlandığını söylediğinde, internetten ertesi gün için bir uçak bileti alıp küçük bir çanta hazırladım.

Taksi beni sabah beşte aldı, yarım saat içinde havaalanına varmıştım. Matt beni Potosi'ye götürmek üzere St. Louis'de bekleyecekti.

Uçakta, idam edilmeden az önce idam mangasını yeni bir elektrikli süpürge satın almaya ikna etmeyi deneyecek türden bir satış temsilcisinin yanına denk geldim. Kendini John Dubcek olarak tanıtıp hemen söze girdi ama on dakika sonra gazeteme gömülmüştüm, onu tam olarak dinlemiyordum bile.

"Bahse girerim bir lise öğretmenisin," dedi bana.

"Bahsi kaybettin, çünkü değilim."

"Ben asla yanılmam, Roy. Tarih mi?"

"Yaklaşamadın bile, üzgünüm."

"Hey, buldum: matematik."

"Hayır."

"Pekâlâ, vazgeçiyorum. Havaalanına yakın sakin bir yer biliyorum, sana kahvaltı ısmarlayayım, eminim bu sabah kahvaltı etmemişsindir. Yalnız yemeyi sevmem, sen de benim misafirim olursun."

"Teşekkürler ama bir arkadaşım beni alandan alacak."

"Peki, ama bana mesleğinin ne olduğunu hâlâ söylemedin."

"Eski bir polisim, emekli dedektif."

"Vay canına, hayatta tahmin edemezdim! Bara giren üç polis memuruyla ilgili fıkrayı biliyor musun?"

Şu sıkıcı fıkralardan birini anlattı ve ben espriyi anlayamadım bile.

Uçak alana indiğinde bana kartvizitini uzattı, bu şey öylesine şatafatlıydı ki daha çok, küçük bir Noel kartını andırıyordu. Sonra da, kibirli bir şekilde, aklıma gelebilecek her şeyi bulmakta becerikli olduğunu söyledi, tek yapmam gereken onu arayıp neye ihtiyacım olduğunu söylemekti. Çıkışa doğru yürürken Levis kot pantolonu, kareli gömleği, deri yelek ve uzun sarı saçlarına kon-

197

durduğu kovboy şapkasıyla folk şarkıları söyleyen şarkıcı gibi giyinmiş bir kızla sohbet ettiğini gördüm.

***

Matt bir gazete büfesinin önünde durmuş, beni bekliyordu. Havaalanından çıkıp yanındaki bir kafeye girdik. Potosi Cezaevi'ndeki görüşmeme daha birkaç saat vardı.

Batı Windsor İlçe Polis Müdürlüğü'nde sekiz yıl beraber çalışmıştık. O, doksanların başında Missouri'ye yerleşmişti ama arkadaş kaldık, ara sıra telefonla görüşür, birbirimize hayatımızdaki değişiklikleri anlatırdık; bir-iki kez onu ziyarete gitmiştim ve birlikte ava çıkmıştık. Matt, on bir yıldır Potosi Cezaevi'nde çalışıyordu ama emekli olmak üzereydi. Müzmin bir bekârken sadece iki yıl önce meslektaşı Julia'yla evlenmiş ve beni düğününe davet etmişti. O zamandan beri görüşmemiştik.

"Anlaşılan evlilik sana yaramış," dedim ona, çorba kâsesi büyüklüğündeki kahve fincanına bir paket şekeri boca ederken. "Gençleşmiş görünüyorsun."

Buruk bir şekilde gülümsedi. Daima sanki başına bir felaket gelmek üzereymiş gibi mazlum bir tavır takınırdı. Uzun boylu ve yapılı olduğundan polis merkezinde ona, *Muppet Show*'daki ayıdan esinlenerek Fozzie adını takmıştık. İğneleyici ya da kırıcı değil, dostça bir lakaptı – Matt Dominis'i herkes severdi.

"Şikâyet edemem. Julia harika biri ve her şey yolunda gidiyor. Ama ben artık emekliliğimin keyfini sürmeyi arzu ettiğim bir yaştayım. Her an felç geçirip bir bebek gibi üzerimi ıslatacak duruma gelebilirim. Louisiana'ya seyahate çıkmak veya Vancouver'da uzun bir tatil yapmak istiyorum. Belki Avrupa'ya bile gidebiliriz, kim bilir? Sürekli o aşağılık herifleri gözlemekten usandım. Ama Julia biraz beklememiz gerektiğini söylüyor."

"Ben üç yıldır emekliyim ve torunum doğduğunda Seattle'a yaptığım seyahat ve buraya yaptığım iki gezi haricinde hiçbir yere gitmedim, dostum."

"Tamam, dediğini anlıyorum. Belki de Louisiana veya Vancouver'a gitmeyeceğim. Fakat sabah kalktığımda, günümün geri kalanını beton bir binada hükümlülerle birlikte geçirmeyeceğimi bilerek kahvemi yudumlayıp gazetemi okumak istiyorum. Seattle demişken, Diana ve Tony nasıllar?"

Diana, boşanmamızdan sonra Seattle'a taşınmış olan eski karımdı ve Tony de otuz sekiz yaşına basmak üzere olan oğlumuzdu. Tony'nin boşanmayla ilgili beni suçladığı çok açıktı, beni bu nedenle eleştirmekten asla vazgeçmezdi. Daima, "Her şeyi sen mahvettin!" ifadesini kullanırdı. Haklı olduğunu ve her şeyi mahvedenin ben olduğumu biliyordum. Fakat insanların bazen başkalarını affetmeleri gerektiğini düşünmek istiyordum. Sonuçta, aptallığım için zamanında ağır bir bedel ödemiş ve yaklaşık otuz yıl boyunca yalnız yaşamıştım.

Tony üç yıl önce evlenmişti ve torunum Erin bir buçuk yaşındaydı. Onu doğduğunda ve sadece bir kere görmüştüm.

Matt'e, onunla ilgili, Diana'dan duyduğum birkaç komik hikâye anlattım ama sonra o çabucak konuyu değiştirmeyi tercih etti.

"Frank Spoel denen şu herif hakkında ne düşünüyorsun? Onca yıldan sonra..."

"Şans eseri, üç ay önce bir muhabir aynı olayla ilgili benimle bağlantıya geçti ve ben de davayı tekrar incelemeye başladım."

"Ne tesadüf..."

"Ne olmuş da aniden ağzındaki baklayı çıkarmış? İnfazına ne kadar var?"

"Elli sekiz gün. Fakat iğneden otuz gün önce, bu eyaletteki infazların yapıldığı Bonne Terre Hapishanesi'ne sevk edilecek;

buradan yarım saat uzaklıkta. Ona ne olduğuna gelince, telefonda da söylediğim gibi, Kaliforniya'dan, suç işlemeye yatkınlık ya da ona benzer bir konuda kitap yazan profesörün teki onu ziyaret etmiş. Adam, Spoel'in nasıl olup da bir katile dönüştüğüyle ilgileniyormuş. O âna kadar Spoel'in ilk cinayetini 1988'de, Carroll County-Missouri'de, Route 65 yolunda kendisini arabaya alma hatasına düşen yaşlı bir adamı bıçakladığında işlediği sanılıyordu. O zamanlar yirmi üç yaşındaydı ve iki yıllık hapis cezasını, Jersey'deki Trenton Psikiyatri Hastanesi'nde henüz tamamlamıştı. Saldırıdan tutuklandığında akıl hastası olduğu iddia edilmişti. Adamın daha fazla kaybedecek bir şeyi yok; 2005'ten beri içeride, Missouri Yüksek Mahkemesi iki ay önce temyizi reddetti ve Vali Nixon böyle bir yaratığı affetmektense kendi ağzına bir silah dayamayı tercih eder. Herhalde doğru bir şeyler yapmaya karar verdi, tarih onun harika hayatıyla ilgili gerçeği ve sadece gerçeği hatırlasın diye..."

İri bedenini masayla sandalyenin arasından çıkararak tuvalete gitti. Ben kendimi yorgun hissediyordum, garsondan biraz daha kahve istedim. Garson kahvemi doldururken bana gülümsedi. Yaka kartında Alice yazıyordu ve oğlumla aynı yaşlarda görünüyordu. Duvarda asılı, Ninja Kaplumbağa şeklindeki saate göz attım, daha çok zaman vardı.

"Diyordum ki," dedi Matt geri gelip garsonun fincanını doldurmasını beklerken, "Spoel, Kaliforniyalı herifi, her şeyin Profesör Wieder'in ona yıllar önce yaptığı delice bir şeyle başladığına ikna etmeyi kafaya koymuş."

"Yani Wieder'i öldürdüğünü ve suçlanması gerekenin kurbanın kendisi olduğunu iddia etmiş, öyle mi?"

"Eh, biraz karmaşık, ama öyle. Dediğim gibi, Spoel yirmi yaşındayken bazı adamlarla anlaşmazlık yaşamış ve içlerinden birinin parasını çalmış, üstüne bir de onu fena halde pataklamış. Avukatı psikiyatrik test yapılmasını talep etmiş. Testi Wieder yürütüyormuş. Spoel hâkim karşısına çıkmaya uygun bulunmamış ve hastaneye sevk edilmiş. Avukatı, iki ya da üç ay içerisinde Wieder'i testi tekrarlamaya razı edeceğine ve böylelikle serbest kalacağına söz vermiş. Ama iki yıl yatmış, çünkü Wieder serbest bırakılmasına karşı çıkmış."

"Sana da söylediğim gibi, o muhabir benimle temasa geçtikten sonra davayı tekrar gözden geçirdim. Benim bir zamanlar değerlendirdiğim bir ihtimaldi. Wieder'in bilirkişi olduğu davaların sonucu olarak intikam olasılığı yani. Fakat Frank Spoel ismi hiç geçmemişti."

"Belki de sebebi o zamanlar küçük çaplı bir hırsız, yirmi bir yaşında bir çocuk olmasındandır. Onun önemli olduğunu düşünmemişsindir. Ama sana olanları anlatacak. Onun gibi geri zekâlıların anlattığı hikâyeler umurumda olmaz. Neyse, geldiğin için memnunum. Gece bizde mi kalacaksın?"

"Akşam dönüyorum. Evi elden geçirtiyorum, yağmurlar başlamadan bitirmek niyetindeyim. Başka bir zaman, dostum. Gidelim mi?"

"Bir sürü vaktimiz var, rahat ol. I-55'teki trafik bu saatlerde az olur. Oraya varmamız yarım saat bile sürmez." Derin bir iç geçirdi. "Spoel, aklı yerindeyken tımarhaneye gönderildiği için sızlanıyor ama genellikle tam tersi olur. Yüksek güvenlikli cezaevlerindeki heriflerin üçte birinin aklından zoru olduğunu biliyor muydun? İki ay önce suçla ilgili bir eğitim programı için Chicago'daydım. DC'deki polis merkezlerinden bütün önemli adamlar oradaydı. Anlaşılan, suçun gerilediği yirmi yıllık bir döngünün ardından aksi bir döneme girmişiz. Psikiyatri hastaneleri tıka basa dolu olduğundan tam anlamıyla kafadan kontak birinin cezaevinde sıradan tutuklular arasına atılma ihtimali oluyor. Ve onlara bekçilik eden benim gibi insanlar, her gün bu tiplerle uğraşmak zorunda kalıyorlar."

Saatine göz attı. "Yavaştan hareketlenelim mi?"

* * *

Otobanda yol alırken St. Louis'e gelmeden önce durumunu incelediğim Frank Spoel'i düşünmeye başladım. İdama mahkûm edilenler arasında en tehlikeli katillerdendi. Yakalanmadan önce, üç ayrı eyalette yedi kişiyi öldürmüştü – Wieder'i öldürdüğü doğruysa sekiz. Dört tecavüz ve sayısız da saldırı suçu işlemişti. Son iki kurbanı, otuz beş yaşındaki bir kadın ve on iki yaşındaki kızıydı. Bunu neden yapmıştı? İddiası, kadının kendisinden para saklamış olmasıydı. Spoel iki ay önce onunla bir barda tanışmıştı, nehrin kenarındaki bir karavanda birlikte yaşıyorlardı.

Matt'in de dediği gibi, dedektifler Frank Spoel'in bilinen ilk cinayetini 1988'de, henüz yirmi üç yaşındayken gerçekleştirdiğini keşfetmişlerdi. Bergen County, New Jersey'de doğup büyümüş ve ilk ciddi suçunu yirmi bir yaşındayken işlemişti. İki yıl sonra psikiyatri hastanesinden çıkmış ve Midwest'e giderek bir süre abuk subuk işlerde çalışmıştı. İlk kurbanı, kendisini Route 65'te kamyonuna alan Carroll County, Missouri'den yetmiş dört yaşında bir adamdı. Vurgunu, eski bir deri ceket, tesadüf eseri ayağına uyan bir çift bot ve birkaç dolar nakit paraydı.

Ardından Indiana'ya gitmeye karar vererek orada da ikinci cinayetini işlemişti. Sonra Marion'da soygunlar konusunda uzmanlaşmış bir çeteye dahil olmuştu. Çete üyeleri onunla yollarını ayırmaya karar verdiklerinde Missouri'ye geri dönmüştü. Enteresan olan şu ki, bundan itibaren sekiz yıl boyunca, St. Louis'de bir pizzacıda çalışmış ve en ufak bir suç dahi işlememişti. Sonra

202

Springfield'a giderek orada da üç yıl bir benzin istasyonunda çalışmıştı. Fakat sonra aniden suç işlemeye tekrar başlamıştı. 2005 yılında, rutin bir kimlik kontrolü sırasında tutuklanmıştı.

Wieder cinayeti sırasında, ben boşanma davamın sonlarına yaklaşmış ve kendimi benim için fazla büyük olan bir evde tek başıma yaşarken bulmuştum. Her gerçek alkolik gibi, bunu daha fazla içki içmek ve her kim dinlerse omzunda ağlamak için bir bahane olarak kullanıyordum. Aklımın son kırıntılarıyla işimi yapmaya çalışıyordum fakat daima Wieder davasını, o zamanki başka davalarla birlikte elime yüzüme bulaştırdığımı varsaymıştım. Şef Eli White çok iyi bir adamdı. Onun yerinde olsaydım beni bir alışveriş merkezinde gece bekçiliği dahi yapamayacak kadar kötü referanslar eşliğinde kovardım.

I-55'te, kırların arasında ilerlediğimiz sırada Matt camları açıp bir sigara yaktı. Yaz başındaydık ve hava güzeldi.

"En son ne zaman bir cezaevine girmiştin?" diye sordu yüksek sesle. Bir *country* müziği istasyonunda, kendisini hiç tanımadığından sızlandığı bir kızla ilgili bir şeyler mırıldanan Don Williams'ı bastırarak sesini duyurmaya çalışıyordu.

"Sanırım en sonuncusu 2008'in sonbaharındaydı," dedim. "Üzerinde çalıştığım bir davayla ilgili Rikers'taki bir herifin ifadesini almıştım. Berbat bir yerdi, dostum."

"Gittiğimiz yerin daha hoş olduğunu mu sanıyorsun? Her sabah mesaim başladığında bir şeyleri kırıp dökmek istiyorum. Biz neden doktor ya da avukat olmadık ki?"

"Bunun için yeterince zeki olduğumuzu sanmıyorum, Matt. Ayrıca insanları kesip biçmek benim hoşuma gitmezdi."

İki

Potosi Cezaevi, dikenli tellerle çevrelenmiş kırmızı tuğlalı bir devdi; kırlık bir alanın orta yerinde, kapana sıkışmış kocaman bir hayvan gibi görünüyordu. Burası, yaklaşık sekiz yüz tutuklunun, yüz gardiyan ve destek personelle birlikte ömrünü geçirdiği yüksek güvenlikli bir cezaeviydi. Misafir otoparkındaki cılız ağaçlar, hüzünlü manzaranın tek renkli parçasıydı.

Matt arabayı park ettikten sonra kan kırmızısı taşlarla döşenmiş bahçeyi geçip batı tarafındaki personel girişine yöneldik ve binanın içlerine doğru devam eden koridora girdik. Matt yolda karşılaştığımız irikıyım, sert bakışlı, üniformalı bir adama selam verdi.

Kapı şeklindeki dedektörden geçip plastik tepsilere bıraktığımız eşyaları topladıktan sonra zeminine mantarlı yer muşambası döşenmiş, birkaç masa ve sandalyenin yere sabitlendiği, penceresiz bir odaya vardık.

Güçlü bir Güneyli aksanı olan Garry Mott adındaki memur, bana olağan talimatları hatırlattı: "Görüşme tam bir saat içinde sona erecek. Daha erken bitirmek isterseniz tutuklunun yanın-

204

daki memura haber verin. Görüşme boyunca herhangi bir fiziksel temasa izin verilmemektedir. Tutukluya vermek isteyeceğiniz ya da varsa onun size iletmek istediği eşya önceden kontrol edilmelidir. Görüşme boyunca güvenlik kameralarıyla sürekli olarak izleneceksiniz ve aldığınız bilgiler daha sonra yasal işlemlerde kullanılabilir."

Zaten bildiğim konuşmayı dinledim ve daha sonra memur dışarı çıktı. Matt ve ben oturduk.

"Demek çalıştığın yer burası," dedim.

"Dünyanın en mutlu yeri sayılmaz," dedi suratsız bir şekilde.

"Ve senin sayende, izin günlerimden biri de ziyan oldu."

"Buradan çıktığımızda sana güzel bir öğle yemeği ısmarlarım."

"Belki de bana bir içki ısmarlasan daha iyi olur."

"O zaman tek başına içmek zorunda kalırsın."

"Buradan selam verebilirsin," dedi ve çenesiyle köşedeki bize bakan kameralardan birini gösterdi. "Julia, görüntüleme merkezinde görevli."

Ayağa kalktı.

"Benim kaçmam lazım. Alışveriş yapmam gerekiyor. Seni buradan çıkarmak üzere bir saate dönerim. Uslu ol ve dikkat et, kimsenin canı yanmasın."

Çıkmadan önce kameraya el salladı ve ben Matt'in karısını, karşısındaki bir yığın ekrana bakarak bir sandalyede otururken hayal ettim. Carolinas'ta doğup büyümüş, neredeyse Matt kadar uzun boylu ve güçlü kuvvetli bir kadındı.

Birkaç dakika bekledikten sonra kapının vızıldayan otomatiğini duydum. Frank Spoel, yanında iki silahlı memurla birlikte içeri girdi. Gri bir tulum giymişti. Göğsünün sol tarafında, üzerinde isminin yazılı olduğu beyaz bir etiket vardı. Elleri arkasından kelepçelenmişti; ayakları, adımlarını daraltan ve her hareketinde şıngırdayan bir zincirle bağlanmıştı.

Kısa boylu ve cılızdı, sokakta görseniz dönüp bakmayacağınız tiplerdendi. Fakat tüyler ürpertici cinayetlerden dolayı parmaklıkların ardında olan çoğu adam onun gibi görünürdü – neredeyse sıradan bir tamirci ve otobüs şoförü gibi. Seksenlerden önce suçluları cezaevlerinde yaptıkları dövmelerden tanımak mümkündü, ama sonra herkes derisini boyamaya başlamıştı.

Spoel karşıma oturup yumurta sarısı dişlerini göstererek sırıttı. Dudaklarının iki yanından sarkıp sakalıyla birleşen, kum rengi bir bıyığı vardı. Tamamen kelleşmesine ramak kalmıştı, kafasında kalan birkaç tutam saçı da terden kafa derisine yapışmıştı.

Memurlardan biri, "Uslu dur, tamam mı Frankie?" dedi.

"Yoksa şartlı tahliyeye veda etmek zorunda kalırım, değil mi?" diye cevap verdi Spoel başını çevirmeden. "Ne yapacağımı sanıyorsunuz?" dedikten sonra cevabı beklemeden devam etti. "Aletimi çıkarıp kelepçelerimi mi açacağım?"

"Düzgün konuş, prenses," diye karşılık verdi memur, sonra da bana dönüp, "Bize ihtiyacınız olursa kapının hemen dışındayız. Bir numara çekmeye kalkarsa saniyesinde burada oluruz," dedi.

Memurlar odadan çıkıp beni tutukluyla baş başa bıraktılar.

"Selam," dedim. "Ben Roy Freeman. Benimle konuşmayı kabul ettiğin için sağ ol."

"Polis misin sen?"

"Eski polis. Emekli oldum."

"Bir polis olduğuna yemin edebilirdim. '97'de, Indiana'da Bobby adında manyağın biriyle tanışmıştım. Üniforması olmasa bile bir polisi koklayarak tanıyabilen Chill adında bir köpeği vardı, biliyor musun? Harika bir köpekti. Bunu nasıl becerdiğini asla çözememiştim. Ne zaman bir polis kokusu alsa havlamaya başlardı."

"Yaman köpekmiş," diyerek onayladım.

"Aynen... Şu eski New Jersey hikâyesiyle ilgileniyormuşsun diye duydum."

"Dövülerek öldürülen Profesör Wieder'in davasında görevlendirilen dedektiflerden biriydim."

"Evet, adını hatırlıyorum... Sigaran var mı?"

On beş yıldır sigara içmiyordum ama Matt'in tavsiyesini dinleyerek yanımda bir karton Camel getirmiştim. Cezaevlerinde sigaranın, uyuşturuculardan ve uyku ilaçlarından sonra en önemli para birimi olduğunu biliyordum. Çantama uzanıp kartonu çekerek ona gösterdikten sonra geri koydum.

"Çıkarken alacaksın bunu," dedim. "Adamların kontrol etmeleri gerekiyor önce."

"Teşekkürler. Dışarıda kimsem yok. Ailemi yirmi yıldan uzun zamandır görmedim. Hâlâ hayatta olup olmadıklarını bile bilmiyorum. Dört hafta içinde göçüp gitmiş olacağım ve korkmuyorum dersem yalan söylemiş olurum. Neyse, neler olduğunu bilmek istiyorsun, doğru mu?"

"Joseph Wieder'i öldürdüğünü iddia ettin, Frank. Bu doğru mu?"

"Evet bayım, bunu yapan bendim. Açık konuşmak gerekirse, yapmak istemedim, katil değildim. En azından o zamanlar değildim. Onu biraz dövmek istedim sadece, bilirsin. Morgluk olsun istemiyordum, hastanelik olması yeterdi. Adam bana kötülük yapmıştı ve ben de ödeşmek istiyordum. Ama sonu kötü bitti ve katil oldum. Fakat tımarhanede iki yıl geçirdikten sonra, beni artık hiçbir şey şaşırtamazdı."

"Bana bütün hikâyeyi anlatmaya ne dersin? Bir saatimiz var."

"Dışarıdaki herifler de o ara benim Jaguar'ı yıkarlar," dedi tuhaf bir şekilde gülümseyerek. "O yüzden neden olmasın? Sana diğer herife, yani kitap yazacağını söyleyen adama anlattıklarımı anlatayım."

* * *

Frank Spoel, on beş yaşındayken okulu bırakıp atari salonu işleten bazı heriflerle takılmaya başlamıştı. Onların getir götür işlerine bakıyordu. Babası benzin istasyonunda çalışıyordu ve annesi de ev kadınıydı; kendisinden beş yaş küçük bir de kız kardeşi vardı. İki yıl sonra ailesi Jersey'den taşınmış ve Frank onları bir daha görmemişti.

Yirmi yaşına geldiğinde artık kendisini bir dolandırıcı olarak görmeye ve her türden adi suça bulaşmaya başlamıştı: Çalıntı malları Brooklyn'deki aracılara götürüyordu, kaçak sigara ve sahte elektronik eşya satıyordu. Bazen bir tefeci için küçük miktarlarda para topluyor, bazen de birkaç fahişeye pezevenklik ediyordu.

Çetelerde onun gibi bir sürü önemsiz herif vardır, onlar fakir mahallelerin sokaklarından yüzme havuzlu milyon dolarlık evlere uzanan karmaşık zincirde küçük birer balıktırlar sadece. Hemen hepsinin sonu benzer olur: Bir sonraki yirmi doların peşinde koşarken gitgide yaşlanır ve önemsizleşirler. İçlerinden bazısı zamanla yükselir ve pahalı takım elbiseler giyip altın saatler takma mertebesine erişir. Ve birkaçı da ağır suç işleyerek cezaevlerinde çürür ve herkes tarafından unutulur.

1985'in sonbaharında Spoel, Princeton'da birkaç adama iki karton sigara satmıştı ve onlar da birkaç Fransız parfümüyle ödeme yapmışlardı. Frank daha sonra parfümlerden yarısının sahte olduğunu anlamıştı, böylece parasını geri almak üzere harekete geçmişti. Adamlardan birini bulmuş ve kavga çıkmıştı, adamı pataklayıp cebinde bulduğu bütün parayı almıştı, ancak bir devriye arabasının tesadüfen oradan geçmesiyle hırsızlıktan tutuklanmıştı. Sigaralarla ilgili bir şey söylememişti, çünkü bu onun başını daha da büyük bir belaya sokardı.

Mahkeme Spoel'a Terry Duanne adında bir avukat tayin etmişti. Şansa bak ki, dövdüğü adamın sicili temizdi. Otuz sekiz yaşında, küçük bir dükkân sahibiydi, evliydi ve iki çocuğu vardı. Öte yandan Spoel, liseden terk, halihazırda kanunları çiğnemekten birkaç kez uyarı almış biriydi. Duanne mağdurla bir anlaşmaya varmaya çalışmış ama bir sonuca varamamıştı.

Reşit olmuş bir yetişkin olarak yargılanacağından, avukatı Frank'e beşle sekiz yıl arasında hapis cezası ile tıbbi bir uzmanın geçici olarak akli dengesini yitirmiş olduğunu beyan etmesi arasında ikinci opsiyonu seçmesini önermişti. Duanne, söz konusu uzmanı iyi tanıdığını ve Frank'ın birkaç ay içinde hastaneden çıkmasını sağlayacağını söylemişti. Trenton Psikiyatri Hastanesi dünyanın en sevimli yeri değildi ama Bayside Hapishanesi'nden iyiydi.

Frank Spoel'u muayene eden Joseph Wieder, onun bipolar rahatsızlık geçirdiği sonucuna varmış ve bir akıl hastanesine yatırılmasını önermişti, böylelikle birkaç gün sonra Frank birkaç aya kadar çıkarılacağından emin olduğu Trenton'a götürülmüştü.

"Neden taburcu edilmemiştin?" diye sordum.

"Hayatında hiç tımarhaneye gittin mi?"

"Hayır."

"Asla da gitme. Korkunçtu, dostum. Oraya girdikten kısa bir süre sonra bana bir çay içirdiler ve ancak iki gün sonra uyanabildim, uyandığımda ismimi bile hatırlamıyordum. Orada vahşi hayvanlar gibi uğuldayan ya da üzerine atlayıp seni sebepsiz yere döven herifler vardı. Bir adam kendisini beslemeye çalışan hemşirenin kulağını dişleriyle koparmıştı. Orada gördüğüm şeyler... Altmışlı yıllara kadar, enfeksiyonu önleme iddiasıyla bütün hastaların dişlerini söktüklerini duydum. Enfeksiyonmuş, hah!"

Kendi hikâyesini anlattı. Hem tutuklulardan hem de gardiyanlardan dayak yemişti. İddia ettiğine göre, gardiyanların hepsi yozlaşmıştı, o nedenle paran varsa istediğin her şeye ulaşman mümkündü ama yoksa işin bitmişti.

"İnsanlar, hapisteyken en fazla düşündüğün şeyin kadınlar olduğunu sanırlar," dedi. "Ama ben sana öyle olmadığını söyleyebilirim. Elbette sevişmeyi özlüyorsun ama en önemli şey para, emin ol, en önemli şey para. Eğer paran yoksa bir ölüsün; kimse seni umursamaz, özellikle de haddini bildirecek olanlar. Ve benim bir kuruşum bile yoktu, dostum. Kodeste, ailen sana mangır göndermese de biraz para kazanmak için çalışman mümkündür. Ama tımarhanede, şayet dışarıdan sana mangır gönderen yoksa bütün günü duvarlara bakarak geçirirsin. Ve bana bir kuruş bile gönderen yoktu."

Spoel, girişinden üç hafta sonra, hepsi yirmi ile otuz yaşları arasında, saldırgan suçlulardan oluşan başka on tutuklunun daha olduğu özel bir koğuşa alındığını söyledi. Daha sonra kendisine ve diğerlerine, Joseph Wieder adındaki profesör tarafından koordine edilen bir programın parçası olarak, deneysel bir tedavi uygulandığını fark etmişti.

"Birkaç kez avukatımla konuştum ama o beni oyalamakla yetindi. Sonunda, bir yıl içinde taburcu edilmem veya daha az güvenlikli bir yere sevk edilmem için yargıya başvurabileceğini söyledi. Başıma gelenlere inanamıyordum. İki adam beni dolandırmıştı, içlerinden birini dövüp cebinden sigaralardaki zararımı dahi karşılamayan seksen dolar almıştım ve en az bir yıl daha çıkmama imkân olmayan bir tımarhaneye kapatılmıştım."

"Profesör Wieder'le konuşma fırsatın olmadı mı?"

"Elbette. Ara sıra bizim koğuşa gelirdi. Bize çeşit çeşit sorular sorar, renkler seçmemizi, anketler doldurmamızı falan isterdi. Biz sadece deney fareleriydik, dostum, deneme tahtasıydık, anlı-

210

yor musun? Herife de açıkça söyledim, 'Şu boktan Duanne seni tanıdığını söyledi, biz de daha ciddi bir şeye karışmamak adına tımarhaneye razı olduk. Ama benim aklım seninkisi kadar yerinde. Sorun nedir?' dedim. Adam bana o ölü balık gözleriyle –şimdi bile gözümün önüne geliyorlar– bakmakla yetindi sadece, sonra da ne dedi biliyor musun? Neyden bahsettiğimi bilmediğini, aklımla zorum olduğu için orada olduğumu, tedavi olmamın benim faydama olacağını ve o uygun görene kadar da orada kalacağımı söyledi. Saçmalık!"

Spoel, bir süre sonra korkunç kâbuslar görmeye başladığını anlattı, uyanık mı yoksa rüyada mı olduğunu bile bilmiyordu ve aldığı ilaçlar ona faydadan çok zarar veriyordu. Koğuştaki adamların çoğu korkunç baş ağrılarıyla kıvranıyordu. Tedavi bu şekilde devam etmiş, çoğu vakitlerini yataklarına bağlanmış, halüsinasyonlar görerek geçirmeye başlamıştı. Yediklerini kusuyor, ciltlerinde de döküntüler oluyordu.

Bir yıl sonra, Kenneth Baldwin adında bir başka avukat onu ziyarete gelmişti. Duanne, New Jersey'den ayrıldığı için davayı ondan devraldığını söylemişti. Spoel, Baldwin'e oraya nasıl düştüğünü ve Duanne'le en başta yaptıkları anlaşmanın nasıl olduğunu anlatmıştı. Yeni avukatın kendisine inanıp inanmadığını bilmiyordu ama avukat, müvekkilinin davasının tekrar incelemeye alınması için yargıya başvurmuştu. Spoel, taburcu edilmesini veya daha rahat bir yönetim sistemi olan Marlboro Psikiyatri Hastanesi'ne sevkini reddeden Wieder'le tekrar yüz yüze gelmiş ve Trenton'a geri gönderilmişti.

"Oradan çekip gitmeden altı ay kadar önce," diye devam etti, "başka koğuşlara alındık ve deneysel olanı kapatıldı. Tedavimi değiştirdiler ve ben kendimi daha iyi hissetmeye başladım. Artık kâbuslar görmüyor, baş ağrısı çekmiyordum ama hâlâ kim olduğumu bilemeden uyandığım oluyordu. Belli etmemeye çalışıp aklımın başında olduğunu göstermek için herkesin suyuna gitsem de sinirlerim altüst olmuştu. Bunu bana nasıl yaparlar, dostum? Tamam, iyi bir çocuk değildim ama kimseyi öldürmemiştim ve beni dolandırmasaydı o herifi dövmezdim. Bana bir hayvan gibi davrandılar ve kimse de umursamadı."

Spoel, davasının bir sonraki incelemesinde Wieder'in artık komisyonda yer almadığını fark etmişti. Gözetim altında taburcu edilme talebi kabul edilmiş ve birkaç hafta sonra hastaneden çıkmıştı.

Bunlar 1987'nin Ekim'inde olmuştu. Çıktığında nerede yaşayacağını dahi bilmiyordu. Bütün eşyaları, yakalanmadan önce yaşadığı çöplüğün sahibi tarafından kira açığını karşılamak üzere satılmıştı. Çetesindeki çocuklar, birlikte görülürlerse polisin dikkatini üzerlerine çekecekleri korkusuyla birlikte çalışmak istemiyorlardı. Trenton'a gitmeden önce tanıştığı Çinli-Amerikalı bir adam haline acıyıp birkaç gün ona yiyecek ve yatacak yer vermişti.

Birkaç hafta sonra, Princeton Kavşağı yakınlarında küçük bir lokantada bulaşıkçı olarak iş bulabilmişti ve iyi bir adam olan lokanta sahibi depoda yatmasına müsaade etmişti. Hemen ardından Batı Windsor'da yaşayan Wieder'i takip etmeye başlamıştı. Aslında uzaklara gidip yeni bir hayata başlamaya kararlıydı ama profesörden öcünü almadan gitmek istemiyordu. Wieder'in Duanne ve belki de başka suç ortaklarıyla birlikte bazı dolaplar çevirip gizli deneyler için uygun denekler bulmaya çalıştıklarından ve kendisinin de onların tuzağına düştüğünden emindi. Onlara bunu ödetecekti. Fakat Duanne ortalarda olmadığından tüm hesabı üstlenmesi gereken Wieder'di.

Wieder'in adresini bulup izole bir evde yaşadığını keşfetmişti. En baştaki plana göre onu sokakta, karanlık çöktüğünde dövecekti, ne var ki profesörün evinin yerini görünce saldırıya en uygun yerin orası olacağına karar vermişti. Spoel, onu öldürmeye niyeti olmadığını, sadece fena halde pataklamak istediğini tekrar vurguladı; böylece bir beyzbol sopası edinip, darbeleri yumuşatmak için eski bir havluya sarmıştı. Sopayı profesörün evinin yanındaki gölün kıyısına saklamıştı.

Dediğine göre, o dönem Chris Slade adında Missouri'li bir barmenle arkadaşlık kurmuştu. Slade, Jersey'den ayrılmaya bakıyordu ve St. Louis'de bir kamp yerinde iş de bulmuştu, Spoel'e de kendisiyle gelmeyi teklif etmişti. Noel tatilinden hemen sonra gitmeyi düşünüyordu, bu da olayları hızlandırmıştı.

Spoel birkaç akşam boyunca Wieder'in evini gözetlemişti. Çalıştığı lokanta gece 22.00'de kapanıyordu, böylece 22.30 sularında arka bahçeye saklanıp evi gözetleyecekti. İki kişinin eve oldukça sık geldiğini fark etmişti: öğrenciye benzeyen genç bir çocuk ve uzun boylu, yapılı ve dağınık sakallı, tamirciyi andıran bir adam. Fakat hiçbiri geceyi orada geçirmiyordu.

"21 Aralık'ta patrona Batı Yakası'na gideceğimi söyleyerek lokantadaki işimden istifa ettim. Ayrılırken bana paramı ve iki paket de sigara verdi. Etrafta görünmek istemiyordum, o nedenle Assunpink Creek'e gidip hava kararana kadar bir odunlukta saklandım, sonra da profesörün evine doğru yola çıktım. Sanırım, oraya saat dokuz sularında varmıştım ama profesör yalnız değildi. O genç çocukla birlikte, oturma odasında içki içiyorlardı."

Spoel'e genç çocuğun neye benzediğini hatırlayıp hatırlamadığını sordum ama onu tarif edemeyeceğini, sadece ailesinin parasıyla kampüste yaşayan diğer şımarık çocuklara benzediğini söyledi. Saldırıdan üç gün önce, Wieder'in evini gözetlediği akşamlardan birinde, genç çocuğun pencereden onu görmesine ramak kalmıştı; saklanmaya fırsat bulamadan çocuğun bakışlarına yakalanmıştı. Neyse ki, yoğun şekilde kar yağıyordu ve bu nedenle çocuk muhtemelen yanıldığını düşünmüştü.

"Sanırım, o bahsettiğin çocuğun adı Richard Flynn," dedim. "Genç bir kızın da onlarla birlikte olmadığına emin misin?" "Eminim. Sadece ikisi vardı. Dediğim gibi, ben oraya saat dokuz gibi vardım. Genç çocuk saat on bire kadar gitmedi, sonra profesör evde yalnız kaldı. Çocuğun gittiğinden emin olmak için on dakika kadar daha bekledim. Zili çalıp Wieder kapıyı açtığında suratına bir yumruk atmayı düşündüm ama o benim işimi daha da kolaylaştırdı: Arka bahçeye bakan pencereleri açıp üst kata çıktı. Böylece gizlice eve girip koridora saklandım."

Wieder oturma odasına geri gelip pencereleri kapamış ve kanepeye oturarak gazetelere göz atmaya başlamıştı. Spoel sürünerek arkasından yaklaşıp beyzbol sopasıyla kafasına vurmuştu. Profesör ayağa kalkıp ona dönmeyi başardığına göre darbe muhtemelen fazla sert değildi. Spoel daha sonra kanepenin etrafından dolaşıp profesör yere yığılana kadar on-on iki defa ona sertçe vurmuştu. Spoel'in başında bir maske vardı, o nedenle Wieder'in onu tanıyacağından çekinmiyordu. Tam evde nakit para olup olmadığına bakmak üzere aranmaya başladığında ön kapının açıldığını duymuştu. Bahçeye çıkan sürgülü cam kapıyı açıp dışarı çıkmış, kar fırtınasının içine dalmıştı.

Sopayı yarısı donmuş akıntıya atmış ve geceyi Assunpink Creek'teki odunlukta saklanarak geçirmişti. Ertesi sabah, Princeton Kavşağı'nda Slade'le buluşmuş ve birlikte Missouri'ye doğru yola çıkmışlardı. Sonradan profesörün öldüğünü duymuştu.

"Muhtemelen ona sandığımdan sert vurdum," diyerek hikâyesini bitirdi. "İşte böylelikle bir katil oldum. Biliyor musun, bundan sonra kötü anlamda ne yaptıysam bir rüyadan uyanıyormuş gibiydim, onları yapanın ben olduğuna inanmıyordum. O bok çukurunda bana verdikleri ilaçlardan dolayı aklımı yitirdiğimden emindim. Suçlanmamam gerektiğini ima etmiyorum; zaten bunun şu anda bir anlamı da olmaz."

"Şartlı tahliye edilmiştin," dedim. "New Jersey'yi terk etmiş olman kimsenin dikkatini çekmedi mi? Seni aramadılar mı?"

"Hiçbir fikrim yok, dostum. Ben çekip gittim. Sonrasında kimse bana bir şey sormadı ve 2005 yılına, beni otobanda hız aşımından durdurdukları âna kadar da bir daha kanunla başım derde girmedi. Yakalandığımda avukatıma yıllar önce Trenton'da yattığımı anlattım, bunun üzerine psikiyatri testi yapılmasını istedi. Mahkemenin tayin ettiği uzman, hâkim karşısına çıkacak kadar aklı başında olduğuma hükmetti, böylece mahkemeye çıktım ve hüküm giydim. Tuhaf olan neydi biliyor musun? Aklım başımdayken –ve sana gerçekten aklımın başında olduğunu söylüyorum– tımarhanede buldum kendimi. Fakat akıl sağlığımın yerinde olup olmadığından emin olmadığım dönemde, beni tımarhaneye göndermeyi reddedip iğne yapmaya karar verdiler."

"O zamandan beri epey bir zaman geçti, belki de her şeyi o kadar iyi hatırlamıyorsundur, o yüzden sana bir daha sorayım: Profesörün o gece yirmi yaşlarında beyaz bir adamla olduğuna ve başka birinin yanlarında olmadığına emin misin? Belki de tam görememişsindir; dışarıda kar yağıyordu, sen bahçede saklanıyordun ve belki de yeterince iyi bir görüş alanın yoktu..."

"Eminim, dostum. Sen davada görevli olduğunu söylemiştin..."

"Doğru."

"O halde oranın nasıl bir yer olduğunu hatırlıyorsundur. Oturma odasında iki büyük pencere vardı, bahçeye ve göle açılan bir de cam kapı. Işıklar ve perdeler açıkken odadaki her şey son derece net şekilde görünüyordu. Profesör ve o herif masada birlikte yemek yiyorlardı. Konuştular, genç çocuk çıktı ve sonra Wieder yalnız kaldı."

"Aralarında bir tartışma geçti mi?"

"Bilmiyorum. Dediklerini duyamıyordum."

"Genç çocuk çıkarken saatin on bir olduğunu mu söylemiştin?"

"Yaklaşık on bir sularıydı. Tam olarak emin değilim. On bir buçuk da olabilir ama bundan daha geç değildi."

"Ve on dakika sonra sen Wieder'e saldırdın."

"Dediğim gibi, önce evin içine girip saklandım, sonra o aşağıya indi ve o sırada ona vurdum. Belki on dakika değil, yirmi dakikadır ama daha fazla olamaz. Ona ilk kez vurduğumda ellerim hâlâ buz gibiydi, o yüzden vuruşu tam beceremedim, demek ki uzun zamandır içeride olamam."

Ona baktım ve cinayetin profesörün eski hastalarından biri tarafından gerçekleştirilen bir intikam şekli olduğu ihtimalini soruştururken onun ismini nasıl dikkatimden kaçırdığımı merak ettim.

Çünkü Wieder'in bilirkişi olarak tanıklıkta bulunduğu davaların listesi çok uzundu. Savcı da kalın kafalı ve dağınık bir adamdı. Bizi farklı taraflara yönlendirir, sonra ertesi gün izlememiz gereken yolla ilgili fikrini değiştirirdi; bu nedenle ipuçlarını ve bunlarla ilişkili olabilecek detayları tam anlamıyla kontrol etme şansı bulamadığım durumlar olabiliyordu. Muhabirler, gazetelerde olmadık şeyler yazarak bizi taciz ediyorlardı. Ve ben teşkilattan kovulacak kadar sarhoş olup olmadığımı merak ederek arabamda gizlediğim içki şişeleriyle dolanıyordum. İyice düşündüğümde, Joseph Wieder'i öldüren kişinin o dönemde aslında beni gerçekten alakadar edip etmediğini bile merak ediyorum – o zamanlar umurumda olan tek şey kendime acımak ve davranışlarım için bahaneler arayıp bulmaktı.

"Yani sen profesörü dövdükten sonra evine gelen kişinin kim olduğuna dair hiçbir fikrin yok mu?"

"Hayır, oradan hemen ayrıldım. O saatte kimsenin gelmesini beklemiyordum, o yüzden arkama bakmadan hızla oradan ayrıldım. Tek yaptığımın onu güzelce pataklamak olduğunu sanıyordum. O bölge keşlerle doluydu, böylece polis bunun bir hırsızlık teşebbüsü olduğuna inanacaktı. Bir herifin pataklanmasının çok büyük bir mesele olduğunu düşünmüyordum, ayrıca ben o zamana kadar çoktan gitmiş olacaktım. Ama adam öldü ve bu her şeyi değiştirdi, öyle değil mi?"

"Kapıda birden fazla kişi olup olmadığını bilmiyorsun, değil mi?"

Başını iki yana salladı. "Üzgünüm, sana bildiğim her şeyi anlattım."

"Wieder hemen değil, iki-üç saat sonra öldü," dedim. "Eğer gece yarısı biri geldiyse, o kişinin acil servisi araması gerekirdi ama bunu yapmadı. Belki de kapıyı duyduğunu sandın. O gece şiddetli rüzgâr vardı, belki de menteşeleri gıcırdatmıştır."

"Hayır," dedi kararlı bir şekilde. "Anlattığım gibi oldu. Birisi kapıyı anahtarla açıp içeri girdi."

"Ve o birisi, ölsün diye onu yerde öylece bıraktı, öyle mi?"

Kaşlarını çatarak uzun süre yüzüme baktı, şaşkın bir maymun gibi görünüyordu.

"Bunu bilmiyorum... Yani profesör hemen ölmemiş mi?"

"Hayır. Bu bilinmeyen kişi acil servisi arayarak onun hayatını kurtarabilirdi. Ancak ertesi sabah olduğunda tamirci eve gelip 911'i aramış; ama bu da çok geçti. Wieder öleli birkaç saat olmuştu."

"O yüzden mi kimin geldiğiyle ilgileniyorsun?"

"Evet. Saldırı sırasında Wieder bir şey söyledi mi? Yardım istedi mi, kim olduğunu veya ona benzer bir şey sordu mu? Herhangi bir isim telaffuz etti mi?"

"Hayır, yardım istemedi. Belki boğuk sesler çıkarmış olabilir, hatırlamıyorum. Önce kendini savunmaya çalıştı, sonra düştü ve kafasını korumaya uğraştı. Ama bağırmadı, bundan eminim. Zaten etrafta onu duyacak kimse de yoktu."

Silahlı iki memur içeri geldi ve biri bana zamanımızın bittiğini işaret etti. Tam Spoel'e, "Görüşürüz," demek üzereydim ki sonra bunun kötü bir espri olacağını fark ettim. Adam sekiz hafta içinde ölmüş olacaktı. Benimle konuşmayı kabul ettiği için ona bir kez daha teşekkür ettim. Ayağa kalktık ve o sanki tokalaşmak istermiş gibi bir hareket yaptı, fakat sonra topuklarının üzerinde dönerek memurların yanına geçti ve zincirler yüzünden tökezleyerek kapıya doğru ilerledi.

* * *

Odada yalnız kalmıştım. Sigaraları çantamdan çıkarıp, çıkarken polislere vermeyi unutmamak için elimde tuttum.

Profesörün evine gece yarısı gelen ve onu yerde yatarken bulduğu halde acil servisi aramayan kimdi? Şayet Spoel doğruyu söylüyorsa, bu kişi zili çalmamış ya da kapıyı tıklatmamış, içeri anahtarıyla girmişti. Geçen onca zamandan sonra, insan zihni kolaylıkla yanılabilirdi. Ne olursa olsun kesin olan bir şey vardı: Spoel'in bana anlattıkları, Derek Simmons'ın zamanında söyleyip birkaç ay önce o muhabire tekrarladıklarıyla örtüşmüyordu.

John Keller, araştırmasının sonunda topladığı bilgilerin bir özetini yazmıştı; evime getirdiği evrakların arasında bu özetin bir kopyası vardı. Laura Baines'in cinayet sırasında evde olup, profesörün henüz bitirdiği ve yayınevine göndermek üzere olduğu kitabı çaldığından kuşkulanıyordu. Keller, Laura'nın Wieder'i tek başına öldürmesinin fiziksel olarak mümkün olmaması nedeniyle Richard'la suç ortaklığı yaptığını düşünüyordu. Flynn sopayı kullanan kişi olsa da, cinayetin manevi liderinin bu

218

işten kazanç elde edebilecek tek kişi olan Laura Baines olduğuna inanıyordu.

Ne var ki, Spoel doğruyu söylüyorsa o zaman Laura Baines'in cinayet için Flynn'ın suç ortaklığına ihtiyacı olmamıştı. Şans eseri saldırıdan sonra eve girdiğinde profesörü yerde yatar halde bulmuş ve Spoel'in kaçtığı cam kapıyı ve çıkarken de giriş kapısını kapayarak kitabı çalmak için durumdan fayda sağlamış olabilirdi. Derek Simmons sabah profesörün evine geldiğinde kapı ve pencerelerin kapalı olduğunu ifade etmişti.

Daha sonra adli tıp raporunda belirtilen önemli bir başka detayı daha anımsadım. Adli tabibin bir konuda kafası karışmıştı: Wieder'in mücadele sırasında aldığı tüm darbelerden sadece biri öldürücüydü. Bu da muhtemelen kurban yerdeyken ve bilinci kapalıyken sol şakağına aldığı son darbeydi. Spoel beyzbol sopasını bir havluya sardığını söylemişti. Havluya sarılmış bir sopa, fazla tahrip edici bir silah olamazdı. Fakat ya Wieder'i öldüren o son darbe, başka bir kişi tarafından vurulduysa?

* * *

Matt birkaç dakika sonra geri geldiğinde girdiğimiz yoldan dışarı çıktık. Frank Spoel için getirdiğim sigaraları kapıya bıraktıktan sonra otoparka yöneldik. Tek bir bulutun bile kalmadığı parlak gökyüzü, kırlık arazinin üzerinde boylu boyunca uzanıyordu. Bir şahin ara sıra çığlıklar atarak havada asılı duruyordu.

"Sen iyi misin, dostum?" diye sordu Matt bana. "Bir ölü gibi solgunsun."

"İyiyim. Muhtemelen oradaki hava bana pek iyi gelmedi. Yakınlarda bildiğin iyi bir restoran var mı?"

"Bill'in Yeri var, I-55 üzerinde, buradan dört-beş kilometre ileride. Oraya gitmek ister misin?"

"Sana yemek ısmarlayacağımı söylemiştim, değil mi? Uçağımın kalkmasına daha dört saat var."

Matt'in bahsettiği lokantaya kadar konuşmadan yol alırken Spoel'in anlattıkları üzerine düşündüm.

İtirafının Derek Simmons'ın hikâyesiyle örtüşmemesi bana garip geliyordu. Simmons da bahçede saklandığını iddia etmişti. Eğer öyle olduysa, onun ve Spoel'in birbirlerini görmemiş olmalarına imkân yoktu. Arka bahçe büyüktü ama oturma odasından görünmeden içerinin gözlenebileceği tek yer, solda, o zamanlar üç metre boyundaki çam ağaçları ve manolya öbeklerinin bulunduğu göle bakan bölümdü.

"Adamın söylediklerini düşünüyorsun, değil mi?" diye sordu Matt, arabayı lokantanın önündeki alana park ederken.

Başımı onaylar gibi salladım.

"Hepsini uyduruyor mu, ondan bile emin olamazsın. Bunun gibi işe yaramaz tipler bir karton sigara koparmak için bile inanılmaz yalanlar uydurabilirler. Belki de her şeyi ilgi çekmek veya Wieder davasını tekrar açarlarsa infazın ertelenmesini umduğu için uydurmuştur. Cinayet başka bir eyalette olmuştu, o yüzden belki de cinayetten yargılanmak üzere New Jersey'ye gönderilmeyi ümit ediyordu, bu da mahkemede geçecek yıllar ve Swanee Nehri'ne dökülecek bir miktar daha vergi anlamına gelir. Avukatı zaten buna benzer bir şeyi denedi ama bir şey çıkmadı. Ve iyi de oldu bana sorarsan."

"Peki, ya yalan söylemiyorsa?"

Arabadan indik. Matt beyzbol şapkasını çıkarıp elleriyle ağaran saçlarını sıvazladıktan sonra şapkayı tekrar kafasına geçirdi.

"Biliyorsun, Kaliforniyalı herifi düşünüyordum, hani şu katillerle ilgili kitap yazan adamı. Ben hayatım boyunca suçluların içinde yaşadım. Önce onları hapse sokmaya çalıştım, sonra da jüri ve hâkimin karar verdiği süre boyunca orada tutmaya.

Onları iyi tanıyorum ve haklarında söylenecek fazla şey yok: Kimisi, tıpkı resme veya basketbola yeteneği olanlar gibi böyle doğmuş. Elbette hepsinin anlatacak hüzünlü bir hikâyesi var ama benim umurumda değil doğrusu."

Lokantaya girip öğle yemeğimizi sipariş ettik. Yemek boyunca, Spoel'in bahsini açmadan havadan sudan konuştuk. Yemeği bitirdiğimizde Matt, "Ne oldu da bu işe sardın sen? Yapacak daha iyi bir şeyin yok mu?" diye sordu.

Ona gerçekleri anlatmaya karar verdim. Matt kendisine yalan söylenmesini hak eden biri değildi ve bana, tahammül edemediğim o acıyan ifadeyle bakmayacağından emindim.

"Yaklaşık altı önce doktora gittim," dedim. "Her zaman iyi bir hafızam olmasına karşın sokak isimleri başta olmak üzere bir sürü şeyi unutup duruyordum. Bir deneme yapmaya çalıştım: Hangi filmde hangi aktör oynuyordu, şu melodiyi kim söylüyordu, şu maçın sonucu neydi falan gibi. Bunun üzerine, isimlerle ilgili de problem yaşamaya başladığım dikkatimi çekti, o nedenle doktora gittim. Birkaç test yapıp farklı farklı sorular sordu ve iki hafta sonra bana büyük haberi verdi."

"Deme! Tahmin ettiğim şeyse..."

"Pekâlâ, demem öyleyse."

Bana baktı, ben de bunun üzerine sözlerime devam ettim.

"Alzheimer, evet. Erken aşamaları. Henüz tuvalete gitmeyi ya da dün gece ne yediğimi unutmaya başlamadım. Doktor zihnimi aktif tutmamı, egzersizler yapmamı söyledi; bana bir kitap ve yardımı olacak bazı videolar verdi. Fakat benim aklıma Wieder davasıyla ilgilenen muhabir geldi. Merkeze gidip arşivden bazı dokümanların kopyalarını aldım. O da bulduklarını bana gönderdi, böylece ben de eskilerden kalma maçları hatırlamak yerine, zihnimi böyle bir şeyle, aslında ilginç ve önemli bir şeyle meşgul etmenin iyi bir fikir olacağını düşündüm. Pis sarhoşun teki olduğum için zamanında bu davayı elime yüzüme bulaştırdığımı düşünüyordum. Sonrasında seni arayıp buraya geldim."

"Eski defterleri karıştırmanın iyi bir fikir olduğundan emin değilim. Ben sadece laf olsun diye, tesadüfen anlatmıştım olanları; sırf onun için buraya kadar geleceğin aklıma gelmemişti. Ama duyduklarıma gerçekten üzüldüm..."

"O zaman neler olduğu ve katili nasıl gözümden kaçırdığımı bilmek benim için gerçekten önemli. En fazla bir-iki yıl içinde, Wieder'in kim olduğunu hatta eskiden bir polis olduğumu bile hatırlamayacağım. Sebep olduğum karışıklığı temizlemeye, benim yüzümden olan ve çoğunun bedelini hâlâ ödediğim hataları düzeltmeye çalışıyorum."

"Bence kendine haksızlık ediyorsun," dedi, garsona biraz daha kahve getirmesini işaret ederken. "Hepimizin iyi ya da kötü dönemleri oldu. Senin görevini yapmadığını hiç hatırlamıyorum. Hepimiz sana saygı duyardık, Roy ve senin iyi bir adam olduğunu düşünürdük. Tamam, senin içkiyi sevdiğini biliyorduk ama hepimizin etrafta olup bitenlerden kendisini bir şekilde koruması gerekiyordu, öyle değil mi? Sen geçmişi bırak da kendine biraz iyi bakmaya başla."

Sorusunu yöneltmeden önce duraksadı, "Sana belirli bir tedavi verdi mi? Doktor yani, ilaç falan verdi mi?"

"Bazı ilaçlar alıyorum. Doktorun bana söylediği her şeyi yapıyorum ama fazla umut beslemiyorum. İnternette Alzheimer hakkında yazılar okudum, o yüzden tedavisi olmadığını biliyorum. Sadece zaman meselesi. Artık kendime bakamaz hale geldiğimde, yaşlılar evine gideceğim."

"Gece kalmak istemediğine emin misin? Biraz daha konuşabiliriz."

"Bileti değiştirirsem param yanar. Ama belki bir ara tekrar gelirim. Yapacak fazla bir şeyim yok."

"Her zaman beklerim, bunu biliyorsun. Ama başka cezaevi ziyareti yok."

"Söz."

* * *

Beni havaalanına götürdü. Konuştuklarımıza rağmen, bunun onu son görüşüm olduğuna dair tuhaf bir hisse kapıldım ve çıkışa doğru yürümeye başladığında arkasından bakıp, sandalların arasında ilerleyen kocaman bir gemi gibi kalabalığın içinde kayboluşunu izledim.

Üç saat sonra Newark'a inmiştim; bir taksiye atlayıp eve gittim. Yolda taksi şoförü eski bir Creedence Clearwater Revival CD'si koydu, müziği dinlerken bir taraftan da Diana'yla birlikte olduğumuz ilk zamanları düşündüm: piknikte tanışmamızı, onun numarasını kaybedişimi ama sonra arkadaşlarımla gittiğim bir sinemadan çıkarken tesadüf eseri ona rastlayışımı, Jersey Shore'da bir oteldeki ilk sevişmemizi. Gariptir, o hatıralar, az önce Potosi'ye yaptığım ziyaretten daha canlıydılar.

İnsanın kendisini bir şeye yoğun şekilde kaptırdığında, başka bir şey düşünürken dahi zihninin o şeye kafa patlatmaya devam ettiğini fark etmiştim. Taksiye ödemeyi yaptıktan sonra evin giriş kapısını açarken, Spoel'in Wieder'i öldürdüğüne dair hikâyesinin doğru olduğuna karar vermiştim bile —öyle olmalıydı, o adamın kaybedecek hiçbir şeyi yoktu— ve Derek Simmons otuz yıl önce onu sorguya aldığımda bir sebeple bana yalan söylemişti. Ve bunun nedenini bulmalıydım.

223

Üç

İki gün sonra Simmons'ı arayıp evine gittim. Adresini John Keller'dan aldığım dokümanların arasında bulmuştum. Simmons, Princeton Polis Merkezi'nin yakınlarında oturuyordu, oraya öğleden sonra üç gibi vardığımda yağmur bulutları sac çatılara yüklerini boşaltıyordu.

Görüşmemizden önce yüzünü hatırlamaya çalıştım ama anımsayamadım. Onu sorguladığım sıralarda kırklı yaşlarının başındaydı, o yüzden karşımda harap durumda bir adam bulmayı bekliyordum. Yanılmıştım – yüzündeki derin kırışıklıkları ve beyaz saçlarını saymazsak oldukça iyi görünüyordu.

Kendimi tanıttığımda beni güçlükle tanıdığını, bir polis gibi değil, bir rahip gibi göründüğümü söyledi. Ona Keller'ın notlarında okuduğum kadının, Leonora Phillis'in nerede olduğunu sorduğumda, ameliyat olan annesine bakmaya, Louisiana'ya gittiği cevabını verdi.

Oturma odasına geçtiğimizde kanepeye iliştim, o da bana tarçına benzer bir tadı olan bir fincan kahve getirdi. Bana bunu Leonora'dan öğrendiğini, Cajun usulü bir kahve olduğunu açıkladı. Kendisine de bir fincan hazırlayarak bir sigara yaktı ve sehpada duran, ağzına kadar dolu kül tablasını kendisine doğru çekti.

"Sana sokakta rastlasam tanımazdım," dedi. "Açıkçası, tüm olanları unutmaya çalışıyordum. Birkaç ay önce bir muhabirin gelip bana sorular sorduğunu biliyor muydun?"

"Evet, biliyorum. Onunla ben de konuştum."

Ona, eski günlerdeki gibi, tüm bilgileri not etmek üzere kullandığım defterime karaladıklarıma bakarak Frank Spoel olayını aktardım. Beni ara sıra kahvesini yudumlayıp birbiri ardına sigara yakarak ve sözümü kesmeden dikkatle dinledi.

Bitirdiğimde hiçbir yorum yapmadı, sadece bir kahve daha isteyip istemediğimi sordu. Kül tablası sigara izmaritleriyle öylesine dolmuştu ki birkaçı aramızdaki maun sehpaya dökülmek üzereydi.

"Şimdi seninle neden konuşmak istediğimi anladın mı?" diye sordum.

"Hayır," diye yanıt verdi sakin bir sesle. "Otuz yıl boyunca kimse bana bu konuda soru sormadı ve şimdi birden herkes ilgili görünüyor. Anlamıyorum. O zaman olanları konuşmak bana keyif vermiyor. Profesör benim tek dostumdu."

"Derek, o zaman ifadende söylediklerini hatırlıyor musun? Ve kısa bir süre önce muhabire anlattıklarını?"

"Elbette."

"Senin söylediklerin Spoel'in bana anlattıklarıyla tutmuyor. O, cinayet gecesi evin arkasındaki bahçede saklandığını iddia ediyor. Sen de aynı saatte, saat dokuz sularında aynı yerde olduğunu ifade etmiştin. Nasıl oldu da birbirinizi görmediniz? Sen profesörün Laura Baines ve Richard Flynn'la birlikte olduğunu ve Wieder'le tartıştıklarını söylemişsin; sonra Laura'nın çıktığını ve arabasının yakınlarda park edilmiş olduğunu görmüşsün.

Ama Spoel, Laura Baines'ten hiç bahsetmedi. Profesörün Richard Flynn'la birlikte olduğunu ve aralarında bir anlaşmazlık geçtiyse de bunu fark etmediğini söyledi."

İki versiyon arasındaki tüm farkları maddeler halinde not etmiştim.

"Ne olmuş yani?" dedi en ufak bir merak belirtisi göstermeden. "Belki de herif artık olanları unutmuştur veya yalan söylüyordur. Neden ona inanıyorsunuz da bana inanmıyorsunuz? Benden ne istiyorsunuz ki zaten?"

"Bunu tahmin etmek güç değil," diye cevap verdim. "İkinizden biri doğruyu söylemiyor ve şimdi bunun sen olduğuna inanıyorum. Benim ilgilendiğim, bana neden yalan söylediğin."

Hiçbir keyif belirtisi göstermeden güldü.

"Belki de yalan söylemiyorumdur, belki de çok iyi hatırlamıyorumdur o geceyi. Ben yaşlıyım; yaşlandığın zaman bazı şeyleri unutmak normal, değil mi?"

"Ben sadece birkaç ay önce Keller'a anlattıklarından bahsetmiyorum, cinayetin hemen ertesinde polise anlattıklarından söz ediyorum," dedim. "Her iki açıklama da tıpatıp birbirinin aynı. Ayrıca, Keller'a Laura'yla Wieder'in bir ilişki yaşadıklarını da söylemiştin, hatırladın mı?"

"Belki de yaşıyorlardı. Yaşamadıklarını nereden biliyorsun?"

"O dönem Laura Baines ve profesörün sevgili olduklarını iddia eden tek kişi sendin. Ve Flynn da Laura'ya âşık olduğu için, dedektiflere onun olası bir cinayet sebebi olabilecek bir kıskançlık krizine girip Wieder'i öldürdüğünü düşündürmüş olabilirsin."

"Ben hep böyle olduğunu düşünmüştüm, sevgili olduklarını yani. Ve hâlâ o gece Richard'ın evden çıkmış gibi yaptığına ama sonra geri gelip profesörü öldürdüğüne inanıyorum. Eğer bunu kanıtlayamıyorsanız, bu sizin probleminiz, öyle değil mi? İlişkilerine gelince, belki de doğru kişilere sormamışsınızdır."

"O gece evin arkasında saklanmadın, değil mi Derek? Neden Flynn'a çamur atmaya çalışıyorsun?"

Aniden öfkeli ve rahatsız göründü.

"Ben kimseye çamur atmaya falan çalışmıyorum, dostum. Aynen dediğim gibi oldu: Oradaydım ve üçünü de oturma odasında gördüm."

"Yani iki saat karın içinde beklediğini mi söylüyorsun? Üzerine ne giymiştin?"

"Nereden bileyim? Hatırlamıyorum."

"Nasıl oldu da Spoel'i görmedin ve o da seni görmedi?"

"Belki yalan söylüyordur ve orada değildir ya da zamanlamayı yanlış hatırlıyordur. Bu neden benim umurumda olmalı?"

"Neden Laura Baines'in orada olduğunu iddia ettin?"

"Çünkü onu gördüm ve arabası evin yakınlarında park edilmişti. Papağan gibi her şeyi tekrarlattırıyorsun bana, dostum."

Aniden ayağa kalktı.

"Üzgünüm ama bir müşteriye arabasını bu akşama kadar tamir edeceğime söz vermiştim. Garajda. Şimdi gitmem gerekiyor. Alınma ama canım seninle konuşmak istemiyor, tonlaman hoşuma gitmedi. Şimdi maç zamanı. Katılımınız için teşekkürler."

"Ne dedin?"

"Yankees–Baltimore Orioles maçı: Oyuncu Thurman Lee Munson uçak kazasında öldüğünde spiker böyle anons yapmıştı, ben de oradaydım. Bilgin olsun, bundan sonra izin belgesi olmayan biriyle Wieder davası hakkında konuşmayacağım. Seni geçireyim."

Kendimi, "şüpheliler"den biri tarafından evden kovulan bir dedektifi oynayan küçük bir çocuk gibi gülünç hissederek evden çıktım. Bir zamanlar polistim ama bu çok eskide kalmıştı. Şimdiyse belinde silahı olmadan ortalıkta dolanan yaşlı bir ihtiyardım. Arabaya binip defteri torpido gözüne attım.

Silecekler sağanak yağışla zar zor baş ederek son hızla çalışırken Valley Road'a saptım ve kendime bu hikâyeyle nereye varmak istediğimi sordum. Derek'in yalan söylediğinden ve cinayetten hemen sonra da yalan ifade verdiğinden neredeyse emindim ama bu konuda yapabileceğim bir şey yoktu. Matt bana Spoel'in avukatının davayı yeniden açmaya çalıştığını ama başarılı olamadığını söylemişti. Aylaklık eden bunak bir eski polisten başka bir şey değildim.

Sonraki birkaç günü davayı düşünerek evimin çatısını onarmak ve oturma odasını boyamakla geçirdim. O cumartesi günü arka bahçeyi temizledim ve pazar da yakın zamanda kalp krizi geçirip birkaç hafta önce hastaneden çıkmış olan eski iş arkadaşım Jim Foster'ı ziyaret etmek üzere şehre indim. Hava güzeldi, böylece yürüyüşe çıkıp ardından da Lafayette Caddesi yakınlarında bir restoranda oturduk. Bana, yapması gereken zorlayıcı perhizden bahsetti. Ona Joseph Wieder davasıyla ilgili bir şey hatırlayıp hatırlamadığını sorduğumda biraz şaşırıp bu ismin kendisine bir şey anımsatmadığını söyledi.

"1987'nin Aralık ayında, evinde öldürülen Princeton'lı profesör. Potosi, Missouri'deki idam mahkûmu bir tutuklu, onu kendisinin öldürdüğünü iddia ediyor. Adamın adı Frank Spoel, o zamanlar sadece yirmi iki yaşındaymış. O dönem davayla ben ilgileniyordum."

"Frank adını hiçbir zaman sevmemişimdir," dedi tabağımdaki İtalyan sosislerine bakarak. "Çocukken *Rüzgâr Gibi Geçti*'yi okumuştum, orada ağzı kokan Frank diye bir karakter vardı. Bu detay neden aklıma saplanıp kaldı bilmiyorum ama bu adı duyduğumda hep o aklıma gelir. Neden hâlâ bu olayla ilgilisin?"

"Hiç saplantı haline getirdiğin bir dava oldu mu, yıllar geçse bile sürekli hatırladığın?"

"Ben bir sürü davaya baktım, Roy."

"Evet, biliyorum ama ben bunca yıldan sonra bu davanın beni halen rahatsız ettiğini fark ettim. Yani orada daha fazla şeylerin, beni bekleyen önemli bir şeylerin olduğuna dair bir hissim var, anlıyor musun? *Law & Order* tipi bir şeyden değil, adaletten bahsediyorum, eğer başarısız olduysam bu ebedi olacak hissiyatından söz ediyorum."

Birkaç saniye düşündü.

"Sanırım, ne demek istediğini anlıyorum... Doksanlarda NYPD'ye[*] geçtiğimde, bir süre narkotikte çalışmıştım. O zamanlar Federallerle birlikte çalışarak gecekondulardaki uyuşturucu satıcılarıyla ve Gotti'nin[**] adamlarıyla mücadele ediyorduk. Sıkılmaya bile vakit yoktu. İrlandalı bir patronun eski sevgilisi olan Myra adındaki genç bir kız, kendisine koruma sağlarsak ağzındaki baklaları çıkarmaya hazır olduğunu söyledi. 43. Batı Caddesi'nde, Full Moon denen bir barda onunla buluştum. Oraya, bir yıl sonra Jersey'deki silahlı çatışmada Nikaragualı birkaç herif tarafından öldürülen meslektaşım Ken Finley'le gitmiştim. Kız geldi, içkileri ısmarladık ve ben ona bizimle çalışmaya hazırsa tanık koruma programının nasıl olacağını anlattım. Sonra kız tuvalete gitmek istediğini söyledi ve ben de geri gelmesini bekledim. Ekibim ve ben on dakika falan bekledikten sonra bir terslik olduğunu fark ettik. Barmen kızdan, kadınlar tuvaletine gidip bir bakmasını istedim ama kız orada yoktu. Sonunda barın müdürüyle konuştum ve etrafı aradık. Hiçbir şey bulamadık, dostum. Mekânda hiç pencere yoktu ve tek çıkış yolu da tuvalet deliği ya da küçük bir çocuğun bile sığamayacağı havalandırmaydı. Neler döndüğünü anlayamadık. Masamız tuvaletlerin yanındaydı,

---

[*] New York City Police Department: New York City Polis Teşkilatı. –çn.

[**] John Gotti: New York'un beş mafya ailesinden biri olan Gambino Ailesi'nin 1986'dan 1992'ye kadar liderliğini yapan ünlü İtalyan-Amerikan gangster ve mafya babası.

yani çıksaydı onu görürdük. Ayrıca, mekân neredeyse boştu ve o zaman zarfında kimse tuvalete girmemiş ya da tuvaletten çıkmamıştı."

"Ne hikâye ama... Neler olduğunu öğrenebildiniz mi sonra?"

Başını iki yana salladı.

"Belki de üzerinde düşünmek istemedim. Şimdi bile tüylerimi diken diken ediyor. Benden sadece birkaç metre uzakta sanki yer yarılıp içine girmişti ve ben hiçbir şey yapmadım. Ölü ya da diri bulunamadı. Yıllarca ne olmuş olabileceğine dair kafa yordum. Muhtemelen her polisin sırtında böyle bir kambur vardır, Roy. Belki sen de seninkiyle ilgili bu kadar fazla düşünmemelisin."

Jim'e evine kadar yürüyerek eşlik ettikten sonra arabamı park ettiğim otoparka yöneldim. McNally Jackson Kitabevi'nin önünden geçerken Dr. Laura Westlake'in üç gün sonra çarşamba günü orada bir konuşma yapacağını ilan eden bir poster gördüm. Böyle özel bir ortamda ona yaklaşmaya cesaret edemezdim, bu nedenle belki kitap imzalama işi bittikten sonra kendisiyle birkaç kelime konuşabileceğimi düşündüm. O posterle karşılaşmam benim için bir işaret olmuştu, şansımı denemeye kararlıydım.

Posterde fotoğraf yoktu, bu nedenle o akşam eve gittiğimde internette bir resmini bulmaya çalıştım. Onu hayal meyal hatırlıyordum –o zamanki görüşmede tüm sorularımı sakin bir tavırla cevaplamıştı; uzun boylu, ince ve kendinden emin genç bir kızdı– fakat yüzü aklıma gelmiyordu. Son fotoğraflarından birkaçını buldum; geniş alnını, soğuk bakışlarını ve dudaklarındaki sert ifadeyi inceledim. Birçok açıdan güzel sayılmazdı ama Richard Flynn'ın neden ona çılgınca âşık olduğunu da anlayabiliyordum.

* * *

Üç ay önce, John Keller'ın talebiyle Batı Windsor İlçe Polis Müdürlüğü'nün arşivine gitmiş ve Wieder davasıyla ilgili dokümanların kopyalarını almıştım. Şimdi de Princeton Polis Merkezi'ne gidip Derek'in karısını öldürmekle suçlandığı Simmons davasını soruşturacaktım. Richard Flynn, kitabında bu davadan, Laura Baines'ten duyduğu detayları sıralayarak laf arasında bahsetmişti. Dosyaya göz atmanın bir zararı olmazdı. Cinayet 1982 yılında, ben Batı Windsor'daki polis merkezine geçtikten birkaç yıl sonra gerçekleşmişti.

Birlikte çalıştığımız zamanlardan tanıdığım şef Brocato'yla telefonda görüştüm, fazla soru sormadan arşive bakabileceğimi söyledi. Resepsiyondaki adam bana bir ziyaretçi kartı verdi, arkasından kanıt odasının yanı sıra arşivlerin de bulunduğu bodrum kata indim.

Orada çalıştığım zamandan beri arşiv düzenlemesinde hiçbir değişiklik olmamıştı. Önceden tanıdığım yaşlı memur Val Minsky, elime eski bir karton koli tutuşturup beni lambalı bir masa, eski bir Xerox makinesi, iki sandalye ve birkaç boş rafın bulunduğu derme çatma bir ofise götürdü. Evraklara acele etmeden bakabileceğimi söyleyip odada sigara içmenin yasak olduğunu da ekledikten sonra beni yalnız bıraktı.

Dosyaları tek tek okuduğum sonraki bir saatin sonunda, Flynn'ın kitapta dava hakkında yazdıklarının kısa ama doğru olduğunu düşündüm.

Derek Simmons, cinayeti kabul etmemiş ve hâkim, Joseph Wieder tarafından yapılan muayeneyi takiben sanığın akli dengesinin yerinde olmaması sebebiyle suçsuz olduğuna hükmetmişti. Simmons, tutuklanmasından sonra New Jersey Eyalet Hapishanesi'nde tutulmuş, sonra da amnezi geçirmesine sebep olan kazanın da gerçekleştiği Trenton Psikiyatri Hastanesi'ne sevk edilmişti.

Bir sene sonra, fiziksel olarak iyileştiğinde, Marlboro Psikiyatri Hastanesi'ne nakledilmiş ve iki yıl sonra oradan da taburcu olmuştu. Hâkimin Simmons'ı Marlboro'ya sevkine ve sonra da taburcu edilmesine karar verirken temel aldığı uzman raporu da Joseph Wieder tarafından hazırlanmıştı. Dosyada, serbest bırakılmasından sonraki döneme ait sadece tek bir evrak vardı: 1984 yılında, hâkimin yine bir uzman değerlendirmesini takiben nezareti kaldırdığına dair dokümandı bu.

Simmons'ı cezaevinden kurtaran raporda Wieder'in yanı sıra imzaları bulunan diğer iki uzmanın isimlerini not ettim. Birinin adı Lindsey Graff, diğerininki John. T. Cooley'di.

Sonra gözüme telefon numaralarından oluşan bir liste ilişti.

Simmons hemen tutuklanmamıştı, karısının ölümünden sekiz gün sonra içeri alınmıştı. Listede, cinayetten bir hafta öncesinden başlayarak Derek'in tutuklanmasına kadar Simmons'ların evine gelen ve evden yapılan telefon görüşmelerinin detayları yer alıyordu. Listeden bir kopya alıp evrak çantama yerleştirdim.

Zamanında Simmons davasıyla ilgilenmiş arkadaşlarımdan biri olan Nicholas Quinn, doksanlarda kalp krizinden ölmüştü. Evrak işleriyle ilgilenen diğeri de merkeze muhtemelen ben ayrıldıktan sonra gelmişti. Adı Ian Kristodoulos'tu.

Evrakların olduğu koliyi memur Minsky'ye geri verdiğimde, aradığım şeyi bulup bulamadığımı sordu.

"Henüz bilmiyorum," dedim. "Dedektif Kristodoulos'u tanır mısın, bu davada çalışanlardan biriydi? Diğerini, yani Quinn'i tanıyorum ama yaklaşık on beş yıl önce ölmüştü o."

"Elbette tanıyorum. Beş yıl önce NYPD'ye geçti."

"Onun numarasına nasıl ulaşabileceğim hakkında bir fikrin var mır?"

"Bana bir saniye ver."

"Çok teşekkürler, Val."

"Arkadaşlarımıza canımız feda."

Minsky aldatan kadınlar ve sarhoş annelerle ilgili fıkralarla süslediği ve sanki gözü seğiriyormuş gibi bana bakarak göz kırpıp durduğu birkaç telefon görüşmesi yaptı. Sonunda kırmızı kırışık suratında bir zafer ifadesi belirdi ve bir post-it'in üzerine bir numara yazarak bana uzattı.

"Anlaşılan, henüz emekli olmamış. Brooklyn'de, 67. Bölge'de, Snyder Caddesi'ndeymiş. Numarası da burada."

Kristodoulos'un numarasını telefonuma kaydettikten sonra Minsky'ye teşekkür edip oradan ayrıldım.

* * *

Ian Kristodoulos'la o öğleden sonra, Prospect Parkı yakınlarındaki bir kafede bir görüşme ayarladım ve bu arada iki uzmanın yerlerini saptamaya çalıştım.

İnternette uzun bir arama yaptıktan sonra, şehirde, 56. Doğu Caddesi'nde bir muayenehanesi olan Lindsey Graff adında bir psikiyatrist olduğunu öğrendim. Bayan Graff'ın kliniğin web sitesinde yer alan özgeçmişini inceledim. Yüzde doksan dokuz olasılıkla doğru insana denk gelmiştim: Lindsey Graff, 1981 ve 1985 yılları arasında Eyalet Adli Tabipliği Bürosu'nda uzman olarak görev yapmış, ardından da altı yıl NYU'da eğitim vermişti. Kliniği 1998 yılında iki meslektaşıyla birlikte açmıştı.

Muayenehaneyi arayıp bir randevu almayı denedim ama asistanı bana Dr. Graff'ın kasım ayının ortasına kadar müsait olmayacağını iletti. Ona, özel bir problemim olduğunu, o nedenle Dr. Graff'la telefonda görüşmek istediğimi söyledim. Numaramı bırakarak notu kendisine iletmesini istedim.

O öğleden sonra Kristodoulos'la görüşme yapacağım yere vardığımda John T. Cooley'nin izini henüz bulamamıştım. Kristodoulos kısa boylu, tıknaz ve esmerdi, tıraş olduktan bir saat sonra bir günlük sakalı varmış gibi görünen tiplerdendi. Bir saat boyunca bana Simmons davasıyla ilgili hatırladıklarını samimiyetsiz bir ses tonuyla aktardı.

"İlk önemli davamdı," dedi. "Bir buçuk yıldır merkezdeydim ve o âna kadar hep ufak davalarla ilgilenmiştim. Olay gerçekleştiğinde Quinn'den beni ortağı olarak işe dahil etmesini istedim. Nasıl olduğunu bilirsin, ilk kız arkadaşın gibi ilk cinayet davanı da asla unutmazsın. Fakat şerefsiz Simmons paçayı kurtardı."

Derek Simmons'ın, karısını, bir ilişki yaşaması sebebiyle öldürdüğünden hiç şüphesi olmadığını söyledi. Simmons gayet aklı yerinde ama kurnaz görünüyordu, bu nedenle psikiyatrik değerlendirmenin sonucu bütün departmanı mutsuz etmişti.

"Kanıt sağlamdı, o nedenle yargılansaydı şartlı tahliye olmadan müebbet yerdi, orası kesin. Ama yapabileceğimiz bir şey yoktu. Kanun böyleydi, kimse uzmanların kararını geçersiz kılamıyordu. Onu hastaneye götürdüler, birkaç yıl sonra da oradan çıktı. Ama hiçbir şey cezasız kalmıyor; duyduğuma göre hastanedeyken bir adam kafasına vurmuş ve bu kez aklını gerçekten yitirmiş. Bir yıl sonra, Başkan Reagan'ı öldürmeye teşebbüs eden adamın akli dengesi yerinde olmaması sebebiyle suçsuz bulunduğu 1984 yılında, Akıl Sağlığı Müdafaası Reform Yasası Meclis'ten geçtiğinde o yasayı değiştirdiler."

Kristodoulos'un yanından ayrıldıktan sonra eve gittim, Cooley'nin izini bulmak için yaptığım araştırmama devam ettim ama bir şey bulamadım. Lindsey Graff beni aramamıştı ama zaten bunu yapmasını beklemiyordum.

Gece on civarında, *Two and a Half Men*'in eski bölümlerinden birini izlerken Diana telefon etti.

"Senden istediğim şeyi yapacağına söz vermiştin," dedi hal hatır sorduktan sonra. Son konuşmamızdan bu yana iki ya da üç hafta geçmişti.

Neyden bahsettiğini hatırlıyordum: Yıllar önce çalıştığı şirketten bir sertifikayı bulmam gerekiyordu; emeklilik başvurusu için bu evraka ihtiyacı vardı. Özür mahiyetinde bir şeyler geveleyip hemen ertesi gün halledeceğime dair ona söz verdim.

"Sadece hatırlatmak istedim," dedi. "Acelesi yok. Belki bir-iki haftaya bir uçağa atlar, gelip kendim hallederim. Sen iyi misin?"

Diana'nın sesini duyduğum her seferinde, sanki sadece birkaç gün önce ayrılmışız gibi hissediyordum. Ona iyi olduğumu, sertifika işini halledeceğimi ama bir ara aklımdan çıktığını ve ancak şimdi hatırladığımı söyledim. Sonra aslında neden aradığını anladım ve, "Matt aradı seni, değil mi?" diye sordum.

Birkaç saniye bir şey söylemedi.

"O çenesi düşük herifin böyle bir hakkı..."

"Roy, doğru mu bu? Hiç şüphe yok mu? İkinci bir görüş aldın mı? Senin için yapabileceğim bir şey var mı?"

Sanki Diana benim hakkımda utanç verici bir şeyi öğrenmiş gibi utanmıştım. Bana acımasını asla kabullenemeyeceğimi söyledim. Ayrıca son yıllarını, kendi adını bile anımsayamayan, yarı ölü bir insanla geçirmenin onun için hoş olacağını da sanmıyordum.

"Dee, bu konuda konuşmak istemiyorum. Şimdi ya da sonra."

"Birkaç günlüğüne gelmek istiyorum. Bu talep formunu doldurmak dışında yapacak bir işim de yok ve o da bekleyebilir."

"Hayır."

"Lütfen, Roy."

"Ben biriyle birlikte yaşıyorum, Dee."

"Şu âna kadar bundan hiç bahsetmedin ama."

"Geçen hafta taşındı yanıma. İki ay önce tanıştık. Adı Leonora Phillis; Louisiana'lı."

"Louisiana'lı Leonora Phillis... Disneyland'lı Minnie Mouse deseydin de olurdu, çünkü sana inanmıyorum, Roy. Biz ayrıldığımızdan beri yalnız yaşıyorsun."

"Ben ciddiyim, Dee."

"Bunu neden yapıyorsun, Roy?"

"Artık kapatmam lazım, kusura bakma. Şu sertifikayı alacağım, söz veriyorum."

"Oraya geliyorum, Roy."

"Yapma bunu, Dee. Lütfen."

Telefonu kapatıp kanepeye uzandım, gözlerimi öyle sıkı yumdum ki sulanmaya başladı. Yetmişli yıllarda ırklar arası evlilikler kuzeydoğuda bile pek yaygın değildi. Bir bara girdiğimizde maruz kaldığımız, kimisi düşmanca kimisi şaşkın bakışları hatırladım. Aralarında, sanki Diana ve ben birbirimize sırf bir şeyleri ispatlamak için âşık olmuşuz da suça ortaklık ediyormuşuz gibi bakanlar da olurdu. İkimiz de bu tür şeylerle baş etmek zorunda kalıyorduk ama en azından ben, Noel tatilini asla eşimin Massachusetts'teki akrabalarıyla geçirmek zorunda kalmayacağımı düşünerek kendimi rahatlatıyordum. Fakat daha sonra kendimi alkole verdim ve her şeyimi kaybettim. İçki içtiğim zamanlarda sadece kabalaşmakla kalmıyor, kötü bir insana dönüşüyordum. Karımı aşağılamak, her şey için onu suçlamak, onu en fazla yaralayacağını bildiğim laflar etmek hoşuma gidiyordu. Ve onca zamandan sonra dahi, o zamanki halimi hatırladığımda midemin tiksintiyle altüst olduğunu hissediyordum.

Şu hastalığımın getireceği tek iyi şey bütün bunları unutmak olacaktı; o yılları düşünmekten vazgeçecektim, çünkü var olduklarını dahi unutacaktım.

Boşandıktan üç yıl sonra, Albany'de klinikte geçirdiğim sürenin ve bir dizi Adsız Alkolikler toplantısının yardımıyla içkiyi bırakmayı başarmıştım; iki kere de relaps yaşamış ve tekrar toparlanmakta zorlanmıştım. Ama alkolik olarak kaldığımı ve sonuna kadar da alkolik olacağımı biliyordum. Bir bara girip bir şişe bira veya bir kadeh viski ısmarladığım anda gerisinin geleceğini biliyordum. Bazen bunu yapmanın her zamankinden daha cazip geldiği oluyordu, özellikle de emekli olduktan ve artık hiçbir şeyin önemi olmadığını düşünmeye başladığımdan beri. Fakat her seferinde, bunun en çirkin intihar şekli olacağını kendime hatırlatıyordum; daha hızlı ve daha temiz yollar da vardı.

Üzerime bir şeyler giyip evime yüz metre mesafedeki parkta bir yürüyüşe çıktım. Bir tepenin üzerinde, oturmayı sevdiğim, tahta banklarla çevrili açık bir alan vardı. Oradan şehrin ışıklarını görebiliyordum; bana kendimi sanki çatıların üzerinde geziniyormuş gibi hissettiriyordu.

Orada yarım saat kadar kalıp köpeklerini gezdiren ve tepenin altındaki otobüs durağına gitmek için kestirme yolu kullanan insanları izledim. Sonra yürüyerek eve döndüm ve Diana'ya beni görmeye gelmemesini söyleyerek dünyadaki en aptalca şeyi yapıp yapmadığımı merak ettim.

Dört

Çarşamba akşamı, saat 16.45'te, konuşma başlamadan on beş dakika önce McNally Jackson Kitabevi'ne varmıştım. Laura Baines, hipnozla ilgili yeni kitabını bir aydan kısa bir zaman önce çıkarmıştı ve o akşamki konuşma, tanıtım turunun bir parçasıydı. Kitabından bir tane satın alarak sandalyelerden birine yerleştim. Hemen hemen bütün yerler doluydu.

O sabah erken saatte Diana'nın sertifikasını almak üzere şirketine uğramıştım. Bir memur ertesi gün bir elektronik postayla sertifikayı göndereceğine söz vermişti ve ben de bunun üzerine problemin çözüldüğüne dair Diana'ya bir telefon mesajı göndermiştim. Mesaja cevap vermemişti, belki de telefonu kapalıydı.

Laura, internette bulduğum fotoğraflarından daha iyi görünüyordu; tecrübeli bir konuşmacı olduğu belliydi. Kim olduğumu ve neden burada olduğumu fark ettiğinde beni sepetlemesinin kaç saniye süreceğini merak ederek diken üstünde oturuyor olmama rağmen onu ilgiyle dinledim.

Konuşmasını bitirdi ve kısa bir soru-cevap faslının ardından imza için bir kuyruk oluştu. İmza kuyruğundaki son kişiydim; kitabı imzalaması için uzattığımda bana soran gözlerle baktı.

"Freeman, Roy Freeman," dedim.

"Freeman'a, Roy Freeman'a," dedi gülümseyerek ve sonra da kitabı imzaladı.

"Teşekkürler."

"Size de teşekkürler. Psikolog musunuz, Bay Freeman?"

"Hayır, ben eski bir polis dedektifiyim, cinayet masasından. Yaklaşık otuz yıl önce Profesör Joseph Wieder cinayetini araştırmıştım. Muhtemelen beni hatırlamıyorsunuzdur ama o zaman sizinle bir görüşme yapmıştım."

Bana bakıp bir şey söylemek üzere ağzını açtı, sonra fikrini değiştirerek sol elini saçlarında gezdirdi. Etrafına bakınıp imza bekleyen son kişi olduğumu gördü. Dolmakaleminin kapağını kapayarak yanındaki sandalyede duran çantasına koydu. Saçını mor renge boyatmış orta yaşlı bir kadın, birkaç metre uzaktan saygılı bir şekilde bizi izliyordu.

"Sanırım, ben Bay Freeman'la biraz yürüyeceğim," dedi kendisine şaşkınlıkla bakakalan mor kadına.

"Emin misiniz..."

"Gayet eminim. Sizi yarın sabah ararım. Kendinize iyi bakın."

Mantosunu giymesine yardım ettim, daha sonra çantasını aldı ve çıktık. Ortalık kararmıştı ve hava yağmur kokuyordu.

"Debbie benim yayın temsilcim," dedi. "Bazen annem gibi davrandığı oluyor. Konuşmayı beğendiniz mi, Bay Freeman?"

"Çok ilginçti gerçekten."

"Ama sizin gelme nedeniniz konuşmayı dinlemek değildi, öyle değil mi?"

"Sizinle birkaç dakika olsun konuşabilmeyi ümit ediyordum."

"Genellikle konuşmalarımdan sonra birileriyle görüşmeyi kabul etmem ama aslında bir şekilde sanki ben de sizi bekliyordum."

Zanelli'nin Yeri isimli kafenin önünden geçiyorduk, Laura içeri girip oturma teklifimi kabul etti. Kendisine bir kadeh kırmızı şarap ısmarladı ve ben de bir fincan kahve istedim.

"Sizi dinliyorum, Bay Freeman. Birkaç ay önce, bu olayla ilgili bir muhabirle görüştükten sonra postacının kapıyı iki kere çalacağını biliyordum. Birilerinin gelip üzerinden çok uzun zaman geçmiş bir dönem hakkında sorular soracağını sezinliyordum. Buna kadınsı bir önsezi de diyebilirsiniz. Richard Flynn'ın Wieder davasıyla ilgili bir kitap yazmaya çalıştığını biliyor muydunuz?"

"Evet, biliyorum. Taslağı ben de okudum. Bahsettiğiniz muhabir John Keller bana da bir kopya vermişti. Ama bu arada bir gelişme daha oldu ve ben de o yüzden sizinle konuşmak istedim."

Ona Frank Spoel'i ve o gece olanlarla ilgili hikâyenin ona ait versiyonunu anlattım. Sözümü kesmeden beni dikkatle dinledi.

"O muhabir Richard Flynn'la ve elbette Profesör Wieder'le bir ilişkim olmadığını söylediğimde muhtemelen bana inanmamıştı," dedi. "Ama bu adamın anlattıkları olanlarla örtüşüyor gibi görünüyor, öyle değil mi?"

"Dr. Westlake, ben Frank Spoel'in profesörü öldürdüğünü düşünmüyorum. Evin anahtarlarına sahip olan biri, Spoel o gece oradayken eve girmiş. Profesör o sırada hâlâ yaşıyordu. Bu kişi neredeyse Spoel'i iş üzerindeyken yakalamak üzereymiş, bu nedenle Spoel son anda cam kapıdan kaçmış. Tekrar ediyorum: O sırada profesör hâlâ yaşıyordu. Spoel ona sadece bir ders vermek istemiş. Fakat bir insan yerde bilinçsiz yatarken, kafasına beyzbol sopasıyla vurursanız o zaman bu kişiyi öldürmeye niyetlisiniz demektir. Her neyse, bu gelen kişi acil servisi aramamış. Neden? Bence bu kişi her kimse, durumdan fayda sağlayarak fırsatçı bir vahşi hayvan gibi hareket etmiş. Wieder bilinci kapalı yerde yatıyordu, cam kapı açıktı, o nedenle birinin haneye tecavüz ederek onu dövüp kaçması olasıydı. Cinayetten suçlanacak olan da onu döven kişi olacaktı."

"Ve siz de, sizin deyiminizle fırsatçı vahşi hayvanın ben olup olmadığımı soruyorsunuz?"

Sorusuna cevap vermedim, bunun üzerine sözlerine devam etti, "Bay Freeman, o akşam ben profesörün evine gitmedim. Birkaç haftadır gitmemiştim."

"Bayan Westlake, arkadaşınız Sarah Harper, lehinize yalancı şahitlik yaparak bize yalan söyledi. Ve siz de yalan söylediniz. John Keller onunla konuşarak notlarını bana da iletti. Harper şu anda Maine'de ama gerekirse ifade verebilir."

"Bunu bildiğinizi sanmıştım ben de: Sarah çok hassas bir insandı, Bay Freeman. O zamanlar üzerine gitseydiniz size gerçeği söylerdi. Size birlikte olduğumuzu söylemesini isterken ben bu riski göze almıştım. Ama gazetelere düşmemeye, basının zorbalığından kaçmaya çalışıyordum. Profesörle benim hakkımda çirkin söylentilerin çıkmasını istemedim. Hepsi buydu. Cinayetten suçlanmaktan çekinmiyordum, sadece bir skandalı önlemeye çalışıyordum."

"Peki, o akşam okuldan çıktığınızda nereye gittiniz? Richard Flynn, kitabında onunla olmadığınızı iddia etmiş. Muhtemelen erkek arkadaşınız Timothy Sanders'la da değildiniz, öyle olsa ondan ifade vermesini isterdiniz..."

"O akşam Bloomfield'de bir klinikteydim, kürtaj yaptırıyordum," dedi kısa ve net bir şekilde. "Avrupa'ya gitmeden kısa bir süre önce Timothy'den hamile kalmıştım. Geri gelip haberi aldığında pek heyecanlanmış görünmedi. Tatil için ailemin yanına gitmeden önce problemi çözmek istedim, çünkü annemin neler olduğunu fark edeceğinden emindim. Timothy'ye bile nereye gittiğimi söylemedim ve kliniğe tek başıma gittim. Eve geç geldim ve Richard Flynn'la korkunç şekilde kavga ettik. Çok fazla içki içmezdi ama o akşam sanırım sarhoştu. Akşamı profesörle birlikte geçirmişti ve ona sevgili olduğumuzu söylediğini iddia etti. Eşyalarımı toplayıp Sarah'nın evine gittim. Zaten tatilden sonra oradan taşınmayı planlıyordum. O gün nerede olduğumu neden size söylemek istemediğimi ve Sarah'dan birlikte olduğumuzu söylemesini neden rica ettiğimi anladınız mı? Hamileydim, profesörle bir aşk ilişkim olduğuna dair dedikodu yapılıyordu, böylece basın arada bir bağlantı kurabilirdi ve..."

"Muhabir Keller, sizin Wieder'in kitabının taslağını çaldığınız ve kendi isminizle yayınladığınız sonucuna varmış."

"Hangi taslak?"

"Beş yıl sonra yayınlanan ilk kitabınız. Flynn kitabında, sizin kendisine Wieder'in üzerinde çalıştığı, ruhsal uyarıcılar ve tepkiler arasındaki bağlantılarla ilgili, çok önemli ve ezber bozabilecek bir kitaptan bahsettiğinizi yazmış. İlk kitabınızın konusu bu değil miydi?"

"Evet, öyleydi ama ben profesörün kitap taslağını çalmadım," dedi başını iki yana sallayarak. "Sizin bahsettiğiniz kitap projesi hiç gerçekleşemedi, Bay Freeman. Ben profesöre bitirme tezimin bir özetini ve giriş bölümlerini vermiştim. Fikirlerim onu çok heyecanlandırmıştı ve bana fazladan bazı kaynaklar verdi, sonrasında olaylar gitgide daha fazla karışmaya ve profesör bunu kendi çalışması olarak görmeye başladı. Bir yayınevine göndermek üzere hazırladığı teklifi buldum, teklifte kitabın teslime hazır olduğunu iddia ediyordu. Aslında elinde doğru dürüst bir

242

taslak bile yoktu, sadece benim çalışmamdaki o giriş bölümleri ve eski kitaplarından bazı alıntılardan oluşan tutarsız bir karışım vardı..."

"Bahsettiğiniz teklifi ne zaman ve nasıl bulduğunuzu sorabilir miyim?"

Şarabından bir yudum alıp boğazını temizledikten sonra soruma yanıt verdi. "Benden bazı evraklarını düzenlememi istemişti, teklifin de aralarında olduğunun farkında değildi sanırım."

"Peki, bu ne zamandı? Az önce, bir süredir evine uğramadığınızı söylemiştiniz."

"Teklifi ne zaman bulduğumu tam hatırlamıyorum ama onu ziyaret etmekten kaçınmamın ana nedeni buydu. Birlikte çalıştığı insanlarla arası açılmıştı ve bir başka kitabı bitirmeye odaklanamazdı. Aynı zamanda, ertesi yıl çalışmaya başlayacağı üniversiteyi etkilemek istiyordu. Bir süreliğine Avrupa'ya gitmek niyetindeydi."

"Peki, hangi üniversiteydi bu?"

"Cambridge, sanırım..."

"Birlikte çalıştığı bu gizemli insanlar kimdi?"

"Onlar profesörün inanmak istediği kadar gizemli tipler değillerdi aslında. Bildiğim kadarıyla, olağanüstü şartlar altında görev yapmak zorunda kalan kişilerin geçirdiği psikolojik travmaların uzun vadeli etkilerini incelemek isteyen askerî bir kuruluşun araştırma departmanıyla işbirliği yapmıştı. 1987 yılının yazında kontrat süresi bitiyordu. Ama profesör olayları büyütüp ilgi çekmeye meyilli biriydi. Bu askerî kuruluş tarafından kendisine baskı yapılması, türlü türlü gizli ilişkilere karışmış olmak ve çok fazla şey bildiğinden dolayı sindirilmek fikri bir şekilde hoşuna gidiyordu. Belki de bu, dürüst olmak gerekirse, düşüşte olan kariyeri için bilinçsiz olarak tercih ettiği bir telafiydi belki de. O üzücü olay gerçekleşmeden birkaç yıl önce, radyo ve TV söyleşileri, gazete röportajları bilimsel kariyerinden daha önemli bir hale gelmişti. İnsanlar sokakta onu tanıdıklarında gururu okşanıyordu ve üniversitede kendini diğer profesörlerden daha üstün görürdü. Diğer bir deyişle, bir yıldız haline gelmişti. Ne var ki, işinin hakiki anlamda önemli olan ve onu doğrudan etkileyen kısmını ihmal ediyordu: Söyleyecek yeni bir şeyi yoktu ve o da bunu fark etmeye başlamıştı."

"Ama Sarah Harper..."

"Sarah'nın ciddi problemleri vardı, Bay Freeman! Okuldan Profesör Wieder öldürüldüğü için izin aldığını zannetmeyin. Bir sene birlikte yaşadık, onu iyi tanırdım."

"Pekâlâ, o halde yayınladığınız kitap Wieder'in projesi değil miydi?"

"Elbette değildi! Doktora tezimin ardından kitabımı bitirir bitirmez yayınladım. Bugün düşündüğümde, beceriksizce tasarlanmış olduğunu görüyorum ve zamanında kazandığı şöhrete şaşırıyorum."

"Ama sizin kitabınızın ilk bölümü, profesörün yayınevine gönderdiğiyle yüzde yüz aynı. Keller, profesörün teklifinden bir kopya almış. Onu gördüğünüzü söylediniz."

"Bunun sebebi kitap konusunu benden çalmış olması, bunu size söyledim."

"Demek, Wieder sizin çalışmanızı çalmak üzereydi... Neden bir şeyler yapmaya çalışmadınız öyleyse? Kopyasını bulduğunuzda teklif çoktan yayınevine gönderilmişti. Profesör öldürülmeseydi muhtemelen kitabı kendi ismiyle yayınlayacaktı, sizin kitabınızı yani."

"Eğer böyle önemli bir figürü dolandırıcılıkla suçlasaydım, büyük olasılıkla paranoyak olarak addedilirdim. Ben hiç kimseydim; o ise ülkenin en takdir edilen psikologlarındandı."

Haklıydı. Fakat öte yandan, o çok kararlı biriydi ve bu bahsettiğimiz, hayatının çalışmasıydı, en iyilerden biri olarak kabul edilme fırsatıydı. Eğer birileri o veya bu şekilde canını yakmaya çalışırsa, onlara yapabileceklerini hayal etmek zor değildi, özellikle de kariyeriyle ilgili olduğunda...

"Pekâlâ, o halde profesörün öldürüldüğü geceye dönelim. O akşam Flynn'la tartışıp çıktıktan sonra o evde mi kaldı?"

Hemen cevap vermedi.

"Hayır," dedi nihayet. "O, paltosunu alıp benden önce çıktı."

"Saatin kaç olduğunu hatırlıyor musunuz?"

"Ben eve sekiz civarında geldim ve o da onu biraz geçe geldi. Sanırım, on bir gibi de tekrar çıktı."

"O halde gece yarısından önce Batı Windsor'a geri gidecek vakti olmuştur."

"Evet."

"Çıkmadan önce taksi çağırdı mı?"

"Muhtemelen çağırmıştır. Hatırlamıyorum."

"O akşam profesörle tartışmış mıydı?"

"Çok iyi hatırlamıyorum... Çok kızgın görünüyordu. Profesör benden kendisiyle yatmamı istese bunu yapabileceğimi söyledi; ama böyle bir şey istemediğini söylediğimde de kapıyı çarpıp çıktı. Bu doğruydu. Başlarda Richard'ın bana âşık olmasını eğlenceli buluyordum ama daha sonra yorucu olmaya başladı. Onu aldatıyormuşum gibi davranıyordu. Buna kesin olarak bir son vermem gerekiyordu. Ne yazık ki başarılı olamadım. Sonrasında uzun bir süre beni taciz etti, her ikimiz de Princeton'dan ayrıldıktan sonra bile."

"Evde her yana kâğıtlar saçılmıştı ve çekmeceler açıktı, sanki katil veya bir başkası bir şeyler aramış gibi. Ama bunu yapan Spoel değildi, çünkü birinin geldiğini duyduğunda cam kapıdan kaçtı. Tamam, belki de oraya kadar gidecek vakti olduğuna göre bu kişi Flynn olabilir. Ama öyle olsa bile bu kâğıtlarla neden ilgilensin?"

"Bilmiyorum, Bay Freeman. Size hatırladığım her şeyi anlattım."

"Geçen yıl sizi aradığında size bir itirafta bulundu mu? O gece olanlarla ilgili size daha önce bilmediğiniz bir şey anlattı mı?"

"Hayır, pek sayılmaz. Kızgındı ve anlamsız şeyler söylüyordu. Tek anlayabildiğim, beni Wieder'in ölümüne dahil olmak ve iğrenç hedefime ulaşmak için onu kullanmakla suçluyordu. Korkutucudan çok acınasıydı."

Bir kere olsun Flynn'ın trajik sonu veya profesörün ölümü nedeniyle üzüntü duyduğunu söylememişti. Sesi yavan ve analitik çıkıyordu ve ben ceplerini dikkatle hazırlanmış cevaplarla önceden doldurmuş olduğunu tahmin edebiliyordum.

Bardan çıktık ve taksi bulmasında ona yardımcı oldum. İmzalı kitabı neredeyse içeride masanın üzerinde unutuyordum ama o, tebessüm ederek böyle bir yerin müşterileri için uygun bir kitap olmayacağını belirtti.

"Ne yapmayı planlıyorsunuz," diye sordu taksiye binmeden önce, "yani bu olayla ilgili?"

"Hiçbir fikrim yok," dedim. "Muhtemelen hiçbir şey. Spoel itirafını yaptıktan sonra avukatı davayı tekrar açmayı denedi ama başarılı olamadı. Birkaç hafta sonra idam edilecek – yolun sonu. Vaka çözülmemiş olarak kalacak gibi görünüyor."

Rahatlamış görünüyordu. Tokalaşmamızın ardından taksiye bindi.

Telefonumu kontrol ettiğimde Diana'dan bir mesaj geldiğini gördüm. Mesajda, ertesi gün geleceğini yazmış ve uçuş numarasını da eklemişti. Onu alandan alacağıma dair cevap yazdım ve garaja gidip arabayı alarak eve döndüm.

* * *

Ertesi sabah o telefon numarasını neredeyse tesadüfen fark ettim.

Karısının öldürülmesinden önce ve sonra Derek Simmons'ın telefonuna gelen ve telefonundan yapılan aramaların bir listesinden kopya almıştım ve onu gözden geçirmeye karar verdim. Toplamda yirmi sekiz arama vardı, hepsi beş farklı kolon halinde listelenmişti: numara, adres, abonenin adresi, tarih ve konuşmanın süresi.

Adreslerden biri gözüme takıldı, bana tanıdık geliyordu ama isim bir şey çağrıştırmıyordu: Jesse E. Banks. Konuşma on beş dakika, kırk bir saniye sürmüştü. Sonra adresi nereden bildiğimi hatırladım, bunun üzerine başka birkaç şeyi daha kontrol ettim.

Belli ki o dönem, yani 1983 yılında bu isim ve bu numara polise konuyla ilişkili gelmemişti ama benim için öyle değildi. Fakat Wieder'in ölümünü araştırmaya başladığım Aralık 1987'de, biri dört yıl önce olan iki davayı birbiriyle ilişkilendirmek aklıma bile gelmemişti.

Sonra aklıma bir şey daha geldi. Geçen günkü görüşmemizi sonlandırırken Derek Simmons'ın kullandığı ve ilgimi çeken ifadeyi hatırladım ve Wikipedia'da bazı detaylara baktım.

Sonraki iki saati Simmons davası ve Wieder davasının detaylarını ilişkilendirmekle geçirdim, taşlar yavaş yavaş yerine oturmaya başlamıştı. Mercer County Savcılık Bürosu'ndan bir savcı yardımcısına telefon ettim ve adamla buluştuğumuzda masaya yaydığım evrakların eşliğinde uzun uzun konuştuk. Savcı yardımcısı, Şef Brocato'ya telefon edip ayrıntıları aktardı ve ardından da eve döndüm.

Beretta Tomcat .32'mi alt kattaki bir dolapta tutuyordum. Onu kutusundan çıkarıp, emniyeti ve tetiği kontrol ettikten sonra altı atışlık şarjörünü taktım. Tabanca, departmandakilerin emek-

247

lilik hediyesiydi ve hiç kullanmamıştım. Bir bez parçasıyla yağını temizleyip silahı ceketimin cebine yerleştirdim.

* * *

Arabamı polis karakolunun yanına park ettim, fikrimi değiştirip geri dönmek ve her şeyi unutmak için hâlâ vaktim olduğunu düşünerek on dakika direksiyonda öylece bekledim. Diana birkaç saat sonra varmış olacaktı ve Palisades Park'taki Kore restoranında yer ayırtmıştım.

Fakat her şeyi öylece bırakıp gidemezdim. Arabadan inip yolun sonundaki eve doğru yürümeye başladım. Eski bir Percy Sledge şarkısı olan "The Dark End of the Street"in melodisi kafamın içinde dönüp duruyordu. Cebimdeki silah her adımda kalçama vuruyor, bu da kötü bir şeyler olacağı hissine kapılmama neden oluyordu.

Tahta basamakları çıkıp kapının zilini çaldım. Derek Simmons birkaç dakika sonra kapıyı açtı, beni gördüğüne şaşırmış gibi börünmüyordu.

"Demek yine sensin... Gel içeri."

Arkasını dönüp kapıyı açık bırakarak holde gözden kayboldu.

Onu takip ettim ve oturma odasına girdiğimde kanepenin yanında iki valiz ve bir seyahat çantasının durduğunu fark ettim.

"Bir yere mi gidiyorsun, Derek?"

"Louisiana'ya. Leonora'nın annesi dün öldü, cenaze için ve evi satmak üzere orada kalması gerekiyor. Yalnız olmak istemediğini söyledi, bu yüzden ben de bir değişiklik yapmanın zararı dokunmaz diye düşündüm. Kahve?"

"Teşekkürler."

Mutfağa gidip kahveyi hazırladı ve elinde iki büyük fincanla gelip birini önüme koydu. Bir sigara yakıp diğer oyuncuların kartlarını tahmin etmeye çalışan bir poker oyuncusunun boş ifadesiyle beni süzdü

"Bu sefer benden ne istiyorsun?" diye sordu. "Cebinde izin belgesi var mı yoksa sadece beni görmek mi istedin?"

"Sana yıllar önce emekli olduğumu söylemiştim, Derek."

"Hiç bilinmez, dostum."

"Hafızan ne zaman geri geldi, Derek? '87'de mi? Yoksa daha önce mi? Yoksa hafızanı hiç kaybetmedin de sadece kaybetmiş numarası mı yaptın?"

"Neden sordun?"

"'Şimdi maç zamanı. Katılımınız için teşekkürler.' Ohio'daki uçak kazasında ölen Thurman Lee Munson'ın anısına gerçekleştirilen sekiz dakikalık ayakta alkışlama sırasında spiker bunu anons ettiğinde stadyumda olduğunu söyledin. Ama bu '79'daydı, Derek. 1979 yılında, Bronx'taki stadyumda olduğunu ve onu kendi kulaklarınla duyduğunu nereden biliyordun?"

"Söylemiştim, kazadan sonra kendimle ilgili her şeyi öğrenmeye çalıştım ve..."

"Saçmalama, Derek. Böyle bir şeyi öğrenemezsin, sadece hatırlayabilirsin. 1979'da günlük mü tutuyordun? Bunu bir kenara mı yazmıştın? Sanmıyorum. Bir şey daha: Sözde karının cesedini bulduğunu söylediğin sabah neden Wieder'i aradın? Aslında profesörle ne zaman tanışmıştın? Lehine uzman görüşü alma işini onunla ne zaman ve nasıl ayarladınız?"

Bir süre orada oturup sigarasını içerek ve hiçbir şey söylemeden dikkatle bana baktı. Sakindi ama yüzündeki kırışıklıklar hatırladığımdan daha derin görünüyordu. Sonra konuştu, "Üzerinde dinleme cihazı var mı, dostum?"

"Hayır."

"Kontrol etmemin sakıncası olur mu?"

"Sana göstereyim, bir şey yok."

249

Ayağa kalkıp ceketimin yakalarını çevirdim, sonra yavaşça gömleğimin düğmelerini açarak kendi etrafımda döndüm.

"Gördün mü, Derek? Dinleme cihazı falan yok."

"Tamam."

Kanepeye oturup konuşmaya başlamasını bekledim. Bütün hikâyeyi birine anlatmak için uzun zamandır beklediğinden emindim. Şehirden ayrıldığında geri gelmeyeceğinden de emindim. Onun gibi bir sürü herifle karşılaşmıştım. Karşınızdaki adamın gerçeği söylemeye hazır olduğu an geldiğinde bunu anlarsınız ve böyle bir anda, bir kasanın şifresini girdiğinizde kapağın açılma sesini duyar gibi olursunuz. Ama acele edemezsiniz. Kendi akışına bırakmanız gerekir.

"Sen yaman bir polismişsin..." Duraksadı. "O sabah Wieder'le telefonda görüştüğümü nasıl öğrendin?"

"Arama listesine baktım. Wieder evi yeni almıştı ve numara henüz ismine nakledilmemişti. Bir önceki sahibi Jesse E. Banks ölmüştü ve ev bir emlak acentesi üzerinden satılmıştı. Aramaları kontrol eden polis, çıkmaza girerek o ihtimalden vazgeçti. Wieder'in ismini bulsalardı bile, o zamanlar davayla henüz bir bağlantısı yoktu. Gelgelelim, sen tedbirsiz davrandın. Wieder'i neden ev numarandan aradın, Derek? Yakınlarda bir kulübe yok muydu?"

"Evden çıkmak istemedim," dedi, filtresine kadar içtiği sigarasını söndürürken. "Görülmekten korktum. Ve hemen onunla konuşmam gerekiyordu. Polis geldiğinde beni hemen tutuklayıp tutuklamayacaklarını bilmiyordum."

"Onu öldürdün, değil mi? Karını yani."

Başını iki yana salladı.

"Hayır, hak etmiş olsa da onu öldürmedim. Aynen dediğim gibi oldu: Onu kanlar içinde buldum. Ama beni aldattığını biliyordum..."

* * *

250

Sonraki yarım saat içinde bana bütün hikâyesini anlattı.

Lise son sınıftayken akıl hastanesine yatırıldığında hayatı kararmıştı. Herkes onun deli olduğunu düşünüyordu, çıktığı zaman okul arkadaşları ondan kaçmışlardı. Üniversiteye devam etme fikrinden vazgeçmiş, kendine sıradan bir iş bulmuştu. Babası ise tası tarağı topladığı gibi evi terk etmişti. Küçük yaşta annesini kaybettiğinden beri yapayalnızdı ve yaklaşık on yıl boyunca tıbbi tedavi görmüş, bir robot gibi yaşamıştı. Hayatı boyunca ilaç tedavisi görmesi gerektiğini söylemişlerdi ama bunların ciddi yan etkileri vardı. Sonunda ilaç almayı bırakmıştı.

Liseyi bitirdikten dokuz yıl sonra Anne'le tanışmıştı, nihayet her şey değişmişti, en azından başlarda. Anne'e vurulmuştu ve Anne de ona âşık olmuş görünüyordu. Dediğine göre, Anne, Rhode Island'da bir yetimhanede büyümüş ve oradan on sekiz yaşındayken ayrılmıştı. Sokaklarda yatmış, bazı çetelerle takılmış ve on dokuz yaşına geldiğinde de Atlantic City'de fahişelik yapmaya başlamıştı. Princeton'da, Derek'in ısıtma sistemini tamir ettiği bir otelin park yerinde tanışmışlardı.

Anne onun yanına taşınmıştı ve sevgili olmuşlardı. Yaklaşık iki hafta sonra kapıda silahlı iki kabadayı belirmiş ve ona kızın kendilerine borcu olduğunu söylemişlerdi. Derek hiçbir şey söylemeden bankaya gitmiş, bütün birikimi olan beş bin dolar parayı çekip adamlara vermişti. Adamlar parayı alıp artık onu rahat bırakacaklarına söz vermişlerdi. Derek bundan yaklaşık iki ay sonra, Noel'den önce, Anne'e evlenme teklifi etmiş ve o da kabul etmişti.

Bir süre her şey yolunda gitmişti ama iki yıl sonra araları bozulmaya başlamıştı. Anne her fırsatta sarhoş olup onu aldatıyordu. Kimseyle bir ilişki yaşamıyordu, daha ziyade adamlarla cinsel anlamda birlikte oluyor ve Derek'in bunları öğrenmesine de aldırmıyordu. Anne, insanların arasındayken değilse de, baş başa

251

kaldıklarında tutumunu değişiyordu: Onu aşağılıyordu, fakir yaşantılarından ve Derek'in daha fazla para kazanamadığından yakınıyor, ona deli ya da aciz gibi yakıştırmalar yaparak gururunu incitiyordu. Kendisine daha ilginç bir hayat yaşatmadığı için onu suçluyordu. Sürekli olarak onu terk etmekle tehdit ediyordu.

"Gerçek bir orospuydu anlayacağın, dostum. Ona çocuklarımızın olmasını istediğimi söylediğimde ne dedi, biliyor musun? Benim gibi geri zekâlı çocuklar istemediğini söyledi. Bunları kendisini otoparktan alıp evlenen adama söylüyordu. Peki bütün bunlara neden mi katlandım? Çünkü başka seçeneğim yoktu, onun için çıldırıyordum. Ne yaparsa yapsın onu terk etmezdim. Aslına bakılırsa, daima salak herifin teki için beni terk edeceğinden korkuyordum. Sokakta yürürken sanki herkes yüzüme gülüyormuş gibi geliyordu. Şehirde yeni insanlarla tanıştığımda, acaba onu düzmüşler midir, diye düşünüyordum. Ama yine de onu sokağa atamadım."

Fakat bir süre sonra Anne'nin davranışları değişmişti ve Derek bir şeyler döndüğünü anlamıştı. Anne üstüne başına daha fazla dikkat ediyor, makyaj yapıyordu. İçki içmeyi bırakmıştı ve her zamankinden mutlu görünüyordu. Derek'i tamamen görmezden gelmeye başlamıştı. Gece eve geç geliyor, sabahları erken çıkıyordu, bu nedenle birbirlerini görmez olmuşlardı ve çok seyrek konuşuyorlardı. Artık Derek'le tartışmaya bile tenezzül etmiyordu.

Çok geçmeden neler olduğunu anlamıştı.

"Uzatmayayım," dedi. "Onu takip ettim ve kendinden yaşlı bir adamla bir motele girdiğini gördüm. İster inan ister inanma, bununla ilgili ona tek kelime etmedim. Sadece adamın onu terk etmesi ve her şeyin böylelikle sona ermesi için dua ediyordum. Aklıma sürekli, onunla tanışmadan önce yalnız başıma olduğum zamanlar ve her şeyin ne kadar korkunç olduğu geliyordu."

"Adam kimdi peki?"

"Joseph Wieder. Zengindi, güçlü ve ünlüydü. Ve başka birini bulamamış gibi benim karımla, kendisinden otuz yaş küçük bir kadınla takılıyordu. Nasıl tanıştıklarını asla öğrenemedim. Onun çalıştığı kafeye üniversiteden bir sürü profesör ve öğrenci gelirdi, belki de bu şekilde tanışmışlardı. Biraz deliydim, bu doğru, ama geri zekâlı değildim: Wieder'in bir skandala bulaşmamak için her şeyi yapacağının farkındaydım."

Böylece o sabah karısı öldürüldüğünde Derek, daha önce Anne'in eşyalarını karıştırırken numarasını bulduğu profesörü aramıştı. Cinayetten bahsetmiş ve bu şartlar altında polisin muhtemelen kendisini günah keçisi ilan edeceğini söylemişti. Wieder'i de bu karmaşanın içine çekebilirdi, çünkü sevgili olduklarını biliyordu. Uzun bir süre önce akıl hastanesinde yattığını da belirtmişti, bu nedenle aklı dengesinin yerinde olmaması nedeniyle suçsuz bulunmasını ve bir psikiyatri hastanesine yatırılmasını sağlamak Wieder için çocuk oyuncağıydı.

Gerçekten de karısını öldürmek suçuyla yakalanmış ve yasal olarak akıl hastası ilan edilerek Trenton Psikiyatri Hastanesi'ne kaldırılmıştı. Wieder, durumuyla ilgili profesyonel ilişkisi olduğu bahanesiyle birçok kez onu ziyarete gitmişti. Simmons'a üç ay içinde şartları çok daha iyi olan Marlboro Hastanesi'ne sevk edileceğine dair söz vermişti. Fakat Derek, bu daha gerçekleşemeden Trenton'da diğer hastalardan birinin saldırısına uğramıştı.

"Komadan çıktığımda kimseyi tanımıyordum, hastaneye nasıl düştüğümü bile bilmiyordum. Kendi adımı bile hatırlamıyordum. Çeşitli testler yapıp amnezi numarası yapmadığım sonucuna vardılar. Gerçekten de hiçbir şey hatırlamıyordum. Wieder benim için, içinde bulunduğum korkunç durumdan etkilenmiş olan, cana yakın ve şefkatli bir doktor halini almıştı. Beni ücret talep etmeden tedavi edeceğini söyledi ve Marlboro'ya nakledilmemi sağladı. Öyle ki, iyilikleri karşısında ezilmeye başlamıştım. "Marlboro'da birkaç ay kaldım ama hafızam yerine gelmedi. Elbette bazı şeyleri öğreniyordum: kim olduğumu, ailemin kimler olduğunu, hangi liseye gittiğimi, bunun gibi şeyler. Öğrendiklerimin hiçbiri iyi şeyler değildi: annemin ölümü, akıl hastanesi, sefil bir iş, aldatan bir eş, ve cinayet zanlısı olmak. Öğrenmekten vazgeçtim. Belli ki, gerçek ben eziğin tekiydi. Çıktığımda hayata yeniden başlamaya karar verdim.

"Serbest bırakılmamı onaylayan heyetin lideri Wieder'di. Gidecek bir yerim bile yoktu, bana kendi evinden fazla uzakta olmayan ve kalabileceğim bir yer buldu ve evinde tamirci olarak iş verdi. Ev iyi görünüyordu ama eskiydi ve her şeyin tamire ihtiyacı vardı. Belki biliyorsundur, geriye dönük amnezide kimliğinle bağlantılı şeyleri unutursun ama diğer şeyleri, sahip olduğun becerileri unutmazsın. Bisiklet sürmeyi unutmazsın ama bunu ne zaman öğrendiğini unutursun, bilmem anlatabiliyor muyum. O nedenle, tamiratı nasıl yapacağımı anımsıyordum ama bunu nasıl ve ne zaman öğrendiğimle ilgili bir fikrim yoktu."

Derek'e göre Joseph Wieder bir melekten farksızdı. İlaçlarını alıp almadığını takip ediyor, yaptığı tamiratlar için ona aylık düzenli para veriyordu, onu balığa götürüyordu ve en azından haftada bir akşamı birlikte geçiriyorlardı. Bir keresinde onu üniversiteye de götürmüştü, hipnoz uygulamış ama seansın sonucunu ona söylememişti.

1987 yılının Mart ayında bir akşam, Derek evde oturmuş, seyredecek bir film bulmak üzere kanalları tarıyordu. Bir ara NY1 kanalında, Bergen County'de kendisini öldüren bir adamla ilgili bir habere denk gelmişti. "Hey, bu Stan Marini!" demişti kendi kendine, adamın fotoğrafını ekranda gördüğünde. Tam kanalı değiştirecekken Stan'in Siemens'te bakım ekibinde görev yapanlardan biri olduğunu hatırlamıştı. Stan onunla yaklaşık aynı dönemde evlenip New York'a taşınmıştı.

Aniden bunun ne anlama geldiğini anlamıştı. Birilerinin ona söylemediği veya okuyarak öğrenmek zorunda kalmadığı bir şeyi hatırlıyordu.

"Tıpkı Teksas'ta petrol bulunduğunda petrolün topraktan fışkırması gibiydi. Zihnime gömülü olan şeylerin kapağı pat diye açılıvermişti sanki. Alttaki her şey yüzeye çıkmaya başlıyordu. O duyguyu anlatmam mümkün değil, dostum. Bir filmi normal seyrinden yüz kat daha hızlı izlemek gibiydi."

Hemen koruyucu meleği olarak gördüğü insanı aramak istemiş ama saat geç olduğundan onu rahatsız etmemeye karar vermişti. Her şeyi tekrar unutacağından korkuyordu, bunun üzerine bir defter bulup aklına gelenleri not etmeye başlamıştı.

Ayağa kalkıp bahçeye çıkmayı teklif etti. Ben olduğum yerde kalmayı tercih ederdim, çünkü bir yerlerde sakladığı bir silahı olup olmadığını bilmiyordum ama onu kızdırmak istemediğim için kabul ettim. En az benim kadar uzun boyluydu ve benden çok daha güçlüydü. Olası bir kavga durumunda cebimdeki silahı kullanmadığım sürece ona karşı fazla bir şansım olmazdı. Silahı fark edip etmediğini de merak ediyordum.

Çıplak topraktan fışkıran ot tutamlarının ve parça taşların olduğu, ortasında paslı bir salıncak bulunan bakımsız bahçeye kadar onu takip ettim. Öğleden sonranın ılık havasını içine çekti ve bir sigara daha yakıp gözlerimin içine bakmadan hikâyesine devam etti.

"Her şeyi sanki bir önceki gün olmuş gibi hatırlıyordum: Anne'le tanışmamızı, başlarda her şey iyi gitse de sonra beni aldatmaya başlamasını ve o kahrolası üniversite profesörüyle olan ilişkisini, beni aptal yerine koymasını ve sonra o sabah olanları,

Wieder'le olan konuşmamı, tutuklanışımı, hastanedeki hapis cezamı.

"Wieder'in bana verdiği ilaçların etiketlerini inceledim, sonra bir eczacıya bunların amnezi ilaçları olup olmadıklarını sordum. Bana o ilaçların grip ve hazımsızlık için olduklarını söyledi. Yıllarca dostum olduğunu ve bana yardım ettiğini düşündüğüm adam, aslında bir gün olanları hatırlayabileceğimden korkan bir gardiyandı. Beni kendisine yakın tutuyordu, böylece beni kontrol edebiliyordu, anlatabiliyor muyum? Beynim sanki patlayacakmış gibiydi...

"Birkaç gün evden dahi çıkmadım. Wieder evime geldiğinde ona başımın ağrıdığını ve uyumak istediğimi söylüyordum. O lanet olası amnezinin iyileşmesine adeta üzülüyordum."

"Wieder bir şeyler sezinledi mi?"

"Sanmıyorum. Aklı kendi işleriyle meşguldü. Ben onun için eski bir eşyadan farksızdım. Hatta onun için görünmez adam gibiydim. Benim bir şey söyleyeceğimden ya da yapacağımdan korkusu yoktu artık. Avrupa'ya gitmek istiyordu."

"Ve sen de onu öldürdün."

"Hafızam yerine geldikten sonra bunu yapmayı hep düşündüm ama hapishaneye veya tekrar tımarhaneye dönmek istemiyordum. O gün alet çantamı evde unutmuştum. Gün içinde alt kattaki banyoyu tamir etmiştim ve birlikte öğle yemeği yemiştik. Ertesi sabah erkenden, evime yakın bir yerde işim vardı, o nedenle gidip alet kutumu Wieder'in evinden almaya karar verdim. Zili çalmadan önce evin arkasına dolanıp bahçeye çıktım ve oturma odasının ışıklarının açık olduğunu gördüm. Şu öğrenci çocuk Flynn'la masada oturuyorlardı."

"Sana bahsettiğim şu adamı, Frank Spoel, onu gördün mü?"

"Hayır ama bana söylediklerinden anladığım kadarıyla onunla burun buruna gelebilirmişiz. Evin ön tarafına geri döndüm, kapıyı açıp alet çantamın askılığın yanında olduğunu gördüm; Wieder muhtemelen onu banyoda bulup oraya bırakmıştı. Çantayı alıp çıktım. Orada olduğumun farkına bile varmadı. Onlar oturma odasında konuşuyorlardı.

"Eve dönerken kendi kendime, Wieder'e bir şey olursa o çocuğun birinci derece şüpheli olarak kabul edileceğini söyledim. İhtiyarın peşinde olduğu o kıza sırılsıklam âşıktı, bu iyi bir cinayet sebebi olurdu.

"Saat on bir civarında, tanığım olması için bara gittim. Beni tanıyan bar sahibiyle konuştum. Barı kapatmak üzereydi. Hiçbir zaman saat takmadığını biliyordum, barda duvar saati de yoktu. Oradan çıkmadan önce ona, 'Hey, Sid, gece yarısı oldu. Gitsem iyi olur,' dedim. İfade verirken benim çıkış saatimin gece yarısı olduğunu söyledi, bunu ona söyleyenin ben olduğumun farkında değildi.

"Yine de ne yaptığımı bilmiyordum. Rüyada gibiydim. Başka nasıl tarif edebilirim bilemiyorum. Öğrencinin evden çıkıp çıkmadığını bilmiyordum; hava hâlâ kötüydü, Wieder gece orada kalmasını teklif edebilirdi. Birkaç ay önce tamir ettiğim bir arabanın torpido gözünde bulduğum deri bir copum vardı. Onlardan biri eline hiç geçti mi bilmiyorum ama iyi bir silahtır."

"1970'lerde bende de bir tane vardı."

"Oraya gidip ön kapıyı anahtarla açarak içeri girdim. Odanın ışıkları hâlâ açıktı ve içeri girdiğimde yerde yattığını gördüm, her yerde kan vardı. Kötü görünüyordu; yüzü yaralanmış, şişmiş ve ezilmişti. Pencereler sonuna kadar açıktı, onları ve ışıkları kapadım. Yanımda bir fener götürmüştüm."

Bana doğru döndü.

"Bunu Flynn'ın yaptığına emindim. Ben ayrıldıktan sonra tartışmaya başladıklarını ve kavgaya tutuştuklarını düşündüm.

 F: 17

Adamın tekini böyle kötü dövüyorsan onu öldürme riskini de alıyorsundur, öyle değil mi? Ağır bir yumruk ve bam! Her şey biter!

"Ne bok yiyeceğimi bilmiyordum. Beni aptal yerine koymuş ve karımı düzüp beni tımarhaneye gönderdikten sonra gardiyanım olmak için beni oradan çıkarmış ve dostummuş gibi görünen bir adama vurmak bir şey, yerde yatmış yaşam mücadelesi veren bir herife vurmaksa başka bir şey.

"Bilirsin, ya onu orada bırakıp çıkacaktım ya da acil servisi falan arayacaktım... Fakat tam feneri yere koyup yanına çömeldiğimde, gözlerini açıp yattığı yerden bana baktı. Gözlerini gördüğümde o akşam Anne'le otele girerken onları takip edişimi, merdivenleri çıkıp kulağımı bir geri zekâlı gibi odanın kapısına dayayışımı hatırladım. Sanki içeride ne olduğunu zaten bilmiyormuşum gibi, orada durup onu düzmesini dinlemiştim. Onu sokaklardan kurtardıktan sonra yüzüme gülen ve bana aciz diyen o fahişeyi hatırladım.

"Ve bu da bana yetti, dostum. Copu alıp ona bir kere sert bir şekilde vurdum.

"Kapıyı kilitleyip copu göle attıktan sonra eve gittim. Uyumadan önce Wieder'in orada kanlar içinde, cansız bir halde yattığını düşündüm ve itiraf etmeliyim ki kendimi iyi hissettim. Başka bir adamın başladığı işi bitirdiğim için kendimi hiç kötü hissetmedim. Ertesi sabah oraya geri döndüm. Gerisini biliyorsun. Birkaç gün önce sen buraya gelene kadar Flynn'ın bu işi yapan kişi olmadığını bilmiyordum. Zaten o muhabir gelene kadar da bunu fazla düşünmedim. Olay benim için tamamen kapanmıştı. Ve hepsi bu kadar, dostum."

"Wieder iki saat sonra ölmüş, en azından adli tabip öyle demişti. Acil servisi arasaydın hayatını kurtarabilirdin."

"Ne dediklerini biliyorum, ama ben hemen öldüğüne eminim. Zaten artık bir önemi yok."

"Evden çıkmadan önce bunu bir soygunmuş gibi göstermek için çekmeceleri açıp birtakım evrakları yerlere saçtın mı?"

"Hayır, dostum, hemen çıkıp gittim."

"Emin misin?"

"Evet, gayet eminim."

Kısa bir süre onu daha fazla zorlayıp zorlamamayı düşündüm.

"Bu arada, Derek, düşünüyordum da... O gece karını kimin öldürdüğünü asla öğrenemedin..."

"Doğru, bunu asla öğrenemedim."

"Bu seni rahatsız etmedi mi?"

"Belki de etmiştir, ne olmuş yani?"

"Hayatının aşkı kanlar içinde yerde yatıyordu ve ilk işin onun sevgilisini arayıp ondan seni kurtarmasını istemek oldu. Wieder'le olan konuşmandan sekiz dakika sonra 911'i aradın. Sence de bu çok garip değil mi? Meraktan soruyorum: Profesör sana inandı mı? Cinayeti onunla yüz yüze konuştun mu hiç?"

Cebinden sigara paketini çıkarıp boş olduğunu gördü. "Atölyede bir yerde bir paketim daha olacak," dedi cam verandayı işaret ederek.

"Umarım aptalca bir şey yapmayı düşünmüyorsundur," dediğimde şaşkınlık içinde bana baktı.

"Ah, demek istediğin..." deyip gülmeye başladı. "Kovboyculuk oynamak için biraz yaşlı değil miyiz sence de? Buralarda bir silahım yok, merak etme. Hayatımda elime tabanca almadım."

O atölyeye gittiğinde sağ elimi yavaşça cebime sokup başparmağımla silahın emniyetini açtım. Horozunu çekip hazır duruma getirerek elimle sıkıca kavradım. Kırk yıldan uzun süre polislik yapmıştım ama kimseyi vurmak zorunda kalmamıştım.

Kirli cam kapının ardında, üzerinde çeşit çeşit alet edevatın bulunduğu çalışma tezgâhında bir şeyler aradığını görebiliyordum. Sonra eğilip bir kolinin içini karıştırdı. Birkaç saniye sonra baş ve işaretparmağının arasına sıkıştırdığı bir Camel paketiyle geri döndü.

"Gördün mü? Artık elini cebinden çıkarabilirsin. Silahın var orada, değil mi?"

"Evet, öyle."

Bir sigara yakıp paketi cebine koyduktan sonra soran gözlerle bana baktı.

"Ne olacak şimdi? Bunları bir polise anlatmayacağımın farkındasındır umarım. Gerçek bir polise yani."

"Bunu yapmayacağını biliyorum."

"Ama Anne'i öldürdüğümü düşünüyorsun, öyle değil mi?"

"Evet, onu öldürdüğünü düşünüyorum. Zamanında dedektifler bir ipucu bulabilmek için onun geçmişini araştırmışlar. Raporu okudum. O bir fahişe değildi, Derek. Seninle tanışmadan önce Atlantic City'de, Ruby'nin Kafesi adlı bir yerde barda çalışıyormuş. Herkes tarafından düzgün ve akıllı, hoş bir genç kız olarak tanımlanmış. Muhtemelen her şey senin zihnindeydi – yani para isteyen kötü adamlar, onun sorunlu geçmişi, bir sürü adamla yatması ve arkandan gülmesi. Bunlar gerçek değildi, ahbap, hepsini sen uydurdun. Profesörle bir aşk ilişkisi yaşadığına bile emin değilim. Belki de ondan sadece yardım istemiştir. Tekrar hafızana kavuştuğunda kâbusların da geri geldi, öyle değil mi?"

Gözlerimin içine bakarak dilinin ucunu yavaşça alt dudağında gezdirdi.

"Sanırım gitsen iyi olacak, dostum. Neye inanıp inanmadığın umurumda değil. Toplanmayı bitirmem gerekiyor."

"Şimdi maç zamanı, Derek, öyle değil mi?"

Sol işaretparmağını bana doğrultup başparmağını tabanca şeklinde kıvırdı.

"Bu düşündüklerin çok zekice, ciddiyim."

Beni kapıya kadar götürdü.

"Leonora ne zaman Louisiana'ya gitti?"

"Yaklaşık iki hafta önce. Neden sordun?"

"Nedeni yok. Kendine iyi bak."

Bakışlarını, ben köşeyi dönüp gözden kayboluncaya kadar sırtımda hissettim. Derek bu tür şeylerin artık dinleme cihazı olmadan yapıldığını bilmiyormuş gibi görünüyordu. Tek gerekli olan, ceketin cebine yerleştirilen özel bir kalemden ibaretti.

Birkaç dakika sonra arabamla Witherspoon Caddesi'nden çıkarken polislerin siren seslerini duydum. Simmons'la ilgili dokümanlardan birinde, babasının yıllar önce başka bir eyalete taşınıp ortadan kaybolduğunu okuduğumu anımsadım. O dönemde kimsenin çıkıp bu olayı kontrol edip etmediğini merak ettim. Derek, bir ara Wieder'in kendisine hipnoz uyguladığını söylemişti. Acaba profesör, hastasının yaptıklarını öğrenebilmiş miydi? Nasıl olup da evinin anahtarlarını böyle garip bir tipe verebilmişti? Yoksa amnezisinin geri dönülmez olduğunu düşünmüş ve Simmons'ın sonsuza kadar fünyesi olmayan bir bomba olarak kalacağına mı kanaat getirmişti? Ancak fünye hiçbir yere gitmemişti.

Havaalanına giderken Flynn'ın kitabının ismini ve çocukken lunaparklarda gördüğüm, insanı yamuk yumuk gösteren aynalarla dolu labirenti düşündüm – içinde dolanırken gördüğünüz her şey hem gerçektir hem de değildir.

Paralı yola çıktığımda hava kararmaya başlamıştı. Diana'yı tekrar göreceğimi ve ziyaretinin sonucunda neler olabileceğini düşündüm. İlk randevumuza giderken olduğum kadar heyecanlıydım. Birden silahı hatırladım, onu cebimden çıkarıp emniyetini kapadıktan sonra torpido gözüne yerleştirdim. Sonuçta silahımı birine karşı kullanmak zorunda kalmadan polislik hayatımı tamamlamıştım ve bu şekilde son bulmuş olmasının iyi olduğunu düşünüyordum.

Davayla ilgili her şeyi unutacağımı biliyordum, tıpkı hayatımda olmuş ve muhtemelen kimseninkinden daha iyi ya da daha kötü olmayan diğer hikâyeleri unutacağım gibi. Hatıralarımdan sadece birini seçmek zorunda kalsaydım, en sonuna kadar hatırlamak isteyeceğim olayın Diana'yı tekrar göreceğimi bilerek ve belki de kalmaya karar vereceğini düşünerek havaalanına doğru yaptığım bu sessiz, sakin ve umut dolu araba yolculuğu olmasını isterdim.

Onun alanın kapısından çıktığını gördüm ve elinde kısa bir seyahate giderken yanınıza aldığınız türden küçük bir çanta taşıdığını fark ettim. Ona el salladım, o da bana el salladı. Birkaç saniye sonra bir kitap standının önünde buluştuğumuzda yanağına bir öpücük kondurdum. Saçlarının rengi değişikti, yeni bir parfüm sürmüş ve yeni bir manto giymişti ama bana gülümseyişi her zamanki gibiydi.

"Bütün aldıkların bu kadar mı?" diye sordum çantasını alarak.

"Geri kalan eşyalarımı getirmesi için bir kamyonet kiraladım. Bir süre kalacağım, bu nedenle senin şu bayan arkadaşa hemen gitmesini söylesen iyi olur."

"Minnie Mouse'tan mı bahsediyorsun? O beni terk etti, Dee. Sanırım hâlâ şu Mickey denen herife âşık."

El ele park yerine kadar yürüyüp arabaya bindik ve alandan ayrıldık. Diana bana oğlumuzdan, karısından ve torunumuzdan bahsetti. Arabayı sürüp onu dinlerken, birkaç aydır saplantı haline getirdiğim cinayet vakasıyla ilgili detayların birer birer üzerimden sıyrılarak rüzgârın sürükleyip götürdüğü eski bir kitabın sayfaları gibi havalandığını ve sonra da yola karışıp kaybolduğunu hissettim.

Sonsöz

Derek'in hikâyesi, Alabama'da küçük bir kasabaya ulaşabilecek kadar etki yaratmıştı. Danna Olsen beni, bir TV yapımcısıyla buluşmak üzere Los Angeles'a giderken aradı. Batı Yakası'na henüz taşınmış ve Orange County, Kaliforniya'da bir ev kiralamış olan John Keller'la da görüşecektim.

"Selam, Peter," dedi, "Ben Danna Olsen. Beni hatırladınız mı?"

Ona kendisini hatırladığımı söyledim ve hal hatır sorduktan sonra asıl meseleye geçtik.

"O zamanlar size yalan söylemiştim, Peter. Kitabın devamının nerede olduğunu biliyordum, Richard ölmeden önce okumuştum ama onu size ya da bir başkasına vermek istemedim. Kızgındım. Onu okuduğumda Richard'ın Laura Baines denen o kadını ne kadar çok sevdiğini anladım. Her ne kadar ona kızgın görünse de ölürken bile onu sevdiğine dair en ufak bir şüphem yoktu. Böyle yapması hiç de dürüstçe değildi. Kendimi, o ne yapacağını bilemediği için bir kenarda tutulmuş yedek oyuncu gibi hissettim. Ben ona önem vermiş, tüm acayipliklerini sineye çekmiştim ve inanın o acayiplikler hiç de azımsanacak sayıda değildi. Son aylarını o kitabı yazarak tüketmişti, bense orada, yanı başındaydım. Kendimi ihanete uğramış gibi hissettim."

Batı Hollywood'da, Rosewood Sokağı'nda, yapımcı adamla buluşmam gereken restoranın önündeydim.

"Bayan Olsen," dedim. "Son gelişmelerden sonra, yani Simmons'ın tutuklanmasının ardından, sanıyorum ki..."

"Size bir iş teklifinde bulunmak için aramadım," dedi, meseleyi açıklığa kavuşturmak için. "Bir temsilci olarak kitabın artık ilginizi çekmeyeceğini tahmin edebiliyorum. Fakat Richard'ın son arzusu bu kitabın yayınlanmasıydı. Baines meselesi bir yana, bir yazar olmayı ne denli arzu ettiğini biliyorsunuz; sanırım bu projeyi kabul etmeniz onu çok memnun ederdi. Ne yazık ki bunu görecek kadar uzun yaşamadı. Fakat şimdi size kitabın geri kalanını göndermenin iyi olacağını düşünüyorum."

Ne diyeceğimi bilemiyordum. Gerçek bir cinayet hikâyesiyle öncelikli olarak ilgilenmediğim kesindi, üstelik Flynn'ın tüm teorisi, yazarın hayal gücünün gerçek olaylar üzerinde süslemeler yaptığını ortaya koyan son gelişmelerle çarçur olup gitmişti. John Keller, Roy Freeman'la uzun bir telefon görüşmesi yapmıştı. Bu arada emekli dedektif medyanın yıldızı haline gelmiş –"ESKİ DEDEKTİF YİRMİ SEKİZ YILLIK CİNAYETİN SIRRINI ÇÖZDÜ"– ve gazetecilerden kaçmak için geçici olarak eski karısının Seattle'daki evine taşınmıştı. John bana olayda gizli olan hiçbir şeyin kalmadığını belirten kısa bir e-posta göndermişti.

Ama bunu Bayan Olsen'a söylemedim, çünkü hepsini gayet iyi biliyordu.

"Bir bakabilirsem iyi olur," dedim, bir yandan da restorana doğru yürüyen ve dev bir çekirgeye benzemesine neden olan kocaman yeşil gözlükler takmış yapımcıya el sallıyordum. "Sizde hâlâ e-posta adresim var, değil mi? Yarın eve dönüyorum ve onu okuyacak zamanım da olacak."

Yapımcı beni görmüştü ama adımlarını hızlandırmaya niyeti yoktu, el sallamama da karşılık vermeye tenezzül etmedi. Ne kadar önemli biri olduğunun altını çizen bir tutum içinde, sakin ve kayıtsız görünüyordu.

Bayan Olsen adresimin onda olduğunu ve kitabın geri kalanını hemen göndereceğini belirtti.

"Richard son haftalarını kötü geçirdi ve bence bu, kitabın son bölümlerinde kendini belli ediyor. Mesela şöyle şeyler var... Neyse zaten neler olduğunu göreceksiniz."

* * *

O akşam John Keller beni otelimden aldı. Bronzlaşmıştı ve bıraktığı iki haftalık sakal ona yakışmıştı.

John'un son moda yerlerden biri olduğunu söylediği ve bizim için bir masa ayırttığı 7. Batı Caddesi'ndeki Sugarfish Japon restoranında akşam yemeği yedik. Garsonlar beş dakikada bir masaya gelip içlerinde ne olduğunu anlayamadığım farklı tabaklar getiriyorlardı.

"Bak şu işe!" diyerek tepki verdi John, ona Danna Olsen'la yaptığım telefon görüşmesini anlattığımda. "Bir düşünsene! Zamanında sana kitabı vermiş olsaydı beni olaya dahil etmeyecektin, ben Freeman'ı arayıp bulmayacaktım ve o da eski dosyaları karıştırmayacaktı. Ve muhtemelen cinayetle ilgili gerçekleri asla öğrenemeyecektik."

"Diğer yandan, benim de elimde satacak bir kitap olacaktı," dedim.

"İçinde gerçekleri barındırmayan bir kitap."

265

"Bu kimin umurunda ki? Biliyor musun, Richard Flynn baştan sona şanssızdı. Öldükten sonra bile bir kitap çıkarma şansını kaçırdı."

"Bir bakıma öyle," dedi, küçük sake kupasını havaya kaldırarak. "Şanssız adam Richard Flynn'a içelim."

Flynn'ın anısına kadeh kaldırdık ve daha sonra bana yeni hayatını ve televizyonda çalışmaktan ne kadar memnun olduğunu anlattı. Yazmaya başladığı televizyon dizisinin giriş bölümü iyi bir izlenme oranı yakalamıştı, bu nedenle en azından bir sezon daha bu işi sürdürmeyi umuyordu. Onun adına sevinmiştim.

* * *

Kitabı henüz okumadım. New York'a döndüğümde posta kutumda duruyordu. 12 puntoyla ve Times New Roman fontuyla, çift aralıklı yazılmış 248 sayfadan çıkış alıp bir dosyaya koyduktan sonra masamın üzerine bıraktım. İnsan kafataslarını, hayatın kısa ve geçici olduğunu, asıl takdirin ölümden sonra geleceğini hatırlamak için saklayan Ortaçağ'daki keşişler gibi dosyayı masamın üzerinde tutuyorum.

Richard Flynn muhtemelen çoğu konuda yanılmıştı. Laura Baines profesörün kitabını çalmış, onu yerde ölüme terk etmiş olabilirdi belki ama onun sevgilisi değildi. Richard Flynn'ın profesörü dövdükten sonra cam kapıdan kaçıp gittiğini düşünen Derek Simmons da yanılmıştı. Laura Baines ve Richard Flynn'ın bir ilişki yaşadığını zanneden Joseph Wieder de yanılmıştı. Hepsi yanılmış ve baktıkları, en başından beri aslında onlar için birer ayna görevi gören pencereden, saplantı haline getirdikleri şeylerden ötesini görmemişlerdi.

Büyük bir Fransız yazarın da bir zamanlar söylediği gibi, geçmişteki şeyleri hatırlamak, onları olduğu gibi hatırlamak anlamına gelmeyebilir. Sanırım o yazar haklıydı.

SON

Teşekkürler

Bu kitapta bana yardımı olan herkese minnettarlığımı ifade etmek istiyorum.

Peters, Fraser & Dunlop'tan yayın temsilcim Marilia Savvides, hikâyemi hızla bir çamur yığınından çıkarmakla kalmadı, kitap taslağını düzeltmeme de yardım ederek harika bir iş çıkardı. Her şey için teşekkürler, Marilia.

Century'den Francesca Pathak ve Emily Bestler Yayınları'ndan Megan Reid metnin editörlüğünü yaptılar ki bir süreç ancak bu denli pürüzsüz ve güzel ilerleyebilirdi. Onlarla çalışmak geçek bir ayrıcalıktı. Penguin Random House İngiltere ve Simon & Schuster Amerika'daki muhteşem ekiplere de çok şey borçluyum. Francesca ve Megan, akıllıca önerilerinize de ayrıca teşekkür ediyorum, onlar kitabın güçlenmesini ve parlamasını sağladılar.

Rachel Mills, Alexandra Cliff ve Rebecca Wearmouth, kitabı sadece birkaç haftalık bir zaman diliminde tüm dünyada satışa çıkardılar; o dönem bizim için nasıl da unutulmaz bir şölen oldu! Teşekkürler, bayanlar.

Yakın dostum Alistair Ian Blyth, İngilizcenin fırtınalı sularında boğulmadan yüzebilmeme yardım etti ve bu hiç de kolay bir iş değildi. Sağ ol, dostum.

En önemli kişiyi sona sakladım: bu kitabı ithaf ettiğim karım Mihaela. Onun bana olan inancı olmasa muhtemelen edebiyatı uzun bir süre önce bırakmış olurdum. Bana daima kim olduğumu ve hangi dünyaya ait olduğumu hatırlattı.

Ve son teşekkürlerim de sizlere, birçok başka kitabın arasından bunu seçen okurlara gidiyor. Cicero'nun dediği gibi, günümüzde çocuklar anne ve babalarını dinlemiyor ve herkes bir kitap yazıyor.

Yazarın Notu

Sevgili Okur,

Ben, Rumen, Macar ve Alman kökleri olan bir ailede doğdum ve Güney Romanya'da, Transilvanya'nın küçük bir kasabası olan Fagaras'ta büyüdüm. Her şeyden vazgeçip bir yazar olmaya karar vermeden önce farklı şeyler denemiş olmama karşın, yaklaşık on yaşından itibaren öyküler yazmaya başlamıştım.

İlk kısa hikâyem, 1989'da ve ilk kitabım *The Massacre* da iki yıl sonra yayınlandı. Bir yıldan kısa bir zaman içinde 100.000 kopya satarak büyük başarı topladı. Onu İtalya'da geçen, bir başka çoksatan siyasi gerilim romanı *Commando for The General* takip etti. Romanya'dan ayrılmadan önce on beş kitabım çıktı ve dört yıl önce yurtdışında yaşamaya başladım.

İlk İngilizce yazılmış romanım olan bu kitabın ilk taslağını Şubat ve Mayıs 2014 tarihleri arasında yazdım ve bir düzine yayın temsilcisine göndermeden önce dört veya beş kez düzelttim, fakat yayın temsilcileri bir mazeret belirtmeden kitabı geri çevirdiler. İki kez daha düzeltme yaptıktan sonra bu kez küçük bir yayıneviyle bağlantıya geçmeye karar verdim.

Newbury'deki Holland House Yayınları'nın kurucusu ve müdürü Robert Peett, bana çok çabuk cevap vererek kitabımı sevdiğini ama bir anlaşmaya varmadan önce buluşup biraz konuşmak istediğini söyledi. İki hafta sonra buluştuk ve kahvelerimizi içerken romanımın kendi yayınevi için fazla iyi olabileceğini ifade etti – avans ödemesi yapamazdı, dağıtım muhteşem olmayacaktı ve bunun gibi şeyler. Önce benimle dalga geçtiğini düşündüm. Kitabı neden yayın ajanslarına göndermediğimi sordu. Ona bunu yaptığımı ama her seferinde geri çevrildiğimi söyledim. Beni tekrar denemeye ikna etti.

Bu, perşembe günüydü. Ertesi sabah kitabı üç İngiliz temsilciye daha gönderdim. İçlerinden biri olan Peters, Fraser & Dunlop'tan Marilia Savvides iki gün sonra kitabın tamamını istedi, üç gün sonra da temsilcilik anlaşması imzalamayı teklif etti. Marilia'yla buluştuğumda bana kitabın büyük sükse yapacağını söyledi. Eh, tabii havalara uçtum ama hâlâ şüphelerim vardı. Fakat o haklı çıktı, bir haftadan kısa bir zaman diliminde on ayrı ülkeden olağanüstü teklifler almaya başladık. Şüphelerim artık yok olmuştu ama korkuyordum, çünkü her şey çok hızlı olup bitiyordu. Dürüstlüğün ve iyiliğin için Tanrı seni korusun, Robert Peett! Kitap şu âna kadar otuz ayrı ülkede satıldı.

Bu kitabın fikri, üç yıl önce, o zaman yaşadığım Reading'e beni ziyarete gelen annem ve ağabeyimle yaptığım bir sohbet sırasında filizlenmeye başladı. Onlara ben daha çocukken, genç yaşta araba kazasında ölen yerel bir futbol oyuncusunun cenazesini hatırladığımı anlatıyordum. Bana o zamanlar henüz iki yaşında olduğumu, bu nedenle cenazeye giderken beni yanlarına almadıklarını söylediler. Oysa ben onlara açık tabuttaki cansız bedenin göğüs kısmına bir futbol topu yerleştirildiğini dahi hatırladığımı anlatmaya devam ettim. Bu doğruydu fakat bu detayları onlardan ya da onlarla beraber cenazeye katılmış olan babamdan duymuş olabileceğimi belirttiler. "Ama kesinlikle bizimle gelmemiştin," diye ekledi annem.

İnsan zihninin, hatırladıklarını yüzeysel olarak daha çekici hale getirebilme ve hatta üzerinde tahrifat yapabilme kapasitesiyle alakalı saçma bir hikâyeydi bu sadece, ama benim romanımın tohumlarını ekmişti. Peki ya, bir zaman diliminde gerçekleşen şeyleri gerçekten unutuyor ve bir olayla ilgili sahte hatıralar yaratıyorsak? Ya, hayal gücümüz sözüm ona objektif olan gerçekliği başka bir şeye, kendi bireysel gerçekliğimize dönüştürmeye meyilliyse? Ya, bir insan aslında yalancı değil de belirli bir olayı tıpkı bir senarist ve yönetmen gibi tekrar yazabilen becerikli bir zihne sahipse? İşte *Karanlık Yansımalar* da bununla ilgili, ama '80'lerde Princeton Üniversitesi'nde gerçekleşen bir cinayeti anlatıyor.

Bence benim kitabım bir cinayet romanı değil, ve cinayeti kimin işlediğiyle değil, neden işlediğiyle ilgileniyor. Ben daima, okurun üç yüz sayfa okuduktan sonra, örgüsü ne kadar komplike ve şaşırtıcı olursa olsun, okuduklarından eline Tom, Dick ya da Harry'yi kimin öldürdüğünü öğrenmekten fazlasının geçmesi gerektiğini düşünürüm. Ve bir yazarın, edebi bir yatkınlık eşliğinde, güçlü bir gizem duygusuyla vasıflandırılmış sihirli hikâyeler diyarını keşfetmenin peşinde olması gerektiğine inanırım.

E. O. Chirovici

Yazar Hakkında

E. O. Chirovici, Romanya-Transilvanya'da Rumen, Macar ve Alman kökleri olan bir ailede doğdu. İlk kısa öyküsü 1989'da yayımlandı, 1991 yılında yayımlanan ilk romanı *The Massacre* okurların beğenisini kazanarak Romanya'da 100.000 adet sattı. Çeşitli gazete ve televizyonlarda muhabir olarak çalıştı, 2013 yılından itibaren tüm zamanını edebiyata ayırmaya karar verip ülkesinden ayrıldı. Chirovici, Reading (Britanya) ve New York City'de (ABD) yaşıyor, roman yazmaya devam ediyor.